Questa è un'opera di fantasia. Nomi, personaggi e avvenimenti sono frutto dell'immaginazione dell'autore e non sono da considerarsi reali. Qualsiasi somiglianza con fatti, organizzazioni o persone, viventi o defunte, veri o immaginari è del tutto casuale.

Andrea Fiorenza

Badolato amore amaro

Progetto grafico di Guido Giglio
Illustrazioni di Roberto Giglio
In copertina acrilico su tela di Roberto Giglio

A Chiara

Capitolo 1

La sezione Antonio Gramsci di Badolato aveva i muri rossi verniciati a olio e il pavimento di maiolica bianco e nero come una scacchiera. L'aria che si respirava era quella delle lotte a fondo perduto.

La sera del 20 luglio del 1969 i compagni della FGIC avevano organizzato una riunione straordinaria dal titolo: *Lo sbarco sulla luna, pro e contro per i compagni di Badolato.*

Mate, seduta in prima fila, seguiva con curiosità il dibattito.

La discussione si fece subito aspra.

Il collocatore, Sasà, soprannominato *Lavoru* - a Badolato i cognomi servivano soltanto per le pratiche come nascita, residenze e certificati di morte, per tutto il resto c'erano i soprannomi - più volte urlò che secondo lui per i compagni del vecchio borgo non sarebbe cambiato niente con lo sbarco sulla luna, che con tutti i soldi spesi per far arrivare quei cristiani lassù si poteva migliorare qualcosa quaggiù.

Il segretario della Fgci, Pericle *u 'bellu,* un ragazzo sulla ventina, si associò al collocatore e fece presente che anche secondo lui c'erano cose molto più importanti dei viaggi lunari.

"A Badolato, come in molti altri paesi della regione, c'è in corso l'abbandono del vecchio abitato. Questo non è, né necessario né inevitabile. Le zone di costa non sono i luoghi del cambiamento e del progresso, come ci ripetono i politici democristiani che ogni tanto passano per puro caso da queste parti". Lanciò uno sguardo all'indirizzo di Mate e aggiunse:

"Dobbiamo manifestare gridando ai quattro venti che se per condizioni economiche abbiamo dovuto subire la mortificazione dell'emigrazione non dobbiamo per questo essere costretti a subire l'annullamento". Si lisciò i capelli lucenti come ali di corvo e concluse: "A Badolato abbiamo problemi che se li sognano pure sulla luna".

Il collocatore riprese la parola.

"Se non fermiamo il travaso da qui alla Marina, presto Badolato sarà un paese fantasma. Tutti uniti e sfiliamo per le vie gridando *basta alla speculazione!*"

Calò un silenzio da cimitero, come spesso capitava quando si arrivava al momento della conta, poi tra colpi di tosse, lamenti e teste basse la sezione sembrava diventata un ritrovo d'invalidi civili. Sciatiche, ernie, colpi della strega e costole incrinate: nemmeno in un pronto soccorso si poteva trovare varietà migliore. Chi non poteva di qua, chi non poteva di là, scuse sopra scuse per saltare la manifestazione.

Pericle abbassò il capo e sospirò. "Tu ci sarai?" chiese fissando Mate.

"Sì, sarò in prima fila" rispose lei con le gote in fiamme.

Qualche giorno prima c'era stato tra loro l'inizio di un mezzo incendio che solo per la presenza inopportuna di un pastore non era divampato a fuoco pieno. Si erano dati appuntamento nel piazzale del santuario della Madonna della Sanità per una lezione di guida. Il nonno di Mate, il notaio Pietrino Tripoti, per dimostrare ai badolatesi che le femmine non avevano a mano solo la cucina, aveva regalato alla nipote una lambretta. E lei, pensa di qua e pensa di là, alla fine si era risolta a chiedere aiuto a Pericle per imparare il mistero delle marce e dell'equilibrio su due ruote.

Era un pomeriggio afoso e reso ancora più insopportabile da un vento di scirocco, Mate arrivò all'appuntamento vestita come una diva dei fotoromanzi: una minigonna di maglina antracite, una camicetta di raso che sembrava una tela di Guttuso e un lungo camicione che le arrivava fin sotto il ginocchio e nascondeva vestiti e sudore, gocce di sudore freddo che per quella lezione scivolavano lungo la schiena mischiandosi al Patchouli.

Dopo i saluti, lui le fece fare un giro di prova, urlando al vento a ogni cambio di marcia di attaccarsi ai suoi fianchi per non cadere. E lei, a ogni raccomandazione, si stringeva sempre di più, parlando il meno possibile e pensando anche l'impossibile.

Alla fine del giro di confidenza con il mezzo, Pericle cominciò a spiegarle le manovre di base: frizione, marcia, acceleratore. In questo modo per mettere la marcia e in quest'altro per partire, piano a lasciare la frizione sennò finiamo col culo sull'asfalto, poi via di nuovo, stessa musica. Frizione, marcia, piano con la frizione e l'acceleratore e via.

"Sei pronta?"

"No".

"Vuoi che ne facciamo una guidata?"

"E com'è una guidata?"

"Tu davanti e io dietro" disse Pericle.

Mate rimase qualche secondo in silenzio, serrando maliziosa gli occhi. Aggrappandosi ai manubri disse: "Il maestro sei tu e io mi fido"

Lui, allora, cacciò un gran colpo sul pedalino e il motore strepitò come una grandinata sulla lamiera, poi tirò su i pantaloni e prese posto dietro. Con il petto contro la schiena di Mate, cominciò a ripetere i passi da fare.

"Accelero e poi parto?" sussurrò lei accaldata.

"No, premi la frizione, poi fai entrare la marcia".

"E come deve entrare?"

"Piano... deve entrare piano. Quando te lo chiede il motore".

"E dopo che è entrata che succede?"

"Si sente come un colpo. *Tum...* come un colpo allo stomaco, capisci?"

"Sì, capisco. E dopo che sento il colpo che faccio?"

"Non ti agitare".

"Sì... non mi devo agitare".

"Lascia piano la frizione. Lentamente. Senza fretta. E quando sei a metà dai un'acceleratina leggera. Ma poco, sennò ti salta come una cavalla".

"E se mi salta?"

"Non ti preoccupare, la tengo io" rassicurò Pericle ponendo le sue mani su quelle di Mate.

"Io sono pronta" disse lei voltandosi. Lo cercò nel verde degli occhi, posando con leggerezza la mano sul volto di Pericle, lasciando scorrere le dita e contemplando stupita la delicatezza di quel mento senza barba. Lui rimase fermo, immobile. Imbarazzato e confuso.

"Cominciamo, prima che venga buio" disse con la voce rauca.

"Io penso di aver capito tutto" rispose lei.

"Non vuoi provare?"

"Un'altra volta."

"Allora... andiamo?"

"No".

"Restiamo?"

"Sì".

Sorrisero, le mani si strinsero e le bocche si avvicinarono.

Ma l'ululato di un cane li fece sobbalzare. Il cane, grosso e con il pelo bianco, passò a qualche metro e si allontanò verso l'ingresso del Santuario. Lo seguirono con lo sguardo e si accorsero che un uomo li scrutava dalla penombra del portico. Mate riuscì a scorgere in quella figura immersa nell'ombra il volto tagliente di Carmine, un pastore alle dipendenze di suo padre.

L'uomo continuò a fissarli immobile. Dopo qualche istante, diede un paio di colpetti sul fianco dell'animale e ordinò di seguirlo. Scomparvero dietro il Santuario.

Pericle cercò di consolare Mate. "Lo raggiungo e gli dico di non dire nulla".

"Non servirà. Andiamo, più ti nascondi in questo paese e più ti trovano. La prossima lezione la faremo in piazza".

Sorrisero amaramente. Da una casetta di un podere vicino una radiolina a transistor cominciò a diffondere nell'aria le note di una canzone di Johnny Dorelli, *L'immensità*. Mate iniziò a canticchiarla.

Io son sicuro che
per ogni goccia
per ogni goccia che cadrà
un nuovo fiore nascerà,
e su quel fiore una farfalla volerà

Oltre il piazzale, in direzione del convento degli Angeli, una piccola distesa di terra argillosa coltivata a grano e orzo saliva dolcemente verso la montagna e una compagnia di lavoranti era impegnata nella mietitura.
Gli uomini avevano il capo coperto da grandi cappelli di paglia, i polsi protetti dai polsini di cuoio, la parte anteriore del corpo preservata dal grembiule, il pollice della mano sinistra rivestito da un grosso ditale e le restanti quattro dita protette dalle lunghe cannucce. Ogni due falciate s'appoggiavano un piccolo fascio di spighe al grembiule e lo legavano con uno stelo della stessa pianta. Il piccolo fascio, formato da una decina di spighe, era raccolto e sistemato dalle donne che si trovavano dietro i mietitori e che velocemente li univano in gruppi più grandi per spargerli lungo il campo e farli cuocere al sole, in modo da favorire la maturazione delle spighe ancora verdi. I fastelli già pronti per la trebbia, invece, venivano avvolti in grandi lenzuoli e trasportati in testa dalle donne fino alla strada, dove li attendeva la trebbiatrice. I canti delle donne accompagnavano il duro lavoro come una nenia che scandisce il ritmo sottovoce.

Mate e Pericle ascoltarono in silenzio per qualche istante le voci delle donne, poi lui mise in moto e partì lasciando alle sue spalle una nuvola di fumo grigio e un odore di olio bruciato nell'aria.

I commenti a voce alta, provenienti dal corridoio della sezione, riportarono Mate al presente. Nella stanza delle riunioni i pochi rimasti discutevano sui preparativi della manifestazione. Mate non prese parte e si allontanò verso l'uscita.

Sulla porta incrociò Pericle.

"Come stai?" le chiese.

Mate lo guardò senza parlare. Era più alto di come lo ricostruiva con l'immaginazione, il viso affusolato e lungo, una dentatura bianca e solida dietro labbra disegnate; i capelli, d'un nero lucido, gli cadevano sulle spalle e gli frustavano il volto abbronzato. Ma erano soprattutto gli occhi, grandi e del verde più chiaro che si potesse immaginare, che attraevano Mate, formando in lei la sensazione di potervi scivolare dentro.

"Così, come mi vedi" disse dopo un po', cercando di nascondere con la mano un livido sulla guancia destra.

"Forse sarebbe meglio se tu non fossi presente alla manifestazione. È contro gli speculatori. E tuo padre..."

"Sì, lo so chi è mio padre".

"Non te lo perdonerà".

"Deve ancora perdonarmi di essere nata femmina".

Pericle sorrise e, guardandosi intorno con occhi scrutatori, le chiese sottovoce di accompagnarlo dal ragionier Fiorentino per la stampa dei fogli ciclostilati. Mate annuì e sgattaiolarono dalla porta sul retro per incamminarsi lungo la ripida via Gallelli e raggiungere la bottega di Michiele Fiorentino, ragioniere e titolare unico dell'antica impresa di onoranze funebri.

Camminarono in silenzio, assaporando l'aria impregnata dal profumo dolciastro di fiori di campo; dai balconcini delle case, cespugli di gerani pendevano tremolanti come ragnatele sotto i soffi del vento caldo.

Quando arrivarono nella piazzetta del Bastione, da dove si poteva vedere la costa fino al golfo di Squillace, il sole era già basso e moriva dietro le montagne. La luce del tardo pomeriggio faceva risplendere i tetti delle case come ottone lucido.

Alcune riportavano ancora i segni disastrosi dell'alluvione del '51, quando piovve ininterrottamente per diversi giorni e gli ulivi scivolavano a valle sotto il convento degli Angeli, mentre i muri portanti delle case si staccavano dal terreno come frutta matura raccogliendosi in cumuli di terra melmosa.

Ma i disastri del giorno prima si vedono sempre dopo. Le conseguenze per l'economia del paese furono terribili.

I terreni irrigui della fiumara che davano ceste di verdura sempre ricolmi si gonfiarono di acqua e la grande riserva di frutta del torrente di Granele venne distrutta fino all'ultimo albero. L'abbandono del vecchio borgo, a favore della Marina, venne presentato dai politici e dagli affaristi come necessario e inevitabile. L'emigrazione fuori regione, favorita da una politica miope, concluse il lavoro della natura.

Pericle si avvicinò a una fontanella di metallo scuro e piegandosi sulle gambe bevve un sorso d'acqua fresca.

"A cosa pensi?" chiese Mate.

Lungo il tragitto Pericle era rimasto silenzioso e cupo.

"A niente".

"Non è possibile".

"Io ci riesco" ribatté Pericle asciugandosi la bocca sul braccio.

"Insegnalo anche a me. Le lezioni di guida per il momento sono archiviate. Mio padre ha legato la lambretta all'anello dei muli".

"Don Rafè gioca sempre pesante".

"Prima o poi qualcuno lo sistema".

"Tu però non hai paura di lui".

"È quello che si vede da fuori. Ho paura di lui da quando mi sveglio".

"E di cos'altro hai paura?"

"D'invecchiare" rispose Mate fissando le mani lunghe e affusolate di Pericle. Provò un grande desiderio di toccarle per misurarne la forma, il calore. Era piena estate e un altro inverno sarebbe stato troppo lungo da passare in solitudine.

"Ma tutti dobbiamo invecchiare" disse Pericle.

"Sì, ma io ho paura d'invecchiare sola... senza nessuno con cui litigare per le cose anche più piccole".

"Ti piace litigare?"

"Sì, quando si litiga e basta. Non mi piace quando dagli strepiti si passa alle mani".

"Con tuo padre ci litighi?"

"Sempre, ma lui non strepita mai" rispose Mate abbassando il capo.

Al rientro dalla lezione di guida, uno schiaffo in pieno volto le aveva lasciato un livido scuro come una prugna. I suoi capelli, neri e morbidi, le cadevano sulle spalle; gli occhi, due piccole nocciole, si muovevano senza sosta e un viso delicato e abbronzato la faceva sembrare una gitana. Pericle le alzò il capo delicatamente dal mento, le fece una breve carezza proprio sul livido e cercando il suo sguardo riprese: "Non mi chiedi qual è la mia paura?"

"Non lo voglio sapere. Devi rimanere forte e invincibile".

"Non sono né forte né invincibile. Sono come tutti, anzi, a volte mi sento sottile come un foglio di carta".

Rimasero in silenzio e poi si strinsero così forte da non poter più parlare.

Un uomo con la coppola sul capo e le maniche della camicia arrotolate sugli avambracci puliva una piccola botte davanti l'ingresso di una cantina e fece finta di non vederli. Ma quando si accorse dell'imbarazzo dei due, salutò Pericle e con voce profonda da baritono si scusò per essere mancato alla riunione di sezione. Era un uomo alto e smunto, con gli occhi grigi e piatti. Pericle non diede peso alle scuse e lo informò della manifestazione in programma.

"Manifesteremo contro la politica dello spopolamento del paese" disse a voce alta, come se dovesse far arrivare il suo messaggio lontano.

L'uomo annuì e riprese il lavoro, fissando di sottecchi Mate.

Pericle si allontanò, ma lei, con un sorriso leggermente storto, come una smorfia delicata e irriverente, si avvicinò ponendosi al suo fianco. Sciolse i capelli raccolti in una lunga treccia e rimase ferma qualche istante con aria rilassata. Poi, prese ancor più coraggio e gli diede un bacio sulla guancia. Il vecchio scosse la testa più volte ed entrò nella cantina.

"L'amore libero spaventa" disse Mate sorridendo.

Erano così vicini che, allungandosi di qualche centimetro, Pericle avrebbe potuto baciarla. Ma l'imbarazzo si era fatto strada in lui; d'improvviso, indietreggiò con la schiena, distolse lo sguardo e, abbassando la voce, disse: "Forse è meglio se entriamo".

Bussò alla porta di una casa malmessa e dopo qualche istante il volto cereo del ragionier Fiorentino sbucò dal buio.

"Entrate in casa, presto per l'amor del cielo. Mate, tuo padre ti ammazza se ti vede con Pericle e poi mi tocca concordare con lui un altro funerale. Non è cosa. Chissà se mai mi pagherà quello di tua nonna" disse facendoli accomodare. Chiuse la porta alle sue spalle e si accomodarono al tavolo della cucina.

Accostato al muro, di fianco al lavandino ricolmo di piatti ancora da lavare, c'era un lettino con i piedi bassi. La figlioletta del ragioniere dormiva su un fianco come un passerotto stanco.

I capelli le cadevano sulla fronte e lentiggini sparse sul faccino delicato disegnavano un volto angelico e immacolato. Mate avrebbe voluto accarezzarla, ma si trattenne. In quell'istante la porta della camera di fronte si aprì e comparve la moglie del ragioniere. Era in camicia da notte e aveva la faccia di chi è stata svegliata nel pieno del sonno.

Rimase in piedi sulla soglia senza sapere bene cosa fare. Poi, senza dire niente, si voltò e tornò sui suoi passi. Una specie di spettatrice malinconica venuta da chissà quale altro mondo. Si vociferava che avesse il *sole nero*, il male di vivere.

"Segretario, questa è l'ultima volta che vi posso far usare il ciclostile. Alla fine del mese lo riporto a Catanzaro dal rivenditore. Non me lo posso permettere".

La voce calda e profonda del ragioniere aveva articolato le parole con precisione, facendole risuonare in modo drammatico.

"Sono preso dai debiti e devo cominciare a vendere. Pensavo di rifarmi con il funerale della moglie del notaio, ma così non è stato. Ormai sono passati due anni"

"Mio padre non ha onorato?" chiese Mate.

"No".

"Per quale motivo?"

"Per il motivo di sempre, Mate. Perché lui non paga". La fronte alta, i capelli folti e ribelli, le rughe come grandi vene, tutto gli conferiva un effetto quasi teatrale. Una maschera antica di cent'anni, con lo sguardo vuoto, sopra un corpo giovanile.

Da lontano giunsero le note di una serenata. Aprì la finestrella della cucina e le parole entrarono chiare, nitide. Il ragioniere le canticchiò sottovoce mentre serviva il caffè.

"Mio padre è in Argentina da quando io avevo tre anni, e mia madre lo ha seguito dopo qualche tempo.

Sono cresciuto con mia nonna che mi leggeva le loro lettere dove un ritorno imminente era sempre annunciato. Una lettera dopo l'altra, mentre gli anni m'indurivano" disse tornando verso la finestrella.

Cominciò a cantare il testo della melodia che arrivava da lontano.

"Compagno, qui c'è poco da cantare. Dobbiamo lottare per impedire agli speculatori senza scrupoli di derubarci il futuro" disse Pericle.

Il ragioniere si voltò lentamente e come se dovesse parlare a un figlio, disse: "Segretario, nessuno potrà mai rubarci le canzoni che abbiamo cantato".

Mate ingoiò saliva densa e pensò che il ragioniere, stanco, impoverito e quasi sopraffatto dalla vita, non aveva lasciato appassire dentro di sé il fiore del futuro e della libertà. I peggioramenti, che nei cuori degli uomini sfiduciati spesso si producono doppi rispetto ai miglioramenti, in lui non avevano trovato spazio e terreno fertile. Si piegò in avanti, e con il tono greve degli uomini d'onore, disse:

"Ragioniere, datemi qualche settimana e avrete i vostri soldi. Il funerale di mia nonna lo pago io".

"E con quali soldi? Tuo padre lo ha voluto pure sfarzoso".

"Il tempo di vendere la lambretta e avrete tutto. Parola mia". Si rivolse verso Pericle e lo pregò di aiutarla a trovare subito un acquirente. "A costo di svenderla" aggiunse.

"Non lo devi fare per me, Mate".

"Non lo faccio per voi, ragioniere. Lo faccio per il notaio. È un uomo d'onore che ha sempre pagato i suoi debiti. Ma sono sicura che non è al corrente dei giochi di suo figlio".

Il ragionier Fiorentino si mosse sulla sedia e poi rimase rigido, statico.

In quell'istante la moglie uscì nuovamente dalla stanza. Camminò verso il letto della figlia e la prese tra le braccia. Guardò tutti con aria assente e si allontanò con la bimba ancora addormentata. Entrò nella camera da letto e chiuse la porta.

"È la storia di tutte le sere. Se la viene a prendere nel sonno. È fatta così, tristezza e allegria non sempre sono distribuite in modo uguale in questa vita" disse il ragioniere scrollando la testa. Poi, schiarendosi la voce aggiunse: "Ma veniamo al motivo della vostra visita. Diamoci da fare con i ciclostilati".

S'incamminò verso la botola da cui si accedeva in cantina e fece cenno di seguirlo. Scomparve subito come ingoiato da un cratere.

Mate disse a Pericle che sarebbe tornata verso casa. Si era fatto tardi e qualcuno si sarebbe potuto accorgere della sua assenza.

"Anche per sbaglio" aggiunse ironica. Sfiorò le mani di Pericle, delicatamente, e pronunciò il suo nome nel silenzio. Lui le diede un abbraccio leggero e l'accompagnò per qualche metro. Alla fine, tornò sui suoi passi e si salutarono da lontano.

Capitolo 2

Alla fontanella di piazza Castello, Mate fece una sosta e bevve un sorso d'acqua. Un caldo vento africano gonfiava i muri delle case e il paesaggio intorno a Badolato, arido e ingiallito, mostrava crepe che si allungavano a dismisura nei campi. Vampate odorose di peperoni fritti fuggivano dalle finestre riempiendo l'aria già infuocata del paese. Come se la gente combattesse il caldo con il fuoco.

Le persiane di una finestra si aprirono cigolando e una vecchia si affacciò. Da un bicchiere versò un po' d'acqua in una piantina di basilico e quando si accorse di Mate, alzò il capo in segno di saluto. Poi rimase immobile guardando nel vuoto.

Aveva un fazzoletto nero sulla testa e una camicetta ancor più nera. Richiuse la finestra e uscì in strada per raggiungere il figlio.

Il giovane era intento a sistemare delle grosse valigie sui sedili posteriori di una Cinquecento bianca. La madre gli passò un paio di scatole di scarpe legate con lo spago. In uno dei due, disse la donna, c'erano uova fresche e nell'altro del formaggio e qualche soppressata. Il giovane cercò di rifiutarli, ma sua madre insistette e contro la volontà del figlio li sistemò alla meglio tra i due bagagli. Si salutarono abbracciandosi frettolosamente per non cedere alla commozione.

Il giovane, con un cenno del capo, salutò anche Mate e prese posto nella macchina; poi mise in moto e partì. Il viaggio fino a Milano era lungo e il mese di ferie dal lavoro era finito prima ancora che l'estate piena cominciasse. Alcuni ragazzini, sbracciandosi e saltando sul posto, salutarono la Cinquecento che imboccava la discesa verso la Marina.

La proprietaria del bar Centrale, ferma sulla porta, fissò la donna vestita di nero in silenzio, come se dovesse prendersi cura di lei con il solo atto della presenza. Sapeva che la comare Rosa sarebbe scoppiata in pianto da un momento all'altro. Il marito la raggiunse, insieme seguirono loro figlio curva dopo curva, dentro quella scatola bianca che lo allontanava da loro sempre più. Lui cercò di consolarla.

"Va a lavorare" disse con la voce della commozione.

"Maledetto lavoro" imprecò lei a denti stretti.

"Senza non si mangia".

"Ma nemmeno si muore" disse lei. Abbassò il capo e socchiuse gli occhi. Rimase immobile. La sua attesa era appena cominciata. Avrebbe rivisto quel suo unico figlio l'anno successivo.

Mate la salutò con la mano aperta e la donna rispose con un sorriso strappato alla sua maschera disperata.

Poi s'incamminò a passo svelto verso palazzo Tripoti. Un profumo intenso di fiori sbocciati e grilli che cantavano nelle ombre della sera si diffondeva nell'aria.

Una fitta d'ansia, acuta e pungente, le traversò d'improvviso il petto. Nel pomeriggio suo nonno l'aveva chiamata nel suo appartamento per confessarle le sue ultime volontà.

Lo trovò seduto sul divano damascato nella zona più ombrosa della casa, che cercava refrigerio nelle immagini invernali del calendarietto profumato di Sasà, il barbiere più alla moda di Catanzaro. La copertina presentava una morettina in bikini che addobbava l'albero e una biondina con una minuscola sottoveste bianca che gattonava lungo una pista da sci.

"Siediti, Mate. E non m'interrompere come fai di solito. Questa volta non è di politica che dobbiamo discutere" disse suo nonno non appena lei entrò nell'appartamento. "Lo vedi questo romanzo? È la storia di Nanà, bellissima figlia di un operaio disoccupato e alcolizzato che mette a frutto la sua malizia e le esperienze precoci per salire a suo modo i gradini della scala sociale.

Mediocre attrice e crudelissima amante, rovina sistematicamente tutti i suoi ricchi spasimanti vendicando così, in modo del tutto involontario, la propria classe e la propria gente. Ti devi ricordare di questo libro". Aprì il volume e, agitandolo per aria, disse che sul frontespizio aveva riportato un testamento olografo dove la nominava erede unica di tutti i suoi beni. Poi abbassò lo sguardo, si aggiustò il riporto di capelli grigi che circondava il cranio lucido e con l'indice a uncino indicò una fotografia che spuntava dal libro. Era una foto in bianco e nero con i bordi ondulati. Una dozzina di bambini sorrideva davanti all'ingresso del vecchio edificio scolastico all'interno del palazzo dell'Annunziata, un palazzo di famiglia. Erano piccoli e neri, mal vestiti e scalzi, lerci come minatori dopo una lunga giornata di lavoro. In mezzo a loro, tutto tirato a lucido e con la pelle argentata come la luna, spiccava un bambino che stringeva la cartella sul petto. Disse che era don Rafè e che in quell'asilo c'erano passate le ultime generazioni della sua famiglia. Le chiese di riportare l'asilo nel palazzo dell'Annunziata.

"Tutto stabilito, allora. Io divento ricca tra un centinaio di anni, perché prima non devi morire, riporto l'asilo nel palazzo dell'Annunziata, contro il volere dell'amministrazione comunale che desidera costruire un edificio scolastico nella Marina, e nel tempo perso mi faccio curare dalle legnate di mio padre che ha interessi anche lui in Marina e che per giunta si ritrova senza eredità a causa di sua figlia. Conta pure su di me, nonno.
E non ti preoccupare se per il tuo bisogno d'immortalità ti raggiungo nel giro di qualche ora. Adesso, però, ti devo lasciare. In sezione mi aspettano i compagni perché dobbiamo discutere dei problemi dei vivi" disse Mate cercando nell'ironia la soluzione al suo disagio.
Rivolse a suo nonno un lungo sguardo, riflessivo e vivace, e poi lo abbracciò stringendolo forte al petto.

La pelle del volto di suo nonno, morbida e cadente, profuma di dopobarba alla menta e un diffuso profumo di borotalco esalava dal petto. Si chinò per baciarlo sulla guancia e dopo una fugace stretta alle spalle uscì dall'appartamento. Dalla televisione della cucina la voce di Tito Stagno la raggiunse lungo le scale come una cantilena, il giornalista del telegiornale ripeteva che gli astronauti presto sarebbero atterrati sulla luna, che la bandiera della 'Merica sarebbe stata piantata sul suolo lunare.

Un cane abbaiò per qualche istante, riportando Mate al momento presente. Fece qualche passo verso il cane per avvicinarlo ma lui cominciò a correre senza fermarsi.

Negli ultimi tempi gli accalappiacani si facevano vedere spesso e i pochi cani rimasti erano diventati sospettosi e attenti.

Camminò verso il muro basso e senza ringhiera della piazza e lanciò lo sguardo verso le tegole del vecchio borgo: gonfie di caldo e pallide come ostie rivestivano a dorso d'asino il colle antico.

Il campanile della Chiesa Matrice e quello della chiesa di San Domenico sembravano due soldatini di guardia al principio e alla fine del corso principale del paese. Il palazzo dell'Annunziata si arrampicava verso il cielo, come un cipresso che lo buca con pietre di granito. Lasciò che per qualche istante la fantasia corresse libera e lo immaginò sistemato e pieno di bambini, con i soffitti alti addobbati da disegni infantili per raccontare la vita della povera gente: uomini e donne che per curare orti e vigne uscivano col buio e tornavano col buio.

In giro non c'era anima viva, solo silenzio e attesa per quella notte di conquiste lunari.

Osservò ancora per qualche istante le vecchie case del borgo, interrogandosi sulla strana piega che stava prendendo la sua vita, e per la prima volta nelle ultime ore mise in questione l'opportunità della decisione di suo nonno.

Sapeva di non sapere nulla di certe cose e il desiderio del vecchio notaio la catapultava, volente o nolente, in un domani incerto e misterioso. Don Rafè, suo padre, arrogante e autoritario, non le avrebbe certo fatto un inchino dopo aver saputo che diventava l'erede di tutto il patrimonio familiare. La sua non era una promozione scolastica della quale si gioisce in tutta la famiglia. Le cose materiali, si sa, dividono anche chi si ama, e le feste, alla fine, possono diventare giorni solitari e cupi.

Girò intorno al monte su cui ancora resistevano i ruderi dell'antico castello dei Normanni fino a scorgere il palazzo Tripoti. Era già buio e quel pezzo di strada era deserto. Una nebbiolina bianca di caldo umido si arrampicava dalla fiumara di Copino e stendeva sulla facciata antica del palazzo un manto burroso. Sentì un rumore di passi alle sue spalle e si voltò leggermente. Carmine, il pastore che l'aveva sorpresa con Pericle durante la lezione di guida, avanzava a passo svelto. Le passò vicino senza dire nulla e scomparve dentro un vicoletto buio e nero come la sua figura.

E se l'avesse rivista con Pericle e fosse tornato da don Rafè a riferire? Pensò a quella eventualità e un profondo solco di paura le sprofondò in pieno petto. Fu così forte che ebbe il timore potesse lasciare tracce visibili anche all'esterno. Se soltanto fosse transitato di lì un treno lo avrebbe preso al volo. Era consapevole di essere arrivata per sbaglio e non aveva mai capito quale fosse il suo posto. Sempre in fondo a una coda, all'ombra di qualcun altro: di sua sorella Marianna, di suo fratello Pietro, perfino di Antonio, il figlio della comare Lina e di mastro Turi, la coppia a servizio della sua famiglia. E più per accontentare sua madre, una donna che non si sentiva così importante da proiettare un'ombra propria, che per sua natura, aveva cercato in ogni occasione l'invisibilità: non creare problemi, non discutere gli ordini, dire sempre di sì anche quando era un no grande come una casa.

Fece gli ultimi metri quasi di corsa e non appena arrivò vide che la lambretta rossa era legata con una grossa catena all'anello di Pitiquà, un mulo ormai vecchio che don Rafè avrebbe presto destinato al macello. Nell'atrio c'era il fresco dei muri grossi. Mate accarezzò il sellino come un addio triste ma necessario. Spinse il pedalino e la mise in moto. Poi ci salì sopra e fece un piccolo ripasso della lezione di Pericle. Frizione e marcia; prima, seconda e terza. E poi di nuovo dall'inizio. Il corpo seguì la curva immaginaria e lo sguardo come a fissare il vuoto lontano, fuori da quei grossi muri che la offuscavano, l'annebbiavano, la prosciugavano.

Girò la chiave nel quadro e il motore si spense con un gorgoglio, poi salì le scale e attraversò le stanze deserte, soltanto lo scricchiolio del legno sotto i suoi piedi rompeva quel silenzio pesante.

Era tardi e come d'abitudine tutti erano già nei loro letti. Dalla tenda della cucina filtrava una luce fioca che si posava sulle pareti smaltate a bianco come un fumo giallo. Le parve di vedere un movimento all'interno, ma non ne era sicura. Allora, scostò leggermente la tenda e intravide sua madre. Si muoveva incerta tra i fornelli. Don Rafè, con un'altra delle sue uscite moderne e spocchiose, le aveva tolto anche l'ultima sicurezza del focolare domestico. Dalla Standa, il grande supermercato di Catanzaro che gestiva personalmente, aveva fatto arrivare una cucina che assomigliava più a una capsula spaziale che al luogo dove preparare parmigiane di melanzane e paste al forno con polpettine di carne.

Addio alla vecchia cucina economica a legna e al camino, addio anche a tutti i mobili in noce e alle pentole appese ai muri: al loro posto il blocco della cucina era stato interamente automatizzato.

Il *central living*, come don Rafè si era fatto tradurre da Pietro per capire di cosa si trattasse, era arredato con sedili componibili disposti attorno a una centrale di comando completa di radio, giradischi, registratore e bar. Sospesa al soffitto incombeva una libreria girevole dal cui centro occhieggiava un televisore orientabile.

Per almeno una settimana a tutti era passato l'appetito e, per nascondersi al ridicolo della gente, donna Filomena, sua madre, aveva smesso di preparare lì i vasetti di pomodori sottolio e riceveva in cantina le donne che venivano ad aiutarla. Spesso cucinava di notte, per non avere nessuno quando, insicura e impacciata, cercava di orientarsi in quel mondo estraneo.

Mate, nascosta nell'oscurità del corridoio, rimase a osservare sua madre qualche istante. Fu sul punto di tornarsene nella sua stanza quando sentì un rumore di passi. Guardò lungo il corridoio e vide don Rafè avanzare barcollando. Si nascose in un anfratto buio e rimase in attesa. L'uomo entrò nella cucina e, avvolto in un lenzuolo che lo copriva come una tunica romana, si avvicinò a donna Filomena. Mate tese l'orecchio e lo sentì pronunciare complimenti osceni.

"Cosa sei venuto a fare? Perché non dormi?" chiese sua madre senza voltarsi.

"Ti voglio" bisbigliò don Rafè lasciando cadere ai suoi piedi il lenzuolo. Sollevò la moglie di peso, la mise a sedere sul tavolo e la carezzò deciso.

"Non mi basti mai" sibilò con leggero affanno.

Lei cercò di osteggiarlo con un filo di voce: "No, non adesso..."

Ma lui non si diede vinto. Allora lei, più resistente aggiunse: "Non qui!" Con un poderoso scatto di reni scese dal tavolo e si allontanò verso la porta.

"Perché no?" chiese lui seguendola.

"Perché è dove mangiano i miei figli".

Uscirono dalla cucina.

Carne, tanta carne mista a sudore, aliti pesanti e odori forti. Un fiume di pensieri sporchi era caduto nello stomaco di Mate impregnandole l'alito di un sapore acre. Entrò in cucina, afferrò una delle tante sedie di plastica colorate e si sedette.

Poi, inquieta come una lupa ferita, si alzò e aprì il cassetto centrale del tavolo per cercare un coltello, mondare un limone e sistemarsi lo stomaco. Lo trovò, spostando tappi di sughero, elastici, guarnizioni di caffettiere e posate, poi allungò la mano verso la fruttiera, dove un paio di limoni grossi spuntavano in mezzo a prugne e pesche, e ne prese uno.

Cominciò a mondarlo, distratta e stanca. Avrebbe desiderato alzarsi e andare nella sua stanza, gettarsi sul letto, ma non ne aveva la forza. Masticò sotto i denti una fetta succosa che le fece fare una smorfia da pagliaccio da circo, buttò giù tutto continuando a stringere gli occhi. Provò un brivido fino alla cima dei capelli, ma in compenso sentì lo stomaco distendersi, mettersi in pace. Allora mise le braccia sul tavolo e ci poggiò sopra la testa per concedersi due minuti di tregua.

Due minuti fuggevoli, perché si ritrovò ancora lì che era passata abbondantemente la mezzanotte.

Sgranchì mani e gambe e fece un lungo sbadiglio, poi cercò di mettere a fuoco l'ambiente. Capì che si era addormentata in cucina e si tirò in piedi per andare nella sua stanza.

Ma d'improvviso un rumore tonfo proveniente dal chiostro arrivò fino alla cucina, immediatamente un abbaiare confuso di cani esplose nella casa: sembrava li stessero pelando vivi. Corse verso la finestra per farli smettere con un paio di fischiate, come aveva imparato da poco, ma rimase con le dita in bocca. Il corpo di suo nonno giaceva sul selciato del chiostro, in una posizione da bambolotto con gli arti rotti. In una mano stringeva il romanzo *Nanà*, e nell'altra il calendarietto profumato del barbiere. La nausea ebbe il sopravvento e s'inginocchiò d'istinto. Foglioline di origano si sparsero dappertutto. Una scarica, poi una seconda e alla fine si tirò su.

La voce stridula della comare Lina, la donna a servizio, ruppe il silenzio momentaneo che si erano imposti i cani girando intorno al corpo del notaio. Era arrivata nel chiostro sbucando dalla porta della cantina.

Mate la fissò per qualche istante, ancora intontita e confusa, poi con uno sforzo di volontà, comandò ai piedi di muoversi e cominciò a correre verso le scale. Afferrò il corrimano che al buio non riusciva a vedere e si lasciò guidare al piano terra. Arrivata nel chiostro, si fermò di colpo. Suo padre era piegato sulle ginocchia e fissava il suicida. Scuoteva la testa con un'aria di rassegnazione schifata.

Mate avanzò verso suo nonno con il timore che da un momento all'altro si sarebbe potuto alzare, urlando che aveva fatto uno scherzo dei suoi. Una ferita ricolma d'ansia la tagliava da parte a parte all'altezza dello stomaco. Si fermò dietro la comare Lina e socchiuse gli occhi. Dopo qualche momento, superando la paura, li riaprì. La testa del notaio, sotto gli scossoni della donna che continuava a muoverlo come se fosse soltanto svenuto, ciondolava.

Aveva un sorriso gentile a mezza faccia e il viso sfregiato dai profondi solchi delle rughe. La mano destra aperta verso il cielo.

"Aveva un libro in mano" disse Mate sottovoce.

"Queste sono le ultime letture di mio padre" disse don Rafè indicando il calendarietto del barbiere.

"L'ho visto dalla finestra" disse Mate, irrompendo contro l'ironia dell'uomo. Il libro di *Nanà* era scomparso.

"Non mi parlare con questo tono!"

"È un libro che vorrei avere in ricordo del nonno... me lo aveva promesso un po' di tempo fa"

"Vai a chiamare tua madre e i tuoi fratelli. A quelli non li sveglia neanche una cannonata".

Mate non si mosse e venne in suo aiuto la comare Lina. La donna smise di scuotere il morto e cominciò una retromarcia lenta e silenziosa. Miagolando parole incomprensibili, entrò nella casa e scomparve nel buio delle scale.

"Il nonno mi aveva promesso quel libro!" irruppe Mate.

"Non so di cosa stai parlando" disse don Rafè imponendosi la calma. "Ti sembra questo il momento di cercare un libro?" Prese il calendarietto e lo conservò in una tasca dei pantaloni. "Tra un po' arriveranno tutti e nessuno deve parlare male. Tuo nonno si è sporto troppo dal terrazzo. Un incidente per un bicchiere di troppo, ci siamo capiti?" disse accendendosi una sigaretta. La tenne tra le labbra strette inarcando la riga sottile dei baffi. "Ci penso io con i carabinieri. Tu vai a prendere un lenzuolo e coprilo" concluse.

Che le cose si sarebbero potute aggiustare senza problemi, facendo credere in quel corno sperduto di paese che il notaio non aveva cercato premeditatamente la morte ma questa si era presentata come un semplice adattamento ai vizi umani, Mate ne era certa.

Il maresciallo dei carabinieri, il *Torquemada* dei poveri, arrivato da Trieste con una punizione travestita da promozione, avrebbe compilato un bel verbale dei suoi dove la parola *fatalità* sarebbe comparsa a quantità come la gramigna nell'orto. Mate già se lo vedeva, tutto profumato di dopobarba alla lavanda, mentre stringeva la mano a don Rafè con un sorriso a smeriglio da gatto per far capire che era pronto a capire quello che c'era da capire, poi avrebbe ordinato ai suoi uomini di portare il morto all'obitorio e redigere il verbale come richiesto da don Rafè. Il livello di civilizzazione che il maresciallo triestino sarebbe riuscito a portare dal Nord al *povero* Sud, pensò Mate, nessuno sarebbe stato in grado di prevederlo, ma quello che il Sud aveva già operato in lui era purtroppo palese.

Continuò a guardare frustrata suo padre mentre si allontanava tronfio: don Rafè aveva trovato un'altra soluzione che gli permetteva di salvare le apparenze.

Tutti avrebbero parlato di disgrazia, perché nessuno era pazzo fino al punto da mettersi contro l'arma dei carabinieri o contro la suscettibilità di don Rafè, uno che ti poteva promettere, impegnandosi perché accadesse, un bel futuro in qualche pilastro di cemento.

Dopo pochi metri, suo padre si fermò voltandosi lentamente.

"Tutti i beni di mio padre mi spettano di diritto e nessuno me li può togliere. Non so se mi spiego?" disse stirando la bocca. "Tu non hai niente! Manco un fazzoletto per pulirti il naso. E ricordati che dobbiamo fare i conti su un'altra questione! La sezione, quel covo di vagabondi, la devi evitare come la peste. Hai capito?" concluse don Rafè riprendendo a camminare verso il portone d'ingresso.

Mate strinse i pugni forte, così forte da avvertire le unghie nella carne. Quando li riaprì c'erano i segni e la pelle intorno era divenuta violacea. Si piegò sulle gambe e fece una carezza lenta sulla fronte già fredda di suo nonno.

Con un sussurro di voce, come se potesse sentirla, gli chiese perché mai non le avesse dato una possibilità; perché non le aveva parlato di quel male di vivere che lo aveva assalito? Proprio lui, che di ritorno dalle battute di caccia, sotto gli occhi spenti dei fagiani e delle pernici, si apriva come un bambino disperato e la esortava a non arrendersi mai davanti a niente, camminare dritta, tirare avanti e imparare a nuotare nel mare delle delusioni senza invidiare nessuno per non annegare nella propria bile. Tirare avanti, sempre e comunque, anche quando la croce si fa pesante e ti schiaccia.

Poi rimase in silenzio.

Aveva perso tutto, prima ancora di entrarne in possesso. Ma ancor più aveva perso la possibilità di onorare suo nonno. Nulla era cambiato, dunque, perché nulla era avvenuto. Avrebbe tanto voluto avere tra le mani quel libro, accarezzare la copertina liscia per poi voltare le pagine lentamente e ritrovare suo nonno. Gli sarebbe sembrata una cosa viva e delicata, come un figlio da crescere e proteggere. Sì, sarebbe stata una vita diversa con quel libro tra le mani, da rimanere stupiti per diverso tempo davanti alla temerarietà e alle nuove responsabilità che si sarebbe dovuta assumere.

Ci voleva un lenzuolo, qualcosa per coprire l'indecenza della morte. Così le aveva ordinato don Rafè. Ma un ordine ci dice che cosa dobbiamo fare, disse tra sé Mate, non ci dice che cosa dobbiamo pensare.

Tolse la camicetta e coprì il volto di suo nonno.

Presto sarebbero arrivati i carabinieri e avrebbero così trovato: un uomo, morto suicida per un bicchiere di troppo, e una donnina a seno scoperto del suo amato calendarietto profumato.

Capitolo 3

L'antica ditta di onoranze funebri *Tambutu,* di proprietà del ragionier Fiorentino, aveva sede in una piccola chiesa sconsacrata. Le bare erano esposte alla rinfusa e su ognuna di esse c'era un biglietto che esortava a non chiedere di pagare a credito. Per ovvie ragioni c'era scritto in stampatello.

L'uomo, servendo il caffè a sua moglie, commentò che era partito per l'altro mondo l'unico democristiano di Badolato con il cuore socialista. Poi lavò le tazzine con cura e si piegò verso il lettino della figlia.

La piccola dormiva abbracciata a una gatta e aveva il volto pallido del sonno. Una luce fioca entrava di taglio dalla finestra e, posandosi sul suo volto, pareva illuminarlo dall'interno.

Il ragioniere immaginò il sangue scorrere nel suo corpicino, pulsando lieve, e si chiese, come tutte le volte che la osservava dormire, quali sogni facesse e se in qualcuno di essi ci fosse anche lui, e in che veste. Ma guardandosi intorno, soffermandosi sulle cose povere della sua umile abitazione, pensò che nei sogni di sua figlia non sarebbe certo stato un cavaliere prode e valoroso. Il suo sguardo si fermò sul vetro del comò e contemplò la figura incerta del suo volto. I capelli crespi, gli zigomi sporgenti, il viso lungo e secco. Si trovò irreale. Non aveva molti amici poiché la superstizione teneva lontano chiunque da un beccamorto. Certe notti, in giro per il paese, alzava gli occhi al buio e contemplava gli angoli del cielo, dove la luce delle stelle guizzava e scompariva. Fissava a lungo l'oscurità del cielo e l'impalpabilità di quel manto nero lontano che lo faceva sentire fuori dal tempo. Allora rientrava e si accucciava nel letto, di fianco a sua moglie. E nel silenzio, sottovoce, le chiedeva perdono. Perdono per averla lasciata al freddo, per non essere riuscito a garantirle il calore di una famiglia agiata.

"Non vai a casa del notaio?" chiese sua moglie senza alzare il capo. Una maschera triste, pallida e con gli occhi inespressivi.

"Per un altro funerale a fondo perduto?"

La moglie non disse nulla. Rimase con le mani a preghiera sul grembo e lo sguardo nel vuoto.

"Però chi non ci prova ha già perso in partenza" disse il ragioniere, più per cercare di mostrarsi battagliero agli occhi di sua moglie che per convinzione.

Sfiorò la guancia della figlia con la punta delle dita, uscì e chiuse piano la porta. Aveva le estremità dei piedi addormentate e camminava come se dormisse, portando con sé quel senso di perdita e fallimento. A cosa sarebbe servito andare a casa del notaio? Don Rafè era democristiano e non avrebbe certo favorito proprio lui che era di fede opposta. Continuò la salita verso la parte alta del paese con il respiro pesante, il viso contratto e i pugni chiusi. Sottobraccio stringeva la cartellina plastificata con l'apparato merceologico: una lista di prodotti adatta per ogni tasca. Le bare erano presentate secondo un ordine d'importanza che naturalmente riguardava il prezzo, le più care in fondo alla lista, pezzi unici in legno Frakè con quattro maniglioni e interni imbottiti con sete pregiate che arrivavano dal Portogallo. In mezzo, senza lode e senza infamia, prodotti artigianali di un'azienda di Reggio Calabria che li forniva senza la controcassa in zinco, i relativi maniglioni e l'imbottitura di raso. In cima alla lista, a completare l'offerta economica, la bara metapontina: quattro assi di legno verniciate a una sola mano, priva di maniglioni e con l'imbottitura di tela grezza che avrebbe fatto cadere le braccia anche a un santo.

Arrivato in piazza Castello, la piazza principale da cui si diramavano in salita e in discesa vicoli e vicoletti a raggiera, gettò un'occhiata in giro e non vide nessuno.

La testa del sole sbucava dietro le montagne e picchiava con i primi raggi sulla statua di Tropeano, il medico benefattore che dopo sessant'anni di professione dedicata alla sofferenza altrui, morì al capezzale di un'inferma. Ai suoi piedi un lago di urina diffondeva un'aria tiepida e putrida.

Il sindaco, per dissuadere con l'educazione chiunque si prendesse una tale libertà, aveva fatto costruire di fianco alla statua un vespasiano in piena regola, ma ciononostante il benefattore continuava a essere sottoposto tutte le notti ai bisogni degli ubriachi.

Il ragionier Michiele Fiorentino fissò un'ultima volta gli occhi del medico, erano scuri e sporgenti come quelli di un cavallo, e con un inchino rispettoso si allontanò dalla piazza.

Quando fu davanti al palazzotto del notaio, un suono tragicamente familiare gli arrivò nitido e distinto: erano le sgommate di Vittorio Fiorentino, il cugino di secondo grado del marito della sorella di sua moglie, beccamorto pure lui, e titolare della ditta di onoranze funebri *Campusantu*.

Vittorio era rientrato dalla Svizzera da qualche mese con i risparmi di una vita: una Fiat 124 Sport rivestita internamente di pelle di pecora, la leva del cambio con il teschio e una lunga coda di volpe che sventolava dall'antenna dell'autoradio. Con l'aiuto di alcuni amici dello scudo crociato, che degli avversari politici volevano pure la pelle, aveva aperto l'attività per fargli una concorrenza spietata. A Wetzikon, una piccola cittadina del Canton Zurigo meta privilegiata degli emigranti di Badolato, era stato il leader di un complesso musicale, *I cuori di pietra yeah yeah*, senza molta fortuna.

Il ragioniere, cercando di redimere con la mano aperta la capigliatura capricciosa, oltrepassò con passo svelto il grande portale di casa Tripoti.

Nell'atrio si fermò di colpo. In un angolo, nascosta nell'ombra, una figura intorno a una lambretta. Strizzò gli occhi per mettere a fuoco e la riconobbe. Era Mate che cercava di spezzare con una tenaglia la grossa catena che la legava all'anello dei muli.

"È troppo grossa... La catena è troppo grossa" disse avvicinandosi.

"Mi piacciono le sfide difficili" rispose Mate.

"Ma questa è praticamente impossibile!"

"Allora, è veramente la mia".

Il ragioniere sorrise e scosse la testa.

"Sto lavorando per voi, ragioniere. Se non riesco a liberarla non posso venderla, e se non posso venderla voi non prendete una lira".

"Tenterò di prendere io il lutto".

"Giocatevela bene, ragioniere".

Il ragionier Fiorentino la saluto e con un ultimo sospiro prese le scale.

Salì gradini e gradoni, pianerottoli e ammezzati fino a ritrovarsi in un budello di corridoio tappezzato da ritratti di avi di antenati della grande famiglia Tripoti.

Di alcuni sapeva vita, morte e miracoli, ma di altri non ne conosceva nemmeno l'esistenza: volti che sembravano di un altro pianeta. Lasciandosi alle spalle la galleria dei morti, s'infilò a testa bassa nella grande sala da pranzo dov'era già stato sistemato lo scanno per la bara. Le sedie erano state allineate una di fronte all'altra ed erano già occupate: le donne di qua e gli uomini di là.

La fila degli uomini schierava al gran completo i fratelli Frangetta: Cecè, Pepè e Lelè, i cugini di terzo grado della nipote della sorella della moglie del notaio. Parenti alla lontana, insomma. Tre disoccupati la cui occupazione principale consisteva nel presentarsi agli uffici di collocamento.

Celibi, senza alcuna professione, fumatori appassionati di *Gitanes* senza filtro, abitavano ancora con i loro vecchi. Con loro viveva anche zio Totò, uomo scaramantico, che non si era mosso da casa non conoscendosi ancora un particolare del morto, cioè se era spirato con gli occhi aperti o chiusi. Nel primo caso, secondo una vecchia credenza popolare, si sarebbe aggiunto un secondo morto nelle successive ventiquattro ore, ipotesi che lo terrorizzava; nel secondo caso, invece, il morto non ci sarebbe stato nelle successive ventiquattro ore, ma molto prima e la sorte avrebbe colpito una persona della stessa età, ipotesi che gli scatenava il panico avendo lui ottant'anni come il fu notaio.

I Frangetta aspettavano con aria assonnata i generi di conforto presenti in ogni lutto: lupini all'origano e peperoncino, noccioline americane e vino. Non si erano mai persi un funerale in vita loro e la penuria degli ultimi tempi li aveva un po' depressi. Quando si accorsero della presenza del ragionier Fiorentino, con una coreografia studiata, si toccarono le parti basse. Il ragioniere li rimproverò con lo sguardo e facendo mostra di disinvolta professionalità riservò un saluto ossequioso all'indirizzo della fila delle donne, fila che cominciava con donna Filomena, la nuora del morto. La padrona di casa indossava una gonna a portafoglio con lo spacco di lato e una camicetta nera talmente stretta che pareva la pelle di un serpente, mentre una collanina d'oro della Madonna delle Stelle scivolava come l'acqua di un torrente tra due montagne rocciose.

Figlia di don Umberto, il vecchio maestro di Badolato e segretario del partito comunista provinciale, e di donna Carmelina la *mammana*, sposò don Rafè giovanissima dopo un colpo di mano di quest'ultima.

La giovinetta non aveva ancora compiuto quindici anni quando don Rafè la compromise con la mossa della fujiuta.

In un giorno di agosto di molti anni prima, sotto un sole che scioglieva il catrame delle strade, la costrinse a salire sulla Lambretta per un giretto a *sciogliere* intorno alla piazza, ma dalla piazza allargò il giro fino alla curva del girone, e da lì tirò verso il convento degli Angeli e ancora fino al sentiero della Sanità per planare nel casolare di Gurita sopra un letto a tre piazze. Un giretto a sciogliere, insomma, che partì dalla piazza del paese e arrivò dritto dritto all'altare.

"Queste cose succedono solo quaggiù" sbottò don Umberto davanti al brigadiere. "Adesso mi toccherà diventare suocero di un ventenne senza arte né parte, insomma, un filosofo della 'unduja. Chi se la piglia più una ragazza che è passata sotto il puttaniere dei puttanieri?" E mentre il militare redigeva la denuncia con l'occhio addomesticato dal sonno e dal caldo, aggiunse: "Non so se mi rode di più perché il ragazzo è democristiano... o perché è *ciuccigno*". A Badolato lo sapevano tutti che a don Rafè la natura aveva regalato in carne ciò che si era divertita a togliergli in sentimento

Al fianco con donna Filomena sedeva Marianna, sorella di Mate e più giovane di un paio d'anni. La ragazzina se ne stava con le braccia conserte al petto e lo sguardo imbambolato.

Era il ritratto sputato di sua madre da giovane e da parte di don Rafè aveva ereditato soltanto un neo, nero e perfetto come un tilaka indiano tra le labbra carnose e il naso e piccolo e affusolato. Alla sua sinistra, come un bambolotto di ceramica madreperlata, c'era Pietro, il piccolo di casa: quindici anni di simpatia e intelligenza vispa; arrivato quando tutte le speranze del figlio maschio nella famiglia Tripoti erano andate perdute.

Don Rafè, dentro un vestito scuro di circostanza, stazionava in un angolo con le spalle dritte e lo sguardo fisso.

L'uomo guardava il ritratto del notaio che campeggiava sopra il camino tirando boccate profonde da un mozzicone che stringeva tra le labbra a cuoricino.

"È una grossa perdita per Badolato" esordì il ragioniere avvicinandosi.

"Facciamola finita, ragioniere. Si capisce che siete qui per vendere!"

"Condoglianze".

"Come mai da queste parti?" chiese don Rafè.

"Se non sbaglio c'è un morto".

"Quello di sicuro. Ma non è dei vostri".

"I morti non sono di nessuno, don Rafè. Ho un'attività da mandare avanti..."

"Sto aspettando vostro cugino".

Scese qualche istante di silenzio. Il ragionier Fiorentino ripensò alle sue parole e una punta di amarezza gli corrose il petto.

Pensò che stava perdendo tempo, fiato e dignità. Don Rafè non avrebbe mai e poi mai tradito i suoi amici di partito. Era cresciuto, a dispetto di suo padre, con una prosopopea e un cipiglio da vecchio tradizionalista: i maschi con i maschi, femmine tra loro in cucina, e le compagnie tra simili. Aveva il suo feudo reale a Catanzaro, tra commesse e impiegate della Standa, il grande magazzino di proprietà della famiglia che gestiva come un cardinale con i suoi pastori e dove nessun comunista aveva mai svolto una sola ora di lavoro.

"Allora, ditemi tutto e fate la vostra gara" disse don Rafè in mezzo al fumo, sorprendendolo. La pelle del viso grigia, gli occhi gialli e spenti. Perlustrava il ragioniere con insistenza, come se volesse metterlo volontariamente a disagio.

"Facciamo un funerale da signori, don Rafè. Come quello del medico Vavalà".

"Più bello, ragioniere. Più bello. Badolato se lo deve ricordare per un pezzo".

Per il funerale del medico Vavalà, il vecchio medico condotto, la vedova aveva aperto le casse e il ragioniere si era potuto mettere in tasca un pezzo da centomila lire.

"Ascoltatemi, don Rafè. Facciamo una bella bara in radica venezuelana, tirata a mano da un mastro d'ascia con quattro maniglioni d'argento e una croce d'oro; rivestita di velluto rosso porpora. Inoltre, corone di rose del Portogallo con copri bara di boccioli di rose e una lapide di madreperla con venature nere per richiamare l'austerità della morte. Poi, per finire, banda musicale di Catanzaro, superiore a mio modesto parere a quelle del circondario. Un funerale da sogno, don Rafè..."

"Buono, mi pare. Però dobbiamo prima discutere il prezzo".

Il ragioniere si lisciò i baffi, compose mentalmente la cifra e la sparò.

Don Rafè lo guardò serio, con la testa piegata di lato. "E i cavalli?" chiese.

"Quali cavalli?"

"La carrozza, ragioniere! Come lo portiamo in giro per il paese, a spalla?"

"E ce la facciamo stare dentro. Vediamo come fare..."

"Per regola io devo pure sentire la concorrenza. Mi capisce, ragioniere? Vostro cugino è pure democristiano" disse don Rafè aspirando forte. Non aspettò la risposta e si affacciò alla finestra, gettò il mozzicone e guardò verso la piazza. Il fischio delle sgommate di Vittorio, il cugino del ragioniere, arrivava integro fino a loro. Un coltello piantato nel fianco del ragioniere.

"Don Rafè, non vi dimenticate che sono stato io a sotterrarvi la mamma. Che funerale! Ve lo ricordate, don Rafè? Carrozza, banda musicale, una cassa da morto che nemmeno la vecchia regina d'Inghilterra si è permessa. Certo, ancora è rimasto in sospeso il conticino..." disse il ragioniere cercando di portare a casa almeno il vecchio.

"Quello spettava a mio padre. Ad ogni modo, la buonanima del mio genitore non deve essere seconda a nessuno, nemmeno a sua moglie".

"Vediamo... qualcosa vi posso togliere, senza cambiare troppo il programma, magari qualche aggiustatina. Vedete, don Rafè, mio cugino Vittorio ha merce di secondo taglio".

"Che sconto mi fate, allora?"

"Mah..."

"Quanto!"

"La metà. Vi faccio cinquantamila lire invece di cento. Però su qualcosa ci dobbiamo aggiustare, don Rafè".

"E sarebbe?"

"Togliamo qualcosa, cose da poco. Mah... così, su due piedi, non riesco neanche a dire una parola. Ma se mi date il tempo, un modo lo troviamo. Che ne dite?"

"I fiori non si toccano, la lapide nemmeno, la carrozza di meno e figuriamoci se mi toccate la bara.

Non se ne parla. Magari, però, l'interno della bara chi lo vede? Di raso... Sì, di raso invece che di seta" fece don Rafè accarezzandosi la folta chioma tirata a lucido con la brillantina.

"Ma non basta. Non basta. Magari se togliamo la croce d'argento e invece di una banda di trentadue suonatori ne portiamo una che ne ha soltanto una metà... Cosa dite, don Rafè?"

"Dico di no. La gente lo capisce che si sta facendo un funerale da pezzenti. Tutti voi morti di fame di comunisti senza futuro ne farete una campagna politica fino alle prossime elezioni... Se penso che state mettendo un sacco di fesserie nella testa di mia figlia mi verrebbe voglia di punirvi tutti a calci nel culo".

"Non è più una ragazzina" disse il ragioniere.

"Non mi fa dormire tranquillo quella disgraziata. Ma in questi giorni la sistemo per le feste".

Il ragioniere non aggiunse nulla in difesa di Mate. Lo sapevano anche i muri che per don Rafè quella figliola era peggio della *peronospera* e se soltanto avesse potuto l'avrebbe scambiata volentieri per qualche cammello con i vicini cugini africani, ma non potendo ricorrere a quella pratica antica aveva cercato, a più riprese, di liberarsene con metodi più moderni.

Qualche anno prima, in accordo con il medico condotto, le aveva prenotato una visitina al cervello e qualche scarica elettrica di assestamento al manicomio di Girifalco. Ma il progetto, a seguito di una mezza sommossa familiare, non era passato.

"Ragioniere, non perdiamo tempo con quella esaurita di mia figlia e ditemi come mi devo regolare. Che faccio, chiamo vostro cugino per sapere quanto mi costa il funerale con lui?" disse don Rafè continuando la trattativa.

"Non dovete chiamare nessuno, per questo funerale me la vedo io, per il prossimo ci pensiamo".

"Ma vaff..."

Si voltarono tutti.

"Era per dire, era per dire. Allora, d'accordo così. Per cinquantamila lire vi faccio un bel servizio. Non sono nella condizione di andarmene a mani vuote, e voi lo sapete", Don Rafè lo guardò con aria trionfante, sapeva che con l'altro beccamorto avrebbe pagato almeno il doppio. Con gli amici di partito avrebbe inventato qualche scusa per giustificarsi. Tirò fuori dalla tasca dei pantaloni il portafoglio ed estrasse un foglio da cinquantamila lire. Lo prese con entrambe le mani e in un sol colpo lo strappò in due. Mise una metà in tasca e l'altra la consegnò al ragioniere.

"Questo è un acconto, il resto alla fine. E se scopro che vostro cugino vende più a buon mercato..."

"Vi preparo un funerale a regola d'arte, don Rafè".

"Glielo state preparando a mio padre, ragioniere. Non confondetevi con le parole".

"Siete troppo suscettibile" disse il ragioniere non a torto. Don Rafè aveva la reputazione di essere un uomo di poche parole che passava subito ai fatti.

A urtare la sua sensibilità non ci si guadagnava niente. anzi ci si poteva ritrovare facilmente a sostenere, dentro un bel pilastro di cemento armato, qualcuna delle abitazioni che costruiva, con la sfortuna pure di crollare dopo qualche anno poiché la ditta di don Rafè era solita costruire su terreni franosi.

"Vado a preparare tutto" disse il ragioniere avviandosi. Salutò con un inchino leggero i presenti e uscì all'aria aperta.

Un'Apecar lo sorpassò lasciandosi dietro una nuvola densa di olio bruciato. Il ragioniere cominciò a passeggiare stancamente con le mani dietro la schiena, accompagnato dalla sensazione di averla fatta grossa per superficialità. Era sceso troppo sul prezzo per non perdere il funerale e ora doveva trovare una soluzione perché non si rivelasse soltanto un pareggio.

Camminò per le vie ruminando a voce alta.

"La banda musicale non si può toccare, i fiori la gente li conta con gli occhi e quindi nisba, croci e maniglioni sono troppo vistosi e guai mai.

La bara, *uhm...* La bara è quella che incide di più in tutta l'operazione. È un legno pregiato che costa come l'oro, e don Rafè non è un esperto di legname. Vediamo un po'..." Allungò il passo per raggiungere sua moglie e informarla dell'esito della visita, ma si accorse che la trattativa lo aveva sfinito. Sentiva i piedi pesanti che si trascinavano a fatica sul catrame nero delle strade mentre il fiatone da cardiopatico si faceva sentire.

Quel rantolo lo colse di sorpresa. Avrebbe dovuto detestare don Rafè, e sputare per terra ogni volta che lo incontrava, ma tuttavia non ravvisava in sé alcun sentimento di avversità, né riusciva a provare rancore per lui. A volte, con sua grande sorpresa, si scopriva compassionevole e provava per lui sentimenti al limite dell'affetto.

Avevano la stessa età ed erano cresciuti fianco a fianco, pur non frequentandosi: l'asilo, le elementari e le scuole medie, l'istituto per ragionieri di Soverato. Fino a divenire uomini maturi con i primi capelli bianchi, il viso solcato da rughe e gli occhi infossati nelle orbite.

Vivere per così tanti anni nello stesso luogo, incontrandosi spesso, aveva contribuito a creare, secondo lui, un'intensità tra *diversi* che cercano costantemente di rimanere aggrappati alle differenze che li contraddistinguono. Il ragioniere sentiva che il loro rapporto era di una particolare natura, non potendo diventare fino in fondo nemici o avversari, ma nemmeno conoscenti di vecchia data. Forse erano come due semplici viaggiatori che sedevano nello stesso scompartimento, dividendosi noia e indifferenza.

Capitolo 4

Fervevano i preparativi per il funerale e dal salone l'eco dei pianti delle donne si spargeva nella sua stanza come vento sofferente che s'infila dappertutto.

Mate, chiusa lì dentro da qualche ora, turbata e disorientata, si muoveva senza sosta specchiandosi ossessionata nell'anta dell'armadio. Il volto pallido, la pelle tirata e gli occhi rossi come due braci. Aveva ricevuto un'eredità pesante, difficile da ottenere senza dover combattere contro suo padre, un uomo scuro come il piombo fuso. Pericle era riuscito a farle arrivare una busta contenente una cartolina di Badolato sulla quale erano disegnate due rondini libere nel cielo. Non una frase o una parola, ma soltanto il paese e due rondini libere.

Aveva voluto farle arrivare il suo messaggio: conservare un piccolo spazio per la speranza e l'amore, così da non farsi travolgere dal fiume in piena in cui si trovava, e guardare con fiducia al futuro. La foto di Badolato era stata scattata quando il paese era abitato fino all'ultima casa; la Marina non era ancora sorta e l'emigrazione era soltanto agli inizi.

Prima di mezzanotte, stanca e un po' affamata, scese verso la cucina. Passando davanti al salone, si irrigidì: sapeva che suo nonno era già stato sistemato nella bara, ma non aveva alcun desiderio di vederla lì dentro. Dentro di sé, avrebbe conservato l'immagine dell'ultima volta che lo aveva visto vivo, quando con il romanzo tra le mani i suoi occhi avevano brillato nella sua casa. Oltrepassò il salone e quando arrivò in cucina si fermò prima di entrare. Si accorse che don Rafè era in compagnia del dottor Felice *Passatuttu*, il medico condotto del paese.

L'uomo, un armadio rubicondo e con il volto paonazzo, parlava sciorinando frasi lunghe e articolate, non sempre comprensibili.

Era passato a dare le condoglianze e don Rafè gli aveva offerto un bicchiere di vino. I due se ne stavano seduti intorno al tavolo, davanti a loro una caraffa con il rosato delle vigne di Fezza, un fondo con un'uva alcolica speciale che don Rafè non avrebbe venduto nemmeno per tutto l'oro del mondo. Dopo un po' il medico cominciò a parlare a bassa voce e in modo criptico. Fu proprio quell'aria da cospiratore che accese in Mate la curiosità. Si avvicinò alla soglia, attenta a non farsi notare, e drizzò le orecchie.

"Don Rafè, sono venuto perché mi ha mandato mia moglie. Sapete come è fatta..." disse il medico.

"La comare Assuntina... Lo so benissimo com'è fatta. Santa donna" disse don Rafè imbarazzato.

I due erano amanti da tempo e l'unico a non saperlo era proprio il medico.

"Ma ditemi, di che cosa dobbiamo parlare?"

"Di affari, don Rafè".

"Ah, che bella parola".

"Don Rafè, il matrimonio è come una bella festa: quando siamo fuori non vediamo l'ora di essere invitati a entrare. E una volta che siamo dentro e ce la siamo spassata un po' non vediamo l'ora di andarcene. Mi capite?"

"E si capisce che è come dite voi. Ma che cosa mi volete dire?".

"Che non bisogna mai lasciare che i figlioli si facciano prendere dalle facili illusioni dell'amore. Ah, l'amore, fuoco e fiamme all'inizio e poi... poi cenere, fuliggine e niente sostanza.

No, per carità del Signore, non dobbiamo lasciare che caschino nelle malie della passione degli inizi. Nella vita ci vuole raziocinio, volontà, organizzazione. Don Rafè, combiniamo un bel matrimonio!"

"Davvero lo dite?"

"Certo. Ipotechiamo il futuro dei nostri figlioli, lo rendiamo certo, privandolo di quelle variabili incontrollabili che nascono e muoiono nella passione dei primi tempi. Cosa ne dite, don Rafè?"

"Voi siete un uomo di scienza, don Felice, e sapete come vanno le cose buone e quelle cattive della vita. Però dobbiamo parlare di chi e quando".

"Io e mia moglie, santa donna, fatti i dovuti conti abbiamo pensato a Marianna per Nicolino nostro" rispose il medico.

Ci fu un lungo silenzio, fatto di sguardi indagatori da una parte e dall'altra. Poi, don Rafè disse la sua.

"Vedete, don Felice, io Marianna ve la posso pure dare in matrimonio per il vostro Nicolino, ma come faccio?" Si fermò e con l'aria del macchinatore astuto aggiunse: "Ma ve lo immaginate se sposo prima la piccola della grande?

Questo è un paese di gente che le pezze non le porta solo sopra al culo, ma pure nel cervello. Dobbiamo trovare una soluzione a questo problema e Nicolino e Marianna convoleranno a nozze, con o senza volontà".

Il medico si aprì a un sorriso di soddisfazione e tracannò il vino in una sola mandata, soddisfatto. E don Rafè, che capì di aver fatto centro, se la rise sotto i baffi; ben sapendo che, negli affari buoni, i colpi da maestro non si fanno ad avversario lesto, ma quando è rilassato perché convinto di portarsi a casa il risultato.

"E cosa dobbiamo fare, aspettare che qualcuno si faccia avanti per la vostra figliola grande?" chiese, infatti, il medico.

Aveva abboccato.

"No, potrebbe passare molto tempo. Ascoltatemi. Io parlo con mia figlia Marianna, sempre nel modo che si deve fare, e voi con vostro figlio e poi decidiamo il giorno del matrimonio. È naturale che una volta fatto l'annuncio di future nozze nessuno più si metterà in mezzo. Tutti sono al corrente che il mio fucile è sempre carico".

"Sono d'accordo... Ma quel piccolo problema della figlia grande come lo risolviamo?"

Stava ingoiando tutto l'amo.

Don Rafè si sporse in avanti, come per parlare all'orecchio del medico, e disse chiaramente: "La facciamo sposare con quel vostro nipote medico di Buenos Aires".

"Buona idea" commentò il medico sgranando gli occhi come i bambini davanti a un nuovo gioco. "Ma come fate a convincere Mate, quella è pazza come una cavalla e pure un tantino rivoluzionaria. Capace che vi mette fuoco alla casa in compagnia di tutti quei suoi amici sfaccendati con i capelli lunghi e quei pantaloni strani di *ginsi*. Mah! Tutte americanate".

"Ci penso io a lei. Se non accetta la chiudo nella certosa di Serra San Bruno. Magra e piatta com'è la pigliano per un maschio e non la rifiutano.

Quando se ne accorgono è troppo tardi e se la devono tenere per non fare scandalo ammettendo di aver avuto una donna nella Certosa".

"Don Rafè, sono contento di fare affari con voi. Capace pure che una volta che entriamo in parentela vi affido i beni della mia famiglia. Meglio di voi, chi li sa gestire?"

Aveva abboccato, ingoiato l'amo e tutta la lenza. Era pronto per essere tirato a galla.

"Gli affari ve li faccio fare subito, don Felice. Quei terreni agricoli che avete sul mare, e che non valgono una *cucchia*, ve li compro io e glieli intesto a mia figlia Mate così nessuno potrà dire che la mando via da casa senza dote. Che ne pensate?"

"Bellissima è questa pensata. Io m'intasco qualche lira, voi pagate poco e Mate ha già la dote e non dobbiamo aspettare assai tempo. Quando li facciamo questi due matrimoni?"

"Shh... Silenzio! Nessuno deve sentire" lo rimproverò don Rafè, e bevve soddisfatto.

"Per combinare i matrimoni, mi dovete dare un po' di tempo, don Felice. Sapete come vanno certe cose".

"E ci mancherebbe. Mica sto dicendo che domani mattina li dobbiamo fare! Ci mancherebbe, propriamente pure per il formarsi di una malattia ci vuole il suo tempo, figuriamoci quello necessario per la guarigione. Adesso brindiamo a questi bellissimi affari".

E portarono in alto i calici. Poi il medico rivolse un'ultima domanda a don Rafè, facendogli correre il rischio di un infarto.

"Puzzate di canfora e penicillina, futuro consuocero. Come mai? Non è che siete passato da casa mia?".

"No... E cosa dovevo passare a fare?"

"Magari per una ricetta, una medicina".

"No, non scherziamo. Sano come un pesce sono. È che... Ma ditemi, perché alla vostra moglie non le troviamo un'occupazione? Sapete come va il mondo, alle donne non bisogna lasciarle disoccupate perché sennò il cervello gli gira alla viceversa". Era riuscito a salvarsi e aveva gettato un altro amo.

"Dite? Però dove?"

Riabboccava.

"Ci vuole un lavoro dignitoso. All'altezza della vostra famiglia e io con la futura parentela non mi posso tirare indietro. Ho già una bella soluzione".

"E ditemi, ditemi".

"Parlo con il mio capo del personale della Standa di Catanzaro e la impieghiamo negli uffici. Un lavoro di concetto le diamo a quella santa donna. E non vi preoccupate se qualche volta per impegni di lavoro dovrà restare a dormire a Catanzaro. Sapete, gli straordinari fanno parte del lavoro. Proprio di fianco agli uffici c'è una foresteria e può approfittarne".

"Cosa vi posso dire, don Rafè? Voi mi state cambiando la vita" disse don Felice tirandosi su. "Fate le condoglianze da parte mia a donna Filomena".

"E voi salutatemi assai assai la comare Assuntina. Anticipatele che uno di questi giorni passo per parlare di questo lavoro".

"Sarete servito, don Rafè. Quando saprà di tutte queste novità, sensibile com'è si farà un piantino di commozione". Afferrò la borsa degli attrezzi e uscì dalla cucina, allontanandosi lungo il corridoio con passi pesanti e rumorosi. Don Rafè, soddisfatto, si lasciò andare sulla sedia accendendosi una sigaretta.

Mate era rimasta nascosta in un angolo buio del corridoio.

Le arrivò il rumore del portone che si chiudeva e attese che suo padre uscisse dalla cucina per andare nella sua camera da letto.

Non riusciva a credere che un figlio potesse comportarsi in quel modo, parlando di affari e macchinando a qualche metro dal feretro del padre.

Poi, però, concluse che quel figlio era don Rafè e allora tutto poteva essere possibile. Si riprese dallo sgomento e decise che era il caso di informare sua sorella; così, con le braccia lunghe sui fianchi, si diresse da lei.

Marianna, con il volto ancora sfatto dalle lacrime, l'ascoltò in silenzio con l'aria di una che avrebbe preferito nascondersi da qualche parte.

Di questo, Mate era consapevole perché a differenza di lei e di Pietro, che affrontavano le cose di petto e senza timore, Marianna aveva imparato fin da piccola a nascondersi.

Succedeva un danno nella cucina e lei di colpo si rendeva invisibile; sparivano dalla dispensa i dolci riservati per il pranzo domenicale e lei stranamente era dalla nonna Carmelina; quando c'era stato da dividersi i rimproveri e le legnate, lei non c'era mai. Marianna, una bimba innocente e candida che aveva imparato a evitare dolori e dispiaceri, si portava addosso soltanto le ferite delle legnate non ricevute.

"Tu, presto, finirai con l'andare a fare l'infermiera a Nicolino, il figlio del medico" concluse Mate.

Marianna non reagì. Come se non avesse compreso.

"Finisci sposa con Nicolino!" spiegò meglio.

Nicolino era un ragazzo succube di una madre autoritaria e manesca che lo bastonava per un nonnulla, bastava che accarezzasse uno dei tanti cani randagi e non si lavasse le mani con il sapone e l'alcol denaturato.

Quella della disinfestazione era la fissazione numero uno della comare Assuntina.

Una volta, quando Nicolino cadde scorticandosi gambe e braccia, c'era stato un fuggi fuggi generale perché la comare Assuntina, di sua spontanea iniziativa e senza consultare il marito medico, lo aveva portato nell'ambulatorio, disinfettandolo da capo a piedi e strofinando così forte che al povero Nicolino erano venuti i capelli ricci dal bruciore. Don Felice era diventato scemo più per riuscire a guarirgli le abrasioni da strofinamento che per i danni dovuti alla caduta.

"Vuoi dire che nostro padre sta combinando un matrimonio tra me e Nicolino?"

"Oh, finalmente ci siamo arrivate! Proprio così".

"Oh, Madonna santissima! Ma io sono innamorata di Antonio".

"Antonio te lo puoi scordare. Don Rafè non accetterà mai un matrimonio con il figlio dei suoi lavoranti. A meno che tu non scappi con lui in America. Potreste farlo, chi ve lo impedisce? Io lo farei".

"Ma stai scherzando! Ci ammazza, è capace di venire a trovarci in capo al mondo. Tu non lo conosci nostro padre".

"No, siete voi che non lo conoscete, o fate finta di conoscerlo come il padrone del mondo e il terrore dell'umanità perché vi fa comodo e perché volete vivere una vita comoda e senza lotte".

Si fermò e prese fiato, cercando di riprendere la calma perduta durante l'esternazione.

"Io non lo voglio sposare Nicolino. Non lo voglio" disse Marianna cominciando a piangere. Aveva soltanto sedici anni e una vita ancora tutta da inventare. Quel matrimonio le avrebbe tolto ogni cosa.

"E tu non te lo sposi!" disse di botto Mate. "Questo matrimonio non sa da fa'. Dobbiamo convincere don Vincenzo a fare la parte di don Abbondio".

"Don Abbondio? Ma che vai dicendo?".

"Nannarè, te la dico come va detta: se non troviamo subito una soluzione, tra non molto ti ritrovi a casa di donna Assuntina corredata di disinfettanti per passare tutti i componenti della famiglia dalla testa ai piedi, lo vuoi capire o no? Magari se minacciamo il prete che gli bruciamo la parrocchia quello il matrimonio non lo celebra. Macché, di morte lo dobbiamo minacciare. La parrocchia l'ultima volta l'ha bruciata lui per intascarsi i soldi dell'assicurazione, anche se va parlando di corto circuito. Capace che un altro incendio lo favorisce".

"Ma a te che cosa sta riservando?"

"A me non va meglio" disse per cercare di consolarla "Mi sta preparando un altro matrimonio con chissà chi. Hanno parlato di Buenos Aires".

"Ma perché sta facendo tutto questo?"

"Affari, Nannarè. Soldi, piccioli, denari, dollari e via dicendo. Non hai idea di quanti loschi affari sta cominciando a fare babbo tuo con il medico. Gli toglie pure le mutande tra un po' a quel rimbambito. Con la moglie lo sta già facendo da un pezzo".

"Come sarebbe?"

"Niente... non volevo dire niente" si corresse Mate per non turbare ulteriormente la sorella.

"Che ne dici se domani chiamo Antonio? Magari a lui viene qualche idea..."

"Sì, vai al bar e chiamalo. Ma prima controlla il conta scatti del telefono".

"In questo paese la maggior parte della gente la materia della ruberia potrebbe andare a insegnarla all'università di Cosenza".

Mate uscì dalla stanza e si fece il corridoio in silenzio, pensando che con suo padre in circolazione non si stava in pace nemmeno con un morto in casa. Entrò in camera sua e si lasciò andare a peso morto sul letto. Si sentiva esausta e il suo unico desiderio era quello di consegnarsi al sonno, permettere alla materia scura dei sogni di scacciare almeno per un po' la nostalgia di suo nonno.

Restò a fissare il soffitto e pensò che l'ultimo famigliare con cui si sentiva davvero in sintonia se ne era andato. Immaginò che una cosa del genere capitasse prima o poi alla maggior parte delle persone, forse a tutte, e si chiese come facessero gli altri a superarla, se mai ci provassero. Lei non avrebbe tentato, ma avrebbe lasciato tutto così com'era: una perdita senza possibilità di riparazione.

Mai più, ripeté un paio di volta a sé stessa, *non lo rivedrò mai più*. Prese il cuscino e ci mise la testa sotto; poi, sentì un suono ovattato come di vetro colpito da un oggetto. Si affacciò alla finestra e vide la capigliatura corvina di Pericle luccicare nel buio.

Era seduto sulla vesta con la chitarra fra le gambe e guardava verso di lei con aria assorta. Rimasero in silenzio continuando a guardarsi con intensità, tanto che a Mate sembrò di poterlo toccare se soltanto avesse allungato una mano.

Pericle abbassò il capo e le sue mani toccarono le corde della chitarra liberando nell'aria una melodia sofisticata e struggente. Alla fine della canzone, Pericle sistemò la chitarra a tracolla e mise in moto, come se non volesse intaccare quella magia. Mate rimase alla finestra e, mentre la brezza serale soffiava nell'aria, sentì il suo corpo ricomporsi. Oltre il profilo dei tetti, la luce della luna disegnava sul mare una striscia fluorescente. Respirò a pieni polmoni e socchiuse gli occhi; le parve che quel momento lieve e fuori programma potesse bastarle.

Capitolo 5

Il tramonto arrivò in fretta e la coda di quel lungo giorno di caldo e prefiche interminabili si consumò in casa Tripoti tra silenzi e consolazioni malinconiche.

Dai balconi delle case pendevano drappi di velluto rosso cardinale, le prove della banda musicale cominciavano a riempire l'aria della sera e al centro della piazza si vedeva la carrozza legata a due cavalli neri con i pennacchi sulla testa. Tutto era pronto per il funerale del giorno seguente.

Mate, inquieta e angosciata, raggiunse la cucina. Un odore dolciastro e persistente riempiva la casa.

La comare Lina era seduta al tavolo e affettava ad anelli una grossa cipolla.

Sotto la luce della lampadina gli occhi neri della donna sembravano umidi e brillanti. Era piccola e rotonda, con sottili capelli bianchi raccolti sulla sommità del capo come una corona.

"Sei riuscita a vedere tuo nonno prima..." chiese la donna senza riuscire a finire la frase. Parlava sottovoce, con il fiato sospeso, come se portasse dentro qualche segreto fuggevole.

"Sì. Mi ha parlato in modo strano" rispose Mate senza aggiungere altro.

"È il modo dei vecchi. Ci abituiamo alla stranezza della vita".

Si guardarono l'un l'altra in maniera inespressiva.

"Antonio viene per il funerale?" chiese Mate cambiando argomento.

"Bologna non è a due passi. Però tra qualche giorno viene per passarsi l'estate" rispose la donna schiarendosi la voce. Il volto nuovamente espressivo.

"Chissà come siete contenta".

La donna non disse nulla, annuì con la testa.

"E chissà come sarà contenta anche mia sorella" aggiunse Mate.

Gli occhi della donna si fecero attentissimi, diffidenti. L'espressione di qualche istante prima, quieta e serena, cambiò in una specie di broncio e il volto si fece serio.

"Non dovete preoccuparvi, comare Lina. Mia sorella è ancora una ragazzina e legge troppi fotoromanzi. Cosa volete, s'innamora con facilità. Forse le è già passato... anzi sicuramente. Ma cosa fate a quest'ora, comare Lina?"

"Il pranzo per domani" rispose la donna senza voltarsi.

Era trippa con patate e l'odore, nauseabondo ai sensi di Mate, aveva saturato la stanza. Don Rafè si raccomandava con tutti che la trippa non venisse pulita troppo, ripetendo di continuo che altrimenti il sapore sarebbe andato via con l'acqua e la soda.

"Ma non siamo a lutto?"

La comare Lina si voltò e la guardò fissa, con un'espressione seria e gli occhi lucidi pronti a riversare tutto il dolore.

"Tuo padre mi ha detto che la vita deve andare avanti" rispose sforzandosi di nascondere il suo disappunto, ma i sospiri prolungati tradivano il contegno di circostanza.

Lei e suo marito, mastro Turi, avevano un debito di riconoscenza verso il defunto che per ripagarlo non sarebbe bastata un'esistenza intera. Il notaio, con un intervento provvidenziale, aveva salvato il loro figlioletto Antonio da morte certa per colera. Lo aveva fatto trasportare d'urgenza a sue spese all'ospedale di Reggio Calabria, dove fu curato fino alla completa guarigione. Il marito della comare Lina giurò al notaio un debito a vita e lei, invece, ogni anno nel giorno della resurrezione delle festività pasquali digiunava per ventiquattro ore, in segno di devozione alla Madonna. Negli ultimi anni si era presa cura del notaio come con un padre.

"Andate a casa... ci posso pensare io" disse Mate.

"Ho bisogno di lavorare, Mate. Tuo padre è il mio padrone".

Una ventata di vapore puzzolente investì Mate in pieno volto. Allora si allontanò nauseata di qualche passo, poi avanzò e vestì il tegame con un grande coperchio di alluminio. "Don Rafè non sarà il padrone per sempre, sapete?" disse con una smorfia di disgusto ancora stampata sul volto.

"Cosa vuoi dire?"

"Quello che ho detto".

"E chi diventa il padrone di tutto, tu?" chiese la donna con un sorriso. Si asciugò le mani con uno strofinaccio e disse: "Non ti mettere contro tuo padre... Non bisogna mai mettersi contro il proprio genitore".

"Nemmeno se sbaglia?"

"Tuo padre non sempre ha la misura. Ma non dipende da lui".

"E di chi sarebbe la colpa, la nostra forse? Cosa volete dire, comare, che gliela facciamo perdere noi la misura?"

"Mah... io non so niente. Non farmi dire cose che non posso dire, Mate".

In quel momento la tenda si aprì e la luce dell'esterno penetrò nei recessi oscuri della cucina. Fece la comparsa nella stanza la madre di Mate. Era in sottoveste e scalza. Il volto cereo e sciupato, gli occhi fermi egli orecchini da gitana che ondeggiavano al ritmo dei suoi passi.

"La comare Lina non ha niente da dirti. Lasciala in pace, Mate" dichiarò avvicinandosi alla donna. Poggiò amorevolmente le mani sulle sue spalle e poi l'abbracciò. Quando si allontanò le sussurrò: "Andate di sopra con le altre a piangere il povero notaio. Resto io qui".

La comare Lina scosse più volte la testa e cominciò una frase senza riuscire a finirla. "Donna Filomena..." Ma la madre di Mate insistette con decisione e allora la donna abbandonò lo strofinaccio sul tavolo e uscì dalla cucina a testa bassa come se avesse ricevuto un comando.

Si sentirono i suoi passi affrettati sulle scale. Quando quel rumore cessò del tutto, Mate chiese a sua madre cosa intendesse dire la comare Lina.

"Niente" rispose donna Filomena spostando il tegame dal fornello.

"Niente, niente, sempre niente. In questa casa non succede mai *niente!*"

Sua madre si voltò, e i suoi occhi grandi, pallidi e quasi trasparenti alla luce fioca della lampadina, si guardarono intorno inespressivi. "Tuo padre sta cercando di tirare avanti la famiglia".

Disorientata, Mate rimase in silenzio. Avvertì per sua madre un grande senso di compassione davanti a tanta impotenza.

"Allora è tutto a posto, giusto?" chiese dopo qualche istante. Ma sua madre non rispose. Camminò per la stanza, sistemando i tegami e gli oggetti che le capitavano davanti, senza criterio, come se cercasse di ricordare qualcosa. Poi si voltò ancora verso Mate e le precisò che gli sforzi che Mate faceva di tanto in tanto per adattarsi al carattere di suo padre, lei li faceva ogni giorno, ormai da molti anni, e senza che questo fosse la fine del mondo.

Mate comprese solo in quel momento l'enormità di ciò che era successo. Don Rafè aveva intrapreso la sua campagna di indottrinamento con una tale astuzia e abilità da vero stratega, ricorrendo alla più vecchia delle strategie, quella che si presenta sotto forma di amore e premura, e contro la quale chiunque ne rimane vittima. Pensò che si era sbagliata credendo che fosse la paura delle conseguenze la sola ragione a trattenere lì sua madre, e invece no, restava per continuare a illudersi di non aver fatto la scelta sbagliata sposando don Rafè. Niente, non stava succedendo niente, come ripeteva spesso.

"Ti dispiace se vado in camera mia? Questa puzza potrebbe avvelenarmi" disse Mate ticchettando le dita sul tavolo.

"Cosa intendevi dire prima? Cosa stai nascondendo?" chiese donna Filomena avvicinandosi.

"Io non sto nascondendo niente. Chiedi a tuo marito cosa sta nascondendo?"

"Tuo padre..."

"È prima di tutto tuo marito, io sono venuta dopo di te... e per sbaglio".

"Nessuno sbaglio. Sapevo quello che stavo facendo".

"A sedici anni? Vedo che continui a credere a ciò che ti fa meno male".

"Voglio sapere, cosa sta succedendo?" chiese sua madre alzando la voce.

"Tuo marito si è impossessato di una cosa mia".

"Sarebbe?"

"Una cosa da niente... È un libro che mi ha lasciato il nonno. Tu potresti aiutarmi a trovarlo?"

"Un libro?"

"Sì, un romanzo. Il titolo è *Nanà*".

Sua madre fece per parlare, ma Mate l'anticipò.

"Se lo trovi tra le sue cose, riportamelo nella mia stanza. È quella in fondo al corridoio. La più piccola e la più buia. Te la ricordi? Sono là, dopo l'arrivo di Marianna e Pietro. Tuo marito per convincermi mi aveva detto che i grandi si devono sacrificare per i piccoli. Perché non ci siete andati voi, allora?"

Lasciò sua madre nella stanza allontanandosi di fretta. Salì le scale e quando fu davanti alla porta della stanza di suo fratello, gettò lo sguardo dalla porta accostata. Strizzò gli occhi nel buio e lo vide dormire beato. Entrò e gli fece una carezza leggera sulla fronte. Gli osservò i riccioli sparsi sul cuscino e la pelle bianca e immacolata del volto. Poi prese il lenzuolo ai suoi piedi e gli coprì le gambe.

Uscì dalla stanza e scese le scale fino al chiostro. Si fermò qualche istante dove poche ore prima c'era il corpo senza vita di suo nonno.

Lo rivide con la memoria. Si sentì appesantita dal fardello di una perdita la cui gravità non aveva fino a quell'istante realizzato pienamente.

Stordita, uscì attraversando Corso Umberto I, la via che spaccava in due il paese, senza fretta, continuando a ripetersi che presto si sarebbe svegliata e con sollievo avrebbe scoperto di essere figlia di altri genitori, di abitare in un'altra casa, di avere altri problemi.

Verso la metà di un vicoletto buio, si fermò sotto una finestra larga e bassa. Bussò piano con il pugno chiuso sul vetro e rimase in attesa. Dopo un po' la finestra si aprì e apparve Ninuzzo, suo cugino. Era in mutande.

"Sono passata a salutarti, Ninù. Parto!"

"Mi metto i pantaloni e vengo con te" disse il ragazzino ridendo forte.

"Non puoi, vado dall'altra parte del mondo. In Argentina".

"Da chi?" chiese lui tornando serio. "Questo me lo dovrai dire tu. Adesso entro e ti spiego" rispose Mate; poi si aggrappò al piccolo davanzale e saltò nella stanza. Si sedette a indiano sul pavimento e fece a Ninuzzo un resoconto dettagliato della conversazione avvenuta tra don Rafè e il medico condotto.

"Domani vado a trovare Nicolino e gli faccio dire tutto quello che sa. Gli porto un giornalino di Zora la vampira che così mi racconta tutto. L'ultima volta me l'ha restituito con le pagine incollate" disse Ninuzzo.

Risero forte. Poi Mate lo osservò con il capo da un lato e gli disse: "Tua madre ti veste sempre come un vecchio. Lo vuole capire che oggi vanno di moda gli slip".

"Io non diventerò mai vecchio. Mia madre dice sempre che morirò prima di fare trent'anni, come tutti quelli della mia razza" rispose lui quieto, con la bocca aperta e un sorriso freddo.

Mate strinse i pugni.

"Tu camperai più di ogni altro. A dispetto di quella scema poco istruita di tua madre" disse a denti serrati. Ninuzzo rise sguaiatamente e cominciò a fare un giro su sé stesso a una velocità sorprendente, subito ne fece un altro e un altro ancora fino a sembrare una trottola. Quando smise di girare, perse l'equilibrio sbattendo contro i mobili, incespicando nelle cose. Con le mani levate al cielo cantilenò: "Quando parti, quando parti, quando parti..."

"Non lo so, non lo so, non lo so" fece eco Mate iniziando anche lei a girare su sé stessa. Si fermò per prendere fiato. Ninuzzo, allora, si avvicinò e l'abbracciò. Cercò di dire qualcosa ma non gli riuscì di concludere una sola parola. Balbettò come se invece di ingoiare aria buttasse giù acqua e la sua lingua si fosse tramutata in un organo viscoso senza vita. Si arrese e pianse.

"Devi restare calmo" disse Mate stringendogli la testa al suo petto. "Se ti agiti quando parli peggiori le cose". Ninuzzo non cercò di dire nulla e l'abbracciò ancora più forte, indifeso. Mate fece altrettanto e si lasciò stringere. D'improvviso, ingoiando saliva, Ninuzzo urlò: "A me nessuno mi vuole. Dicono che sono brutto. Io mi voglio sposare con te!".

"Non possiamo. Siamo cugini". Gli sfiorò la guancia con una carezza lenta e si allontanò verso la finestra.

Ninuzzo, visibilmente sconsolato, si abbandonò sul materasso. Con uno sprazzo di lucidità, prima di essere vinto dalla stanchezza, mormorò: "Mia madre dice a tutti che sono mongoloide. Ma che cosa significa?".

Mate si avvicinò e, con un sospiro di rassegnazione, rispose: "Significa poco, Ninù. Non tutti a questo mondo sanno parlare, anche se sembra la cosa più facile".

Capitolo 6

Durante l'omelia, don Vincenzo, dall'alto della sagrestia della chiesa Matrice, parlò a lungo della vita del notaio, senza mai però nominare la causa della morte. Ricordò il periodo giovanile del defunto, soffermandosi sulle lotte socialiste con tutti gli altri giovani di Badolato, ma fu soprattutto sulla sua conversione che fece convergere le parole più sentite, quando il notaio indossò la casacca del democristiano e la portò con onore fino alla fine. Sull'ultima parte dell'esistenza terrena dell'uomo impiegò i termini più adatti per raccontare ai presenti come, nonostante si fosse ammalato di quella malattia che è la vecchiaia per la quale non ci sono rimedi, avesse mantenuto un contegno vivo e decoroso, anche se prosciugato di ogni forza.

La chiesa straripava di gente che ascoltava rapita le parole del prete, annuendo con l'aria commossa. Visi scarni e ossuti, solcati da rughe profonde, fissavano immobili il prete e la prima fila dei familiari senza dare segnali di insofferenza nonostante la messa si protraesse oltre il tempo usuale. Era il mondo in penombra della povera gente che non si vedeva in giro nemmeno nei giorni di festa, ma che per il funerale del notaio si era animato mostrando la parte migliore.

All'uscita della chiesa don Rafè si pose alla cima del corteo, tra donna Filomena e sua figlia Marianna, e diede avvio alla marcia. Osservava intorno a sé dispensando sguardi compiaciuti ai lati della strada, registrando con soddisfazione la dimostrazione evidente dell'affetto dei badolatesi verso il notaio.
Le finestre al passaggio del corteo si chiudevano in segno di lutto, e coperte stese dai balconi sventolavano come tristi bandiere.

I ragazzini interrompevano i giochi al passaggio del feretro; nei loro occhi vuoti e spenti si vedevano riflessi i vestiti a lutto degli adulti, le palpebre si chiudevano e si aprivano al tintinnio della campanella a morto, l'intero corpo rimaneva in una fissità rigida. La loro mente sembrava non essere attraversata da nessun pensiero.

Poi, tutto ebbe fine. Le strette di mano, gli abbracci e le parole di circostanza lasciarono il posto alla contemplazione impassibile del feretro che si allontanava sopra la carrozza per il cimitero. E lentamente, e con compostezza, tutti tornarono alle loro case.

Nel corso del pomeriggio, don Rafè ricevette tre visite importanti. La prima, fu quella del consigliere democristiano di Badolato, Ferdinando *Cascetta*.

L'uomo entrò nel palazzotto del notaio Tripoti. Basso e tarchiato, si muoveva a passi piccoli e aveva sempre un'attenzione vigile sulle cose. Gli occhi, piccole biglie marroni, giravano in tondo di continuo. Era proprietario di un albergo a Soverato che gestiva personalmente e fare il consigliere era il suo secondo lavoro; anzi il terzo, considerato che si occupava a tempo pieno delle terre di sua moglie. In verità, il quarto, perché grazie al diploma conseguito alle magistrali era riuscito a ottenere l'insegnamento in una scuola di Riace. D'altra parte, con gli amici di partito che gestivano in prima linea le questioni del paese, gli impegni da consigliere comunale si risolvevano in ben poco.

Don Rafè lo ricevette nel suo ufficio, seduto sulla poltrona di plastica, gioiello di pop art che vendeva nella Standa. Fumava la solita Nazionale fino alla fine, con il mozzicone tra l'indice e il pollice ingialliti.

"Sono venuto a farvi le condoglianze, don Rafè... e purtroppo a portarvi personalmente una notizia brutta" esordì il consigliere. "Il giudice ha stabilito l'importo che dovete pagare per indennizzare il Comune dei danni subiti... cinque milioni di lire. Uhm... magari del resto ne parliamo in un altro momento".

"Perché, c'è pure il resto?"

"Propriamente".

"Parliamone all'istante!"

"Secondo l'articolo sette otto sette e via dicendo del comma bis riferimento, non mi ricordo bene quale, dovete risarcire il Comune per i danni procurati con la vostra impresa di costruzioni... Inoltre, il Comune stesso è esonerato dal pagarvi i lavori che avete eseguito per il consolidamento e, *mutatis mutandis*, non è più vincolato a rispettare il mandato, quindi può cercarsi un'altra impresa. Sia ben inteso che questa è una disposizione del giudice su sollecitazione dei soliti comunisti che non si fanno mai i fatti loro. A nessuno dei consiglieri d'opposizione sarebbe mai venuto in mente di agire in modo così irrispettoso nei vostri confronti".

Don Rafè si accese un'altra Nazionale con il mozzicone della precedente, passandosela da una parte all'altra della bocca come uno stecchino. Nascose la rabbia dietro la nuvola di fumo. Avrebbe voluto urlare, ululare come un lupo ferito, ma rimase in silenzio, ingoiando saliva acida.

Quello che era sembrato inizialmente un buon affare, alla fine dei giochi si era rivelato una rimessa senza eguali. Si era aggiudicato, senza nemmeno concorrere, l'appalto per il consolidamento di una ventina di case nella parte bassa del paese e per cercare di far crescere gli utili aveva risparmiato sui materiali e sul lavoro sottopagando gli operai.

Se non fosse stato per quei quattro giorni di acqua e vento che avevano investito Badolato alla fine della primavera, le case non si sarebbero raccolte come castelli di sabbia e tutto sarebbe andato per il meglio, almeno fino all'autunno, periodo entro il quale lui avrebbe già incassato.

"Ma il Comune seriamente li vuole i soldi?"

"Sapete com'è, c'è un'ingiunzione del tribunale" disse il consigliere senza nemmeno sedersi.

A donna Filomena, che nel frattempo era sopraggiunta dalla cucina, fece un baciamano da cinematografo.

"Posso sapere il motivo della visita?" chiese la padrona di casa. La gonna aderente la fasciava come una sirena e la camicetta sembrava sul punto di sputare i bottoni neri di madreperla.

"Niente d'importante, donna Filomena. Niente che non si possa aggiustare" rispose il consigliere, ancora inchinato verso di lei. Solo la presenza vigile di don Rafè lo fermò dal continuare a baciarle la mano. Don Rafè, e questo il consigliere lo sapeva, era molto geloso e anche una cosa da poco come un baciamano prolungato avrebbe potuto scatenargli un attacco di risentimento paranoico.

Il consigliere comunale, che alla sua posizione ci teneva particolarmente, si affrettò a salutare e lasciare la compagnia della coppia. Sulle scale incontrò il vecchio direttore dell'Istituto di Previdenza il ragioniere Tonino *Lapis*. Il contabile si era presentato con il suo assistente al seguito, Francisco *Quadernu* un povero diavolo senza né arte né parte. Il vecchio direttore se lo portava in giro più per sostegno morale che per reali necessità. Erano due solitudini che si erano incontrate, e come spesso succede l'esistenza di uno era divenuta motivo di vita per l'altro.

Era la seconda visita importante per don Rafè.

"Mi dispiace disturbare in questo triste momento, ma ci sono da versare i contributi per molti lavoratori, don Rafè. Siete un po' in arretrato. E poi ci sarebbe pure da inquadrare una trentina di onesti lavoratori. Che facciamo, li lasciamo senza previdenza? No, non sia mai. Bisogna farlo prima possibile perché se a qualcuno salta la mosca al naso e gli piglia di lamentarsi sono dolori" disse il ragioniere.

"E faremo quello che c'è da fare. Ma tutta questa urgenza?"

"Dall'ultima volta che ne abbiamo parlato sono passati un paio di anni. Se vi sembra urgenza la mia... Ad ogni modo, la pratica seguirà il suo corso. Che facciamo, don Rafè?"

"E che volete che facciamo, mi date qualche giorno di tempo e sistemiamo tutto. Voi fate quello che avete fatto fino a oggi. Sapete che non mi dimentico mai degli amici".

"Bene così. Condoglianze alla famiglia sua". Era già sulla porta quando dovette tornare indietro a riprendersi Francisco. L'uomo era rimasto imbambolato davanti al quadro della dinastia dei Tripoti e lo osservava meravigliato. Aveva le mani in tasca e grosse lacrime gli rigavano il volto, tagliandoglielo da parte a parte. Il vecchio direttore e don Rafè si avvicinarono incuriositi, sistemandosi in silenzio al suo fianco.

"Come sono belli i ricchi" disse l'uomo continuando a piangere. "Come sono belli... e importanti... Senza di loro non ci sarebbero questi belli dipinti". Si voltò prima verso il ragioniere e poi verso don Rafè e disse: "Avete mai visto un bel quadro dove dentro ci stanno poveri cristiani con le pezze al culo? Io mai". E continuò a piangere assaporando le lacrime con la lingua.

Né don Rafè e né il ragioniere seppero cosa dire.

L'ultima visita importante di quel giorno già infausto di suo, don Rafè la ricevette poco prima di mezzogiorno. Era l'ufficiale postale, Salvatore *Librettu*, un uomo curvo e secco che aveva lo stesso odore dei documenti che si portava appresso.

"Ci sono state poche entrate e moltissime spese nell'ultimo anno, don Rafè. Il conto è dimagrito, magro come una canna del canneto. Tra qualche mese non si riuscirà più a pagare nemmeno i bolli per spedire le lettere. Fate le condoglianze a donna Filomena".

E gli sparì sotto gli occhi nel tempo di uno starnuto.

Dopo quell'ultima visita, l'umore di don Rafè era pessimo. A quasi cinquant'anni, lui che pensava di ereditare il mondo, si ritrovava unico erede di una dinastia andata in pezzi.

Il vecchio notaio negli ultimi tempi se l'era scialata a più non posso, fregandosene altamente di chi rimaneva dopo di lui: viaggi costosissimi offerti anche agli amici di merende, macchine da sogno che incidentava alle prime uscite, champagne a fiumi nei locali notturni della capitale e gioielli a mani aperte alle signorine che gli salivano sulle gambe. Un vero signore che viveva come se fosse seduto sopra una miniera inesauribile.

Per cercare di fermare quell'emorragia don Rafè era ricorso all'aiuto della scienza e con la complicità del medico condotto era riuscito a far visitare suo padre da alcuni psichiatri del manicomio di Girifalco.

Al povero notaio gli specialisti della mente avevano fatto indossare un caschetto collegato a dei fili e a ogni *clic* lo accendevano come una lampadina. Quindici giorni di trattamento elettrico al sistema nervoso e l'arzillo vecchietto dedito alla bisboccia a oltranza se n'era tornato a casa con un bel pannolone al sedere, le mani tremanti e la bava alla bocca come gli infanti.

Ma, come purtroppo il fresco ereditiero aveva potuto imparare dalle recenti visite, nonostante i suoi sforzi per arginare la dilapidazione del patrimonio, suo padre era riuscito ugualmente a far fuori il grano e lasciargli soltanto la crusca. Inoltre, c'era pure il pericolo che se mai sua figlia fosse riuscita a trovare il libro su cui si trovava il testamento olografo, a lui non sarebbe rimasto neppure la crusca.

Se pensava che per il caro estinto si era pure impegnato con il beccamorto per un funerale di lusso, gli si annodavano le budella e gli veniva da mandare tutto a monte. Persuaso, però, che non sarebbe stata una buona mossa per le apparenze, decise che era arrivato il tempo di concedersi un momento di pace. Scese in cantina, riempì una bottiglia di vino dalla botte più grande e dopo un paio di sorsate si sentì meglio, più calmo.

Accese una sigaretta che evaporò con due soli tiri, per poi sedersi a elaborare pensieri e soluzioni. Gira che ti rigira, pensa che ti ripensa, dopo una mezza dozzina di tracannate a fontanella e mezzo pacchetto di sigarette, i rimedi non tardarono ad arrivare.

Primo, avrebbe cercato di trovare il pelo nell'uovo per non pagare il beccamorto. Sapeva che a volerla cercare la magagna si trova sempre perché è più facile del previsto.

Sarebbe bastato controllare minuziosamente il lavoro e tutto si sarebbe risolto in un bel niente per il ragioniere.

Secondo rimedio, per fare cassa si sarebbe fatto consigliare dall'avvocato don Peppino *Scurzuni*, vicesegretario della sezione DC di Badolato e vero scienziato della frode.

L'uomo era un esperto di marchingegni fraudolenti. Era stato lui a consigliargli qualche anno prima di cambiare l'estimatore per il raccolto delle olive con un altro estimatore, un vecchio amico fidato di partito. Il primo, più vicino ai socialisti, non faceva, secondo l'avvocato, gli affari di don Rafè perché per motivi ideologici sottostimava troppo e, quindi, i contadini che avevano in gestione gli uliveti riuscivano a rispettare il quantitativo stimato da corrispondere a don Rafè e portarsi a casa tutto il resto.

Grazie al nuovo estimatore, che invece si avvaleva di un metodo di calcolo moderno, gli affittuari venivano derubati perché l'estimatore, raccogliendo a pugno da un ramo un po' di olive di un albero a caso, calcolava l'intero quantitativo dell'albero secondo una moltiplicazione con un fattore x che si doveva essere inventato a tavolino e che, guarda caso, dava sempre di più del reale. Alla fine, moltiplicava il quantitativo per il numero di alberi e il conto era fatto. Una mossa, quella dell'astuto avvocato, che nella storia della ruberia di Badolato non conosceva rivali e che aveva portato nelle casse di don Rafè l'inimmaginabile, riducendo non poche famiglie alla miseria.

Don Rafè si convinse, dopo l'ultima sigaretta del pacchetto, che se anche i tempi erano cambiati per colpa della televisione e dei covi dei comunisti che sorgevano dappertutto e rendevano le cose più difficili, la furberia proverbiale che l'avvocato aveva praticato negli anni avrebbe certamente trovato qualche buon rimedio per far cassa. Soddisfatto, don Rafè si piegò sulle gambe, girò il collo come un gallo e bevve a gargarozzo dalla botte. Quando tornò dritto prese le scale e raggiunse la stanza da letto. Trovò sua moglie in sottoveste, sfinita da una giornata di pianti e di prefiche greche, supina al centro del materasso con le braccia abbandonate sopra la testa.

"Hai di nuovo bevuto?" chiese lei con la voce rauca.

"Sì... ma solo un bicchiere".

"Non è vero. Si sente da lontano".

"Solo uno", ribadì lui avvicinandosi; poi si sbottonò la camicia e sfilò i pantaloni mentre, malizioso, la guardava.

"Cosa pensi di fare?" chiese lei mettendosi a sedere. "Sono stanca... e tuo padre è ancora caldo!"

"Siamo della stessa razza, avrebbe fatto lo stesso".

"No, oggi no".

"E perché?"

"Siamo di lutto".

"E chi lo viene a sapere?"

"Nessuno".

"E allora se non lo viene a sapere nessuno..."

"Lo so io, e questo basta" disse lei scendendo dal letto.

Camminò verso l'armadio, si fermò davanti allo specchio, raccolse i capelli a crocchia sulla testa e con un movimento svelto fece cadere la sottoveste. Aprì un'anta e tirò fuori un vestito nero di cotone leggero.

Lui la guardò con occhi avidi, inseguendola con la fantasia. Il corpo rotondo e perfetto, l'incedere languido e le movenze lente, tutto gli disegnava nella mente un cinematografo proibito ai più piccoli. Fu sul punto di saltare dal letto, ma si trattenne. Masticando saliva chiese: "Ti aspetto?".

"No" rispose lei, incamminandosi verso la cucina. Nell'aria rimase il suo odore, una fragranza di limoni e gerani macerati che ai sensi di don Rafè apparve come il più proibito dei profumi. Frustrato, scese dal letto. Abbottonò i pantaloni, si piegò sulle gambe e afferrò la vestaglietta nera della moglie. L'adagiò sul letto e pensò che era arrivato il momento di andare a trovare donna Assuntina. Tra una chiacchiera e un'altra, questa volta a fare il medico alla comare Assuntina si sarebbe messo lui.

Capitolo 7

La settimana successiva, quando il funerale del notaio era ormai definitivamente archiviato, il paese si ritrovò in piazza Castello per assistere alla competizione tra lo stendardo e il tamburino. La competizione, di solito prevista per il giorno di Pasqua, per volere di don Vincenzo quell'anno si sarebbe svolta anche per la festa della Sanità. Era suo desiderio accontentare alcune lamentele di emigranti che non riuscivano a tornare per il periodo pasquale.

Il rituale consisteva in una competizione sfrenata tra lo stendardo, simbolo di fortuna e prosperità, e il tamburino che rappresentava la sfortuna.

Due giovani si facevano carico, alternandosi, dello stendardo alto una mezza dozzina di metri e correndo dovevano cercare di raggiungere il terzo, un tamburo che suonava e fuggiva per le viuzze.

Se fossero riusciti ad acchiapparlo avrebbero avuto il diritto di romperlo e, in questo caso, la credenza popolare recitava che quello sarebbe stato un anno fortunato. Al contrario, se il tamburino fosse riuscito a scampare, quell'anno avrebbe prevalso la sfortuna.

Don Rafè smaniava e friggeva, dopo la messa di suffragio di suo padre, non vedeva l'ora di assistere alla competizione tra lo stendardo e il tamburino. Un amico fidato gli aveva suggerito in un orecchio di puntare sul tamburo rotto. Con i soldi della vincita, che reputava sicura, pensò che avrebbe portato Pietro da Sisina, la puttana delle puttane di Catanzaro, quella da cui andavano soltanto i magistrati del tribunale o i rampolli delle famiglie nobili. Si preparò in tutta fretta e uscì di casa fischiettando come un bambino l'ultimo giorno di scuola.

Una folla di persone si era radunata in piazza e lui era di fronte al bar centrale quando si accorse della presenza di Antonio, il figlio di mastro Turi e della comare Lina. Si fermò e, eccitato, urlò: "Totaré, quando sei arrivato?"

"Oggi stesso" rispose lui. Era arrivato soltanto da qualche ora da Bologna, dove era iscritto alla facoltà di giurisprudenza.

"E quando parti?" chiese abbracciandolo.

"E lasciatemi arrivare, don Rafè!" gli rispose lui senza perdere di vista Marianna. Don Rafè tornò a riabbracciarlo e subito aggiunse: "Ti ringrazio per il telegramma con le condoglianze, sai quanto eri caro a mio padre, a quell'anima pia e santa, che il Signore se lo prenda in pace vicino a lui, perché in terra non ha fatto che cose di bene". Si fermò qualche istante per capire se l'aveva sparata grossa e intuendo dallo sguardo della moglie che aveva esagerato, si spostò di argomento: "A proposito, Pietro lo hai già incontrato? Mamma mia, quante ne avete combinate voi due da piccoli".

"Eravamo ragazzini…"

"E ti ricordi di quella volta che avete dato fuoco al pollaio del fratello del sindaco?"

Mentre don Rafè parlava con eccitazione Antonio, con gli occhi scintillanti, mandava a Marianna certi lampi di luce che l'unico a non accorgersene fu proprio don Rafè, preso com'era dall'apologia delle antiche pasquinate di Antonio e Pietro.

"E ti ricordi di quella volta che tu e Pietro siete andati a rubare i mandarini nel fondo del compare Fefè?".

Un istante prima che don Rafè terminasse il resoconto del furtarello di mandarini, arrivò Pietro con in mano un paio di mantelli bianchi e ne passò uno ad Antonio.

Don Rafè li guardò con il capo piegato di lato, poi quasi urlò: "Ma non mi venite a dire che lo portate voi lo stendardo!" La moglie lo rimproverò con lo sguardo.

E lui, mettendosi una mano davanti alla bocca, aggiunse a filo di voce: "Vita mia, che picciotti belli siete voi due, sull'onore della buonanima. E il tamburinaro chi è, chi è?".

"Lelè *Puricinu*" rispose Pietro.

"Ih, quel pezzente lo battete a occhi chiusi!".

Antonio sorrise mostrando due fossette tirabaci e Marianna ricambiò. E ancora una volta don Rafè non si accorse di nulla. Si avvicinò ad Antonio e gli scompigliò i capelli neri e boccolosi che cadevano sulla fronte ampia e bianca come quella delle bambole di porcellana.

"Andate a prepararvi, giovanotti. Ci vediamo dopo" disse don Rafè mettendosi tra Marianna e sua moglie; le prese sottobraccio e passeggiarono in piazza, dove avrebbero potuto osservare l'antico rituale all'inseguimento del tamburino.

Nella piazza c'era un tale caos che sembrava di essere in un pollaio. Gli emigrati si riconoscevano da lontano: indossavano camicie di raso dai colori sgargianti o magliette corte fino all'ombelico con fantasie floreali. I pantaloni erano a zampa di elefante e le scarpe a punta con il tacco alto. Molto in sintonia con le coloratissime luminarie per la festa che con i loro archi attraversavano tutto corso Umberto primo.

Don Rafè, accalorato, mandò un ragazzino al bar per prendergli una gazzosa al caffè e, senza farsi notare da nessuno, gli passò sottobanco i soldi per la puntata; poi, sbracciandosi come un vigile urbano, fece disporre gli uomini in file ordinate ai lati della piazza, richiamando tutti al silenzio.

Il suono del tamburino che correva nei vicoli della parte destra del paese arrivava fino alla piazza e la tensione cominciava a salire. Una voce stridula proveniente da un vicoletto aumentò l'agitazione comunicando che il tamburino non aveva molto vantaggio.

L'eccitazione fece perdere il controllo a don Rafè e nell'attimo in cui Cenzino, un figiciotto molto amico di Mate, gli passò davanti con la bicicletta, non si trattenne e gli mollò un calcio a piede pieno. Cenzino, sterzando e controsterzando come un pagliaccio da circo, riuscì a evitare la pedata, ma ormai perduto il controllo del mezzo finì con il manubrio tra le gambe del maresciallo, che lo scaraventò a un lato della piazza accompagnando l'intervento con un grugnito da cinghiale. Tutto sarebbe potuto accadere, perché è nei momenti di maggior tensione che l'essere umano può dare il meglio o il peggio di sé, ma nulla accadde perché finalmente il tamburino fece la sua comparsa.

Don Rafè, non appena lo vide sbucare dal corso, allargò le braccia e spinse indietro con il sedere la folla che premeva; cercò con lo sguardo lo stendardo: era lì. A pochi passi. Antonio e Pietro correvano lanciandosi sguardi d'intesa, il telo dello stendardo si apriva e si chiudeva come la vela di un'imbarcazione.

Lelè *Puricinu*, come nella caccia alla volpe, cercava di sfuggire ai suoi inseguitori suonando lo strumento con colpi nervosi. Il ritmo musicale era stentato e il più delle volte i colpi della bacchetta cadevano sul bordo del tamburo provocando un rumore di legno che preannunciava in qualche modo la sua fine.

Quando il povero Lelè si voltò, e vide lo stendardo a venti metri, poi a dieci e infine alle sue spalle, il suo cuore pompò troppo sangue e il cervello, gorgogliando, gli paralizzò le gambe. Lo stendardo, come una mannaia, gli cadde davanti sbarrandogli la strada.

Ci fu un boato e cappelli volarono in aria. Sulle braccia di don Rafè, il pelo si tese come gli aculei del riccio. Senza ritegno, e ormai dimentico del funerale, esplose come un petardo, urlando con la saliva ai lati della bocca di *scasciare* il tamburino, di *scasciarlo* a sangue. Dimenandosi come un ossesso aveva dato colpi di mano in faccia a un paio di spettatori di fianco a lui e per poco non gli buttava al cesso la dentiera.

Il povero Lelè, distrutto, con un fialone da infarto e sudato fino ai piedi, tremava per lo sforzo come un legnetto. Con dignità, però, pose il tamburino sull'acciottolato della strada e, fissandolo come si guarda un caro che potrebbe andar via da un momento all'altro, rimase in attesa. E con lui tutta la piazza.

Un anno di prosperità non avrebbe fatto male a nessuno e se lo aspettavano tutti; il clima negli ultimi due anni non era stato dei migliori e i raccolti avevano lasciato granai e cantine vuote.

Pazienza se per la fortuna di molti, la sorte avrebbe dovuto presentare il conto a uno solo, e chi se ne frega se in fondo nessuno ci credeva più di tanto, l'importante era tornarsene a casa con la convinzione che quello sarebbe stato un anno diverso, che da quel giorno le cose si sarebbero aggiustate. I fatti erano altri, lo sapevano tutti, ma quando i fatti non danno da mangiare allora bisogna cercare da qualche altra parte il modo, se non di riempirsi la mancia, almeno la testa.

Attendeva Lelè, attendeva la piazza e attendeva don Rafè.

Antonio e Pietro si avvicinarono con lo stendardo, pronti per lasciare cadere la base sul tamburo; lo alzarono in alto, quasi a toccare i fili della corrente, senza smettere di guardarsi un solo istante negli occhi. Poi contarono mentalmente.

Uno, due e tre.

E lo stendardo cadde con forza, come se dovesse uccidere un drago ferito e liberare la fanciulla rapita, ma invece del botto del tamburo si sentì un rumore sordo di legno che si spacca in due sulla strada.

Il tamburo era stato mancato spaventosamente.

L'urlo di don Rafè si sentì fino all'ultimo buco del paese. "Storniamo tutto" disse subito. "Storniamo, e questa volta non si sbaglia nemmeno per l'anima...". Ma non riuscì a terminare la frase perché un frastuono di voci cominciò ad arrivare dalla parte bassa del paese.

Una mattina mi son svegliato

O bella ciao bella ciao bella ciao ciao ciao
Una mattina mi son svegliato
E ho trovato l'invasor

Un gruppetto di giovani della Fgci, fazzoletto rosso al collo e pugno in alto, avanzavano.

Alla testa del corteo c'era Pericle che inneggiava tenendo tra le mani un cartello con una grossa scritta: "Giuditta Levato è viva. Viva la libertà e il lavoro libero". Un chiaro attacco ai latifondisti.

Don Rafè non credeva ai propri occhi. Li passò tutti in rassegna e quando si accorse della presenza di Mate dal fondo dei suoi occhi salì la rabbia. Attese che arrivassero in piazza e li affrontò. Mate conosceva quegli occhi. Paura, terrore, angoscia. Il pane della sua infanzia e della prima giovinezza. Soltanto con il passare del tempo capì come doveva sopportare quello sguardo, quegli occhi che si appiccicavano ai suoi come a voler bucare le pupille. Non si doveva muovere e non doveva fiatare: respirare piano e abbassare lo sguardo.

"Cosa volete dimostrare?" chiese don Rafè a un metro dalla figlia.

Lei non ripose. Aveva al suo fianco Ninuzzo e lo guardò per farsi coraggio.

"Allora?" ripeté don Rafè.

"Manifestare contro i latifondisti. Sfruttatori che riducono la povera gente alla miseria". Urlò Mate, parlando a suo padre ma rivolgendosi a suo nonno, alla sua memoria.

Ninuzzo finì gambe all'aria perché si trovava sulla traiettoria, ma lei non si fece sorprendere e cominciò a correre. Don Rafè, urlando cose irripetibili, si avviò spedito verso il magazzino dove teneva gli attrezzi da lavoro; il locale era a pochi passi da lì e chiuso con una saracinesca ferrosa.

Tutte le volte che la tirava su, gli abitanti del primo piano cadevano dal letto pensando al terremoto.

Quando uscì serrava un nervo di bue tra le mani. Sputò il mozzicone in terra, lo schiacciò sotto la scarpa come la testa di una serpe, batté diverse volte il nervo sul palmo della mano e partì a razzo.

La voce dei giovani manifestanti si sentiva ormai lontana:

O bella ciao bella ciao bella ciao ciao ciao...

Capitolo 8

Verso sera Mate si preparò per andare a trovare sua nonna, donna Carmelina. Dalla montagna un fracasso di tuoni, accompagnato da lampi di luce come in un grande conflitto, riempiva la sua stanza facendo tremare l'aria. Rumore e luce ma senza però una sola goccia di pioggia.

Mate, incollata alla finestra della sua stanza, ascoltava dal mangiadischi portatile *Il tuo bacio è come un rock*, una canzone che le metteva nelle gambe una voglia pazza di movimento. Trasportata dalla musica cominciò a dimenarsi al centro della stanza, sculettando davanti allo specchio dell'armadio come un mulo indiavolato.

Il pantalone di gabardine rosso cardinale a vita bassa che aveva comprato al mercatino di Soverato la fasciava come un filo di rame dell'elettricità e le accendeva il viso di mille colori.

Preda del delirio musicale, immaginò Pericle che ballava il twist con lei e dava di gamba e gomiti come si vedeva fare in televisione. Se soltanto avesse potuto, in quella mattina passata, si sarebbe avvicinata a Pericle e gli avrebbe fatto i complimenti per la bella manifestazione estemporanea organizzata. Ma la piega inattesa degli eventi glielo aveva impedito. Per riuscire a sfuggire a Don Rafè, che non potendo prendersela con Pericle e gli altri per non creare uno scontro politico aspro aveva ripiegato su di lei, si era tolta le scarpe e aveva corso sull'acciottolato dei vicoletti riducendo i piedi a una bistecca svizzera. E se non fosse stato per l'intervento efficace di sua madre, addio a tutti e ci si vede in Paradiso a mangiare fichi secchi e raccontarsi i fatterelli della vita appena passata.

Questo, il fatto nudo e crudo.

Don Rafè aveva raggiunto Mate in cantina, dove si era rifugiata dopo l'affronto, e si era capito subito che non aveva voglia di perdersi in chiacchiere da domenica mattina perché mentre si avvicinava a lei, con il suo amato nervo tra le mani, aveva gli occhi del dottor Jekyll quando diventa mister Hyde. Urlava che soltanto una comunista ingrata come lei poteva fargli un affronto del genere. Nella cantina, per evitare che da un funerale si passasse subito al secondo, era arrivata anche donna Filomena e dietro di lei c'era Pietro, a seguire Antonio e, ancora dietro, come nella processione di Pasqua, mastro Turi. Un vero esercito della Salvezza.

"Non mettetevi in mezzo che stavolta lo ammazzo!" disse Mate rifugiandosi nell'ironia. Aveva concluso tra sé che con la presenza di tutti loro don Rafè si sarebbe dovuto contenere. Donna Filomena, che più di ogni altro sapeva dove sarebbe

potuta arrivare quella figlia nata il giorno di Martedì Grasso, proprio come uno scherzo di carnevale, si fece avanti prima che la situazione degenerasse.

"Lasciala stare!"

"Mi ha mancato di rispetto!"

"Non era sola".

"Io l'ammazzo!"

"Tu non ammazzi nessuno, non è colpa sua se è fatta così!"

"E di chi è la colpa?"

"Tua. Mai una carezza. Niente. Non la vedi com'è?"

"E mo' che faccio? Non l'ammazzo?" aveva chiesto con retorica don Rafè. Poi, dopo qualche istante di confusione mentale, avvinto dal ricordo dell'affronto, aveva fatto uscire dal cuore parole dure: "Io... io non la voglio una così. No, non la voglio".

Come una pietra che cade nel fondo di un pozzo buio, si udì il tonfo del nervo di bue sul pavimento.

Il primo a muoversi, dopo un breve momento di sconcerto, fu mastro Turi. Raccolse il nervo di bue e, avvicinandosi a don Rafè, lo prese sottobraccio.

"Ragazzi miei, con lo stendardo avete sbagliato un rigore a porta libera" disse don Rafè guardando verso i ragazzi.

Antonio e Pietro non risposero. Sostenuto dal suo vecchio e fidato amico d'infanzia, l'unico che non era mai riuscito a far entrare nei suoi giochi truffaldini, don Rafè si allontanò.

"Quando la finisci?" chiese donna Filomena rivolta a Mate. Erano rimaste sole.

"Dopo di lui".

"Prima o poi il temporale ti bagna".

"E a te ti annega" ribatté Mate abbandonando il suo rifugio.

"Dove vai adesso?"

"A cercare di risolvere i problemi che tu non sai nemmeno di avere".

"So tutto. Marianna mi ha raccontato".

"Bene, allora tutto è a posto, adesso ci pensi tu e io me ne vado a riposare. Restiamo d'accordo in questo modo?"

"Smettila!" disse sua madre cominciando a far sgorgare le lacrime.

"Perché piangi?"

"Niente. Niente. Questa vita..." Non riuscì a dire altro.

"Lui ride e se la spassa a destra e a sinistra e tu piangi!"

Sopra una spalla del vestito nero di donna Filomena c'era attaccato un cuoricino di pizzo che lei stessa aveva ricamato a mano e, di fianco, una farfalla con le ali tutte colorate come un arcobaleno. Mate lo guardò come ipnotizzata, pensando che in quella figura c'era tutta la minuta personalità della madre: una donna che vestiva una rabbia muta, ostentata con gli abiti assurdi che indossava per i funerali e i matrimoni. Una povera donna che, nonostante le tante disillusioni, continuava a coltivare illusioni. Si era pentita di averla offesa. E aveva cercato di rimediare.

"Non piangere. Vedrai che un giorno piangerà anche lui".

"E per che cosa?"

"Per la vergogna".

Donna Filomena la fissò con un'espressione aspra e, superandola, uscì dalla cantina. Nell'aria rimase il suo odore: un tenue profumo di menta e anice.

L'abitazione di donna Carmelina era piccola e piena, con l'aria miscelata a fragranze di erbe e balsami che la nonna di Mate lavorava nelle ore mattutine.

Si entrava da un portoncino di legno cigolante che immetteva direttamente in una stanza adibita a studio dove c'erano una piccola scrivania in ordine e un mobile alto fino al soffitto, pieno zeppo di libri e contenitori di vetro con scritte lunghe e difficili da leggere. Ma soltanto i libri potevano dirsi i veri padroni del luogo. Erano riposti nei ripiani centrali del mobile e dovevano essere più di un migliaio. Tutto ciò che si conosceva sulle malattie si trovava lì dentro, tra le pagine di quei soldatini allineati con le copertine spiegazzate, come se il vento avesse scompigliato loro l'uniforme.

Quella sera, Mate la trovò seduta in cucina e rimase per qualche istante a fissarla da dietro.

La vide sistemarsi la mantellina nera sulle spalle e con le dita della mano infilarsi alcune ciocche di capelli argentati sotto il fazzoletto nero.

Figlia di un farmacista, arrivato a Badolato già vedovo, si sposò giovanissima con don Umberto, il maestro, e continuò ad aiutare il padre nella farmacia fino al giorno della sua morte.

Poi chiuse la farmacia e trasferì il lavoro nella sua abitazione dove la povera gente si recava per un rimedio a poco prezzo.

"Perché non parli?" chiese donna Carmelina voltandosi.

"Cos'hai?".

"Niente".

"Quando dici niente in quel modo non è un niente".

"E cos'è?"

"È qualcosa".

La sua rabbia esplose con una carica inopportuna.

"Mia madre è succube di un figlio di... È un uomo senza cuore".
Donna Carmelina non la contrariò.

"Non ti complicare la vita inutilmente, Mariateresa" disse condividendo il tormento della nipote.

Conosceva le sue intemperanze e lasciava che sfogasse la rabbia con parole grosse. Dopo un po' sorrise con il volto aperto e disse:

"Ogni cosa comincia a cambiare lentamente. E non sempre perché lo vogliamo noi". Distese la fronte e le rughe profonde si attenuarono. Mate l'aveva ascoltata in silenzio.

"Don Rafè sta combinando un paio di matrimoni" disse subito risoluta.

"So tutto. Me ne ha parlato tua madre".

"E allora?"

"Allora niente. Aspettiamo e vedrai che le cose si sistemano. Il tempo aiuta".

"Certo. Intanto io vado in Argentina mentre voi aspettate che il tempo sistemi quello che c'è da sistemare!"

"Non andrai da nessuna parte".

"E tu come fai a saperlo?"

"Lo so. Tuo padre è legato a te e non lo farà mai".

Mate scoppiò in una risata nervosa.

"Tra me e lui non c'è niente. Solo vuoto. Vuoto e basta!"

Donna Carmelina socchiuse gli occhi e non obiettò. All'improvviso, però, e senza, apparentemente alcun motivo, portò la sua mano davanti agli occhi di Mate.

"Guarda la mia mano e dimmi cosa vedi!"

"Cinque dita".

"Guarda meglio. Non fermarti alla prima cosa che vedi" rispose donna Carmelina infastidita dalla risposta frettolosa. Con l'altra mano si sistemò meglio il fazzoletto sulla testa.

"Cinque dita di diverse misure" aggiunse Mate sbuffando.

"Continua".

"Una mano invecchiata e stanca".

"Ferma il tuo sguardo solo sulla mano, fissala intensamente e poi dimmi cosa vedi".

"Senti, non sono venuta per giocare. Altrimenti sarei uscita con Ninuzzo".

"Quattro vuoti. Ci sono quattro vuoti" disse sua nonna, con l'aria di chi ha perso ogni speranza.

"Ah, che bella cosa. Ma guarda non avevo mai visto una mano da questo punto di vista. Che gioco divertente. Forza, dove vuoi arrivare?"

"A farti vedere ciò che lega le cose e dà loro un senso. Guarda ancora la mia mano e dimmi cosa vedi. Cos'è veramente quello che ho chiamato vuoto?"

"Non lo so. E non lo voglio sapere. Mi dici come devo fare per non partire per l'Argentina invece di giocare con la tua mano?"

"È un legame. Dove tu vedi vuoti, esistono legami" disse donna Carmelina ignorando l'atteggiamento della nipote. "Quello che tu hai chiamato vuoto è un legame. E il legame tra un padre e una figlia è ciò che rimane quando tutto sembra essersi perso. Là dove ti sembra che ci sia un vuoto, c'è sempre un legame".

Mate nascose il suo disappunto dietro il sarcasmo. "Io e don Rafè ci amiamo senza saperlo? Ma che bella storia! Lasciamo perdere, sono venuta per uno dei tuoi rimedi. Mi friggono i piedi".

Donna Carmelina non commentò più in alcun modo. Si informò velocemente sui fatti, la fece sdraiare e le guardò i piedi; poi, uscì dalla stanza incamminandosi verso l'orto. Fece ritorno dopo qualche minuto con in mano mazzetti di erba cavallina e ortica. Sistemò sul fuoco un tegame e quando l'acqua cominciò a bollire vi buttò dentro il raccolto. Attese qualche istante, poi lo tolse dal fuoco, filtrò con un fazzoletto il liquido e lo adagiò sui piedi Mate.

Era un vecchio rimedio, come tanti altri, che Mate aveva già visto usare da sua nonna. A Badolato, dove girava voce che nell'ospedale di Catanzaro si entrava con un braccio rotto e si usciva con l'altro ingessato, la gente, più che mai pratica, ricorreva a donna Carmelina per rimettersi in sesto. Almeno c'era la garanzia di portare il rimedio là dove veramente serviva.

Dopo una buona mezz'ora di attesa, Mate avvertì i primi segnali di ripresa. I piedi avevano smesso di friggere e riusciva a stare più dritta.

"Dove hai imparato questi rimedi da stregone di montagna?". Camminava avanti e indietro guardandosi i piedi come se stesse provando un paio di scarpe nuove.

"Da mio padre" rispose donna Carmelina.

"E tuo padre?"

"Da suo padre".

"La solita storia, insomma..." disse Mate. "Fino a quando continueremo a contare solo sulla tradizione, invece di studiare sui libri, saremo sempre quelli di *laggiù*".

"Noi siamo *quaggiù*".

"Sì, lo so che siamo quaggiù... ma per cambiare le cose dobbiamo cominciare a pensare come la pensano da altre parti. Stanno succedendo cose che devono succedere pure da queste parti".

"Non vorresti essere tu a portare avanti la tradizione?" chiese donna Carmelina cambiando discorso.

"Non m'interessa guarire la gente" rispose. "Ho preso il diploma di geometra" rispose Mate. Si lasciò andare sulla sedia, esausta e delusa. Ripensò a quanto aveva dovuto lottare per riuscire a imporre la sua scelta e frequentare L'Istituto Tecnico di Soverato. E quando finalmente ci riuscì, si era dovuta sobbarcare la fatica per raggiungerlo tutti i santi giorni, e la continua guerra con i suoi compagni di classe, tutti maschi e tradizionalisti accaniti.

Due futuri geometri, che avevano pensato di potersi divertire alle sue spalle, ne pagarono le conseguenze. I buontemponi, prodigandosi in uno scherzo da caserma, avevano cercato di alzarle la gonna, ma lei senza esitazioni li aveva coperti di graffi e sputi svergognandoli nel cortile della scuola davanti a tutti.

"Mio padre ci sta rovinando la vita" esordì Mate di colpo.

Donna Carmelina non disse nulla e Mate cominciò a guardarsi intorno, in attesa di togliere il bendaggio ai piedi e tornarsene a casa.

Ogni parete della stanza era occupata da fotografie di donna Carmelina con il marito. Mate li osservava sorridere in ogni immagine come se fossero vivi, di carne, sangue e respiri.

"Vi siete amati molto, tu e il nonno?" chiese pensando a Pericle.

"Non so... ci siamo amati. Come diceva lui, l'amore non ha una causa e se la trovi non è amore, ma interesse, ambizione".

"Forse perché tu e il nonno eravate uguali, entrambi con la stessa idea di vita".

"Uguali come due gocce d'acqua per molte cose, ma in alcune qualità eravamo diversi, addirittura opposti. Io, per esempio, ero molto paziente, lui non lo era. Ah, sapessi quanta poca pazienza aveva" sospirò donna Carmelina. "Ti voglio raccontare un fatterello curioso. Tua madre aveva un mese di vita e spesso piangeva. Lui, allora, la prendeva in braccio, ma se lei non smetteva subito, me la passava spazientito, innervosito. Un giorno avevo bisogno di andare dal medico per un'unghia che mi faceva molto male. Si era conficcata nella carne e dovevo farmela tirare via. Un intervento dolorosissimo. Andai da tuo nonno, sprofondato nella lettura di un libro, e gli chiesi di tenermi la bimba per qualche ora. Sai cosa mi rispose? Mi disse di rimanere a casa con la bimba perché sarebbe andato lui a tirarsi via l'unghia".

"Si vede che non gliene fregava niente della bambina" disse Mate in mezzo a una risata che, né riusciva, né voleva fermare.

"Ti sbagli, l'amava più della sua stessa vita. Era diverso dagli altri uomini del suo tempo. Per lui una figlia non era una disgrazia, ma una benedizione del cielo. Non sopportava l'idea di trovarsi solo con una bambina che avrebbe potuto cominciare a piangere e continuare a farlo per diverso tempo. Tuo nonno, intelligente e preparato com'era, sapeva di non essere paziente e che proprio la sua impazienza avrebbe fatto piangere di più sua figlia. Ma non per questo dubitava dei suoi sentimenti per lei. Non era sicuro della sua qualità, cioè della sua pazienza. Non devi mai confondere i sentimenti con le qualità. Se cerchi di capire i sentimenti di un uomo devi separarli dalle sue qualità. Se li metti insieme non arriverai a capirlo fino in fondo" disse donna Carmelina illuminandosi.

"Perché?"

"Perché l'uomo separa, divide. Soltanto noi donne mettiamo insieme, uniamo. Osserva i giochi dei bambini e potrai capire le mie parole. Se dai un gioco o qualsiasi oggetto ai bambini, presto cercheranno di aprirlo, rompere l'unità e separarne i pezzi Ma non lo fanno animati da pensieri distruttivi, vogliono sapere com'è fatto. Cosa c'è dentro e in che modo funziona. Sono mossi dalla curiosità e dalla sete di conoscenza. Distruggono ciò che possiedono per conoscerlo. Con il passare degli anni continuano a separare e dividere tutto ciò che incontrano sulla loro strada. Imparano a farlo anche con loro stessi: da una parte ciò che sono, dall'altra ciò che sentono. Se vuoi capire un uomo devi fare la sua stessa operazione. Tuo nonno amava la sua bambina, ma non aveva la pazienza per accudirla. Magari ti succederà la stessa cosa con tuo marito".

"Io non voglio sposarmi con nessuno, non scherzare con queste cose. Perché non mi auguri il carcere, meglio?"

"Lo dici adesso per paura. Anche tu come tutte le donne non aspetti che un invito".

"Un invito?"

"Sì, un invito sincero".

Donna Carmelina sorrise e cominciò a muoversi come se stesse cercando qualcosa che non riusciva a trovare perché presa da altri pensieri. All'improvviso, si fermò e si diresse verso la credenza, aprì un cassetto ed estrasse un mazzo di soldi grande quanto il pugno di una mano. Erano avvolti in un fazzoletto di cotone bianco.

"Prendi, ti torneranno utili" disse porgendoglieli.

Si sedette e richiuse gli occhi. Il suo respiro si fece lento e regolare come quello di un gatto sprofondato nel sonno.

"Non ho bisogno di soldi".

"E invece sì. Il notaio è morto e non hai più chi ti aiuta".

"Devo andare" disse Mate togliendosi le garze dai piedi.

Si abbracciarono.

In strada, Mate ripensò alle parole di donna Carmelina e in successione a quelle che don Rafè le aveva fatto arrivare in cantina. Avrebbe desiderato piangere, affinché rabbia e tormento si affievolissero, un pianto disperato e ininterrotto, sapendo che in esso avrebbe trovato sollievo.

Ma anche quella volta le lacrime rimasero per lei un enigma lontano, un mistero profondo che non aveva mai conosciuto.

Capitolo 9

La mattina seguente un rumore martellante di zoccoli ferrati iniziò a picchiare sul lastricato del chiostro. Mate corse alla finestra e vide don Rafè. Si muoveva frenetico, a scatti, mentre preparava due muli. Di tanto in tanto si fermava e portava una mano sulla testa per darsi una lisciata nervosa ai capelli. Non c'era ragione di preparare due muli, a meno che non aspettasse qualcuno. E la risposta non si fece attendere. Con una scatarrata da vecchio catafalco di cent'anni si annunciò don Peppino *Scurzuni*, il vicesegretario della DC. I due si salutarono con baci e abbracci a profusione. Poi il capo indiscusso dei frodatori a tradimento accomodò il sederone sopra un ceppo e prese subito la parola.

"Ho trovato la soluzione a quel vostro problema, compare" disse gracchiando. "E che soluzione, per la madosca! Vedete, don Rafè, voi possedete la pozza sotto la Centrale, quel bell'ammasso di acqua da dove gli orti vicini si abbeverano come muli, lo sappiamo tutti che senza tutta quell'acqua quelle terre se ne andrebbero a strafottersi. Che cosa vi devo dire... Tutto quel ben di Dio è un tesoro. Sapete, noi non abbiamo l'oro nero, il petrolio degli arabi, ma questo è oro bianco, cristallino, trasparente".

"Non vi seguo, segretario. Spiegatevi".

Il vecchio avvocato si tirò su, costringendo il cuore a un super lavoro; poi, prese dalla tasca dei pantaloni due amaretti. Uno lo inghiottì al volo e l'altro lo diede alla bestia.

"Ah, che tempi. Cavalcavo con la buonanima di vostro padre e quando ci capitavano davanti povere volpi o cinghiali finivano a bagno nell'acqua bollente prima di rendersene conto. E poi tabacco, vino e donne. Donne che scorrevano più del vino. Ah, che tempi. Venite, don Rafè. Andiamo a fare un sopralluogo sul posto che vi spiego come stipiamo le casse. Voi avete chiamato e io sono venuto in soccorso. Che bella cosa l'amicizia!"

"Ma ditemi, ditemi qualcosa. Non fatemi stare in pena".

"Don Rafè, la questione è semplice. Voi state dando l'acqua a gratis a tutti gli orti e quelli si fanno i loro comodi senza pagare un ghello. È mai possibile una cosa del genere?"

"Ma quella è acqua della fiumara. È pubblica, segretario".

"E noi la facciamo privata e facciamo pagare il dazio. Chi vuole l'acqua per gli orti deve pagare o con i soldi o con i raccolti a metà".

"Ma non è possibile. Le fiumare non sono di nessuno".

"Le fiumare no, ma la diga l'ha fatta la buonanima di vostro padre, mattone su mattone a spese sue. Dandola poi a gratis, però. Se non pagano voi potete smontarla, mattone dopo mattone. Mi spiego?"

"E si capisce. Ma che bella pensata, avvocato! Andiamo sul posto, così mi spiegate tutto per filo e per segno".

"Questa volta a quei lavativi di comunisti che hanno gli orti sotto di voi gli togliamo pure le mutande".

"Sì, sì muoviamoci. E ricordatevi, segretario, che vi voglio ospite mio a Catanzaro. Festeggiamo a dovere da Sisina..."

"Ah! Che bella cosa l'amicizia" ripeté l'avvocato allontanandosi al trotto.

Don Rafè spense la sigaretta sotto la scarpa, sistemò il cappello di paglietta sul capo e controllò l'ora sfilandosi l'orologio dal taschino. Un attimo prima che partisse con il suo cavallo, parlò con tono gelido in direzione della finestra.

"E mo' che fai? Glielo vai a dire ai tuoi compagni di partito?".

Mate, da dietro le persiane, non rispose subito. Pensò che lo aveva sottovalutato. Si chiese se non lo stesse facendo incautamente già da diverso tempo, come se un istinto sbagliato le consigliasse di vederlo diversamente per vincere la paura che aveva di lui.

"Bella pensata!" rispose dopo un po' inghiottendo saliva impastata di paura e rabbia.

Rivide per qualche istante, con il ricordo di un tempo, la figura di suo padre quando ferrava le bestie e la sua maschera dura si trasformava con le guance che si riempivano di sorriso. E per un attimo la tenaglia che le stringeva il cuore si allentò, come se una grossa colomba bianca si fosse posata sul davanzale con un ramoscello d'ulivo. Fu un attimo di debolezza che lui seppe cogliere al volo.

"Scendi. Vieni qua!" disse con la mano aperta.

"Vieni che ti devo parlare". Disse don Rafè con il tono di un tempo lontano, quando il giorno si faceva stanco e lui apriva le braccia per raccontarle in quel nascondiglio paterno le storie della giornata, invitandola a recitare l'Angelus Domini prima di accompagnarla nel suo lettino.

"Non mi fido..." rispose lei.

"Finiamola...Vieni che ne parliamo".

Decise di fidarsi, ma scese le scale rasentando i muri come un gatto sospettoso.

"Non ti vuoi sottomettere, vero?" chiese suo padre quando furono vicini.

"Mi devo sottomettere di più?". Era ricorsa alla decenza di cedere senza umiliarsi. Ma lui non comprese le sue parole e si spinse oltre.

"O ti pieghi o ti spezzo".

"È per questo che mi hai fatto scendere?"

"Tu non hai diritto a niente. Prima viene Pietro e poi il resto".

Era un resto.

Lei era soltanto un resto. Guardò verso il cielo dove le nuvole leggere formavano un grande materasso morbido su cui saltare e giocare senza pensieri. Ma non era a portata di mano. Rispose con gli occhi imbambolati.

"Pietro avrà quello che deve avere, ma non la mia parte. Quella me l'ha data il nonno e nessuno me la può toccare. Nemmeno Gesù Cristo e qua non vedo chi può prendere il posto suo".

Arrivò il primo schiaffo, pesante, a mano piena come una badilata e le orecchie fischiarono come la littorina. Il secondo la colpì prima che potesse arrivare sul pavimento, tra la nuca e il collo. La terra cominciò a girare come sulla giostra.

"Mio padre era uno scemo!" urlò don Rafè. "Se non mi rispetti ti chiudo in cantina a pane e acqua!"

A dispetto delle ginocchia indolenzite, Mate si tirò su. E si allontanò lenta. Lo sentì parlare alle spalle, ingiuriarla come acqua torbida che cade da un cielo sporco e riversa sulla strada una polvere nera, sudicia, che forma croste.

Non rispose, non disse nulla e consegnò al silenzio la sua vergogna. Don Rafè rimase nel chiostro, continuando con le minacce, bestemmiando la sorte per avergli mandato una figlia fatta in quel modo. Poi, saltò sul cavallo e con un fischio lo incitò a muoversi!

I primi raggi di sole allungavano la sua ombra fin sotto le finestre.

"Questo è tutto quello che riesci a darci' disse Mate guardandolo allontanarsi. "La tua ombra".

Poi chiuse la finestra della cucina per uscire da quella stanza di plastica che la poteva soffocare, che le stava mandando via quel poco di voglia di ridere che di tanto in tanto colpisce anche le persone più malinconiche.

Non riusciva a comprendere come mai non fuggisse lontano, all'estero. Pensò che forse restava solo per continuare a illudersi di non dover essere lei quella sbagliata, ben sapendo che si finisce sempre col credere a ciò che fa meno male.

Capitolo 10

Gli schiaffi e le minacce di don Rafè erano una parte di quel cambiamento che Mate aveva previsto con l'arrivo del testamento. Eppure, Mate non si sorprese di suo padre; no, lui non aveva alcun bisogno di annunciare nessuna dichiarazione di guerra perché la guerra era l'unica vera costante della sua esistenza. Si meravigliò piuttosto di se stessa, della sua poca consapevolezza. Quella mattina s'era mostrata stranamente credulona e impassibile ai gorgoglii dello stomaco che richiamavano a un contegno prudente e imperturbabile.

Il volto bruciava ancora, anche se non portava più alcun segno degli schiaffi, e nonostante l'ora tarda non riusciva ad addormentarsi; il caldo faceva la sua parte, trapassava i vestiti e la pelle era tiepida come cenere. Aprì un cassetto del comodino e guardò dentro, con aria curiosa e agitata, come se non avesse più tutto il tempo di un tempo. Passò in rassegna le sue cose, (fotografie, cartoline, elastici per fermare i capelli) esaminandole con un'attenzione quasi rituale. S'imbatté in un anellino di plastica che gli aveva regalato Ninuzzo e ci si trastullò un po', girandolo e rigirandoselo in mano, mentre in sottofondo dalla radiolina arrivavano le voci del suo programma preferito, *chiamate Roma 3131*. Era un programma molto seguito dai giovani e permetteva a chiunque di esporre le proprie idee con i conduttori. In quel momento un radioascoltatore bolognese raccontava che la sera dell'allunaggio aveva rivolto lo sguardo al cielo e aveva visto chiaramente una specie di grossa astronave che girava intorno alla luna. Affermava con una certa sicurezza che l'astronave era grande quanto la piazza Maggiore di Bologna e secondo lui si doveva trattare di marziani allarmati dalla navicella Apollo 11. Il conduttore, un giovane che parlava a macchinetta, fece una lunga pausa, molto suggestiva, e poi disse: "Interessante, molto interessante... estremamente interessante, ma mettiamo un po' di musica". E fece partire la canzone *Non credere* di Mina.

Mate riuscì a sorridere, pensando che avrebbe voluto avere per un paio d'ore i pensieri di quel radioascoltatore. Così da poter vivere per un breve lasso di tempo con la testa leggera, galleggiante nel nulla come gli astronauti che saltellavano come palle di gomma sulla superficie lunare in assenza di gravità. Continuando a rovistare nel cassetto, le capitarono tra le mani alcuni ninnoli dell'adolescenza e diverse fotografie di famiglia. Meticolosamente, e senza né alcuna particolare rabbia o risentimento, prese quelle cose che avevano un collegamento diretto o indiretto con don Rafè e le distrusse una alla volta. Le fotografie le ridusse in tanti piccoli pezzi lasciandoli cadere per terra. Alla fine, li raccolse con le mani facendo un piccolo cumulo e pose tutto nel cassetto. Poi si sedette davanti alla finestra e ammirò il bagliore della luna, sforzandosi di vedere astronavi, streghe su scope volanti ed enormi animali galleggianti. Viaggiò per qualche minuto con la fantasia.

Da piazza Santa Barbara arrivarono nitide le note di una serenata chiassosa, tipica dei matrimoni. Si ricordò che c'erano i festeggiamenti, gli *spassi*, per il matrimonio di Pasquale e Concetta. Lo sposo, un giovanotto di ventinove anni sempre rabbuiato e in tensione come un filo di nervi intrecciato, era il figlio della comare Gianna, la vecchia balia di donna Filomena. Qualche ora prima della chiesa erano venuti a trovarla e avevano portato un vassoio di dolcetti e qualche mastacciolo. I due giovani promessi seguivano la comare Gianna quasi timorosi. Lui era alto e magro, con un naso aquilino e mani affusolate, un vestito scuro che gli cadeva un po' largo. Mate, con la coda dell'occhio, aveva visto sua madre infilargli nella tasca della giacca un biglietto da dieci mila lire, un regalo molto generoso. La comare Gianna si era commossa e lui aveva ringraziato con un forte accento svizzero. Viveva a Wetzikon dall'età di quattordici con il padre e insieme lavoravano nell'edilizia occupandosi di carpenteria. La sposa aveva i capelli a caschetto e portava un cappellino bianco stretto intorno alla testa, alcune ciocche spuntavano fuori restando attaccate al viso come piume di uccello irregolari. Le labbra erano tinte di un rosso vivo e gli zigomi luccicavano. Indossava un abito da sposa aderente che la fasciava come una sirena e le donava una sensualità semplice e allo stesso tempo dirompente. Si muoveva lentamente, come una geisha istruita ai delicati meccanismi della del piacere e della lussuria. Uscirono dopo un po' e s'incamminarono verso la chiesa attraversando corso Umberto I quasi di corsa, lasciandosi alle spalle la povera comare Gianna che arrancava ancheggiando come un'anatra.

Mate rimase in ascolto della musica e immaginò gli sposi come due ballerini di tango che danzano trattenendo il fiato ed espirando dolcemente per avvertire il contatto fuggevole dei corpi, i vestiti che si muovono via via che l'aria calda esce dai polmoni. Distolse lo sguardo dalla luna e osservò le luci che arrivavano dalla piazza dove la festa procedeva, sotto l'incessante vociare degli invitati che ballavano, cantavano, mangiavano e bevevano. Un paio di ragazzini passarono sotto la sua finestra giocando con il cerchio, una ruota spinta da un'asta sottile di ferro. Avvertì il mormorio delle loro voci e il ticchettio dei sandali di legno sulla strada. Si affacciò e vide i loro visi arrossati e sudati. Li osservò con curiosità, come se dovesse collocarli nella famiglia di provenienza, ma si accorse di non averli mai visti prima. Pensò che dovevano essere figli di emigranti arrivati al paese per le vacanze estive e per un istante si rallegrò. Quando sarebbero tornati alle loro case, in Svizzera o in Germania o in altri luoghi ugualmente lontani, nelle loro tasche ci sarebbero stati granelli di sabbia a ricordargli l'estate, quei perduti momenti passati nel borgo a spingere una ruota per il solo gusto di correre e perdersi dentro vicoli misteriosi e antichi.

D'un tratto la voce del ragionier Fiorentino si alzò nella notte, il suo acuto sembrò perforare il buio e uno scroscio di chitarre e fisarmoniche la fecero rimbalzare lontano. Voci femminili fecero da coro e una scacciacani esplose un paio di colpi nell'aria. La festa era al culmine. Mate alzò gli occhi e contemplò per un lungo istante gli angoli bui della strada, dove la luce delle luminarie montate per la festa della Sanità guizzava tra le ombre. Creava strane forme lungo i muri che ricordavano vagamente i contenuti indecifrabili dei sogni. Pensò a suo nonno e un fiume di nostalgia le cominciò a scorrere nelle vene. E di colpo sentì tanto freddo. Si alzò con il respiro pesante, il viso contratto e i pugni chiusi e uscì sbattendo la porta.

Un attimo prima era nella sua stanza, confusa e persa tra pensieri difficili, e ora, al centro di piazza santa Barbara, quasi arruolata tra gruppi di festeggianti che bevevano vino da fiasche e si davano pacche sulle spalle spingendosi e abbracciandosi. Sorrise ad alcuni amici di partito e scompigliò i capelli a Ninuzzo che si era avvinghiato alle sue gambe come una vite di zibibbo rampicante. In quello stesso istante, dal tamburino di Lelè si scatenò l'inferno e la metà circa della piazza si lanciò in una tarantella da circo. Ninuzzo, scoordinato come una gallina, cominciò a dimenarsi come se avesse una serpe nei pantaloni, grugnendo di piacere. Provò a tirare nel cerchio anche Mate ma lei declinò l'invito e per non dover continuare a negarsi si allontanò. Si sedette sul muretto di fianco alla fontana, a stretto gomito con la moglie del ragioniere che guardava in giro con aria distratta e con la mano accarezzava la testa della figlioletta. La piccola riposava sulle sue gambe. Aveva gli occhi socchiusi e di tanto in tanto li spalancava, le pupille nere brillavano come se fossero ricoperti da un velo di umidità. Il ragionier Fiorentino suonava senza mai smettere di guardare nella loro direzione. Era rigido sulla sedia bassa e la voce in alcuni momenti sembrava tremare.

"Hai mangiato qualcosa?" chiese Mate alla piccola.

"Si è svegliata da poco" rispose sua madre. Mate fu sul punto di alzarsi per andare a prendere qualche dolcetto, ma la donna la prese da un braccio e la fermò. "No..." disse con gli occhi fissi nel vuoto. In quel no strascicato, distante, lontano come sulla luna, Mate capì quanto il male della donna la rendesse estranea a ogni cosa, in un modo impensabile per chiunque. Le prese dolcemente la bimba dalle gambe e se la sistemò sulle sue. Accarezzò i suoi capelli e le fece i complimenti per il suo vestitino. "Vedo che hai delle belle tasche" disse. "Cosa ci metti, le caramelle?"

La piccola sorrise e non disse nulla. Allungò la mano e le toccò i capelli. Mate, senza farsi accorgere dalla donna, infilò in una delle tasche del vestitino i soldi ricevuti da sua nonna. Lo fece con una destrezza tale da non farsi scoprire nemmeno dalla piccola. La comare Gianna comparve d'improvviso alle loro spalle con un po' di pasticcini secchi avvolti in un fazzoletto di cotone. Si piegò sulle gambe e fece scegliere alla bambina tutti quelli che voleva; poi, diede il resto alla donna. E davanti alle sue resistenze, la rimproverò bonariamente zittendola. In quell'istante le luminarie si accesero e un'esplosione di luce irruppe nella piazza, rendendo ancor più irreale la festa. Tutti cominciarono a ballare forsennatamente, come morsi da una tarantola, cantando con le bocche spalancate. Mate pensò che il ragioniere aveva ragione nel dire che le canzoni che cantiamo e i balli che balliamo entrano a far parte della nostra personale eternità che nessuno potrà mai rubarci. Avrebbe voluto ballare ma si scoprì senza compagno, allora si guardò in giro, passando in rassegna uno per uno tutti i giovani presenti alla festa, alla ricerca di Pericle. Ma non lo vide.

"Pensavo di non riuscire a sopportarlo" disse la comare Gianna distraendola. "Ma poi piano piano... il tempo mi ha lavorato come pasta di pane". Fece una lunga pausa, fissò per un po' suo figlio ballare con la giovane moglie e poi disse: "Partiranno domani per la Svizzera. Con loro pure gli altri due figli, e mio marito. Lavorano tutti là". S'interruppe e guardò Mate con gli occhi umidi.

La piccola smise di mangiare i dolcetti e s'incamminò verso il centro della piazza, fermandosi a qualche metro dagli sposi. Li guardava dal basso, ondeggiando con le mani dietro la schiena al ritmo della musica. I due giovani ballavano aderendo con i corpi, con un principio di languore che distendeva i volti e offuscava loro lo sguardo. Lui faceva scorrere le mani sui bordi della nuca sottile di lei, per affondarle con delicatezza tra le ciocche di capelli che uscivano dal cappellino. Il collo della giovane si piegava ora da una parte ora da un'altra, come se dovesse catturare l'alito caldo di lui, e le spalle vibravano per la tensione.

Mate sentì in quell'istante un rumore lontano di motore, che si avvicinava sempre più verso la piazza. Sentì un colpo in fondo allo stomaco e attese, attese che entrasse nella piazza la vespa di Pericle. E lui non ci mise molto ad attraversarla, si fermò dopo qualche metro e chiamò Ninuzzo. Confabularono per qualche istante; poi, Pericle partì in quarta per dirigersi verso casa sua, oltre la chiesa di San Domenico, in una delle ultime case a ridosso della strada bianca che portava verso la montagna. Ninuzzo corse verso Mate con una collana di more selvatiche. I frutti erano infilati in una lunga spiga e con le estremità annodate. La comare Gianna sorrise e si allontanò con una mano sulla bocca.

"Il compagno Pericle mi ha detto di dirti che non ci sono lotte senza feriti" disse trafelato Ninuzzo. Poi, riprendendo fiato, aggiunse: "Così come non ci sono spine senza amore... No, non è così, ahia la madosca! Non me la ricordo...".

"Non ci sono amori senza spine" disse Mate. Prese la collana di more e chiamò la figlioletta del ragioniere. La piccola arrivò in un baleno. Mate si piegò e le infilò la collana al collo. Poi, le diede un bacio e s'incamminò. Si voltò e riservò alla madre uno sguardo malinconico, avrebbe voluto abbracciarla, accarezzarla e parlare con lei per ore, se soltanto lei glielo avesse lasciato fare.

"Mo' dove vai?" chiese Ninuzzo riprendendo a ballare.

"Dal compagno Pericle... a far vedere come si raccolgono le more senza pungersi".

Camminò aumentando il ritmo di passo in passo e quando arrivò a destinazione, si sforzò di sorridere in modo naturale, stampandosi sul viso un'espressione gaia; bussò alla porta di Pericle cercando di controllare un po' di nervosismo. Lui le aprì dopo qualche secondo. Era accaldato e con il viso pallido, gli occhi cerchiati. Non si sorprese. Mate fu presa dal nervosismo e cominciò a dire delle cose senza senso, senza riuscire a interrompere il flusso delle parole.

"Da quando regali collane di more e mandi Ninuzzo come messaggero senza pensare che poi lui si confonde perché è già un tantino confuso... E comunque ho una mia idea sulle spine..." E mentre si ascoltava, rimproverandosi mentalmente, continuava a esplorare il viso di Pericle.

Quando finalmente tacque, prese fiato e si sforzò di recuperare la calma. Un cagnolino magro e peloso uscì dalla casa rasentando il muro. Lei allungò la mano per farsi annusare, ma lui se ne stette alla larga.

"Il suo vecchio padrone deve averlo bastonato diverse volte. L'ho trovato in campagna. Vagava e per riuscire ad avvicinarlo c'è voluta una pazienza infinita. L'ho preso con me, ma continua a sentirsi insicuro" disse Pericle, cercando anche lui di avvicinarlo, senza riuscirci.

"Come lo hai chiamato" chiese Mate.

"Soltero. È una parola spagnola e significa solo, solitario". Avanzò e la prese per un braccio, invitandola a entrare.

Una volta nella stanza, che fungeva da soggiorno, cucina e camera da letto, il nervosismo di Mate diminuì e cominciò a sentirsi a suo agio. Prese posto sopra una poltroncina davanti al letto e rimase in silenzio, pensando che forse si era spinta troppo in avanti andando a trovarlo. Ma concluse che non è mai la razionalità che muove i comportamenti degli esseri umani, soprattutto quando ci sono di mezzo i sentimenti.

"Tuo padre ti ha ancora..." chiese Pericle senza riuscire a finire la frase.

"No. Non mi ha più toccata" rispose lei mentendo. "Sono buia per altre cose".

"Per cosa?"

"Per la sorte di mio nonno, di mia madre, dei miei fratelli e di tutti i paesani, anche per Minè la gattina di mio fratello..."

"Non manca qualcuno?"

"No, ci sono tutti"

"Sei sicura?"

"Tu sei fuori dalla lista" disse Mate sorridendo. "Fai parte di un'altra lista"

"E di quale?"

"La devo ancora fare, riguarda il mio futuro".

Pericle girò intorno al tavolo e si andò a sedere accanto a lei. Incerte, impacciate, le loro mani si strinsero. Si guardarono a lungo negli occhi, soffiandosi contro il respiro. Avvicinarono le bocche e poi, subito, le allontanarono, toccandosi le mani e le braccia e ritraendosi immediatamente per paura di rompere quel momento da tempo atteso. Poi, come nelle cose più naturali del mondo, si aprirono senza più difese, con gaiezza e calore, mascherando la timidezza con l'ironia fino a sentirsi perfettamente a loro agio.

Fecero l'amore, parlarono, e poi lo rifecero, come cuccioli mai stanchi dello stesso gioco. Attesero che il sole sorgesse dal mare, lo seguirono fino a che non fu alto nel cielo, poi si vestirono e uscirono dalla stanza. Soltero era ancora lì, raccolto e sospettoso. Mate si piegò sulle gambe e rimase ferma, immobile. Quasi senza respirare. Poi, dopo un po', cominciò a soffiare dolcemente verso il cagnolino. Lui aprì anche l'altro occhio e la guardò sospirando forte. Mate continuò per qualche altro istante fino a quando Soltero non si tirò su per andare verso di lei. Soltanto allora lei lo accarezzò, a lungo come se fossero vecchi amici che si ritrovano.

"Come hai fatto?" chiese Pericle fermo sulla porta.

"Così come tu hai fatto tu con me... senza fretta" rispose Mate avviandosi lentamente.

Camminò nelle strade ormai deserte in uno stato che non era né di illusione né di grazia, ma una condizione da vivere momento dopo momento, come quelle cose a cui ci abituiamo senza sforzo e finiscono col diventare il solo paradiso accessibile. Quando passò davanti la casa degli sposi, le finestre erano chiuse, le persiane serrate. Pensò che forse, come lei, anche loro dovevano sentirsi storditi da tanta intimità, confusi dalla fiducia di chi si dona completamente a un altro.

Entrò in casa e si fermò davanti la porta della stanza di sua sorella Marianna. Piangeva con singhiozzi asciutti e regolari, un suono stranamente privo di emozione. Avrebbe voluto consolarla, alleviare la sua sofferenza, ma non sapeva cosa dire; sospettava che stesse piangendo per Antonio. Così rimase lì ad ascoltare, rendendosi conto che, prima di allora, non l'aveva mai sentita piangere per un sentimento d'amore. Non era più una bambina e avrebbe desiderato aiutarla, suggerirle come combattere contro don Rafè. Senza sospettare che Marianna, con la complicità di Antonio, aveva in mente un piano. Un progetto infantile che avrebbe trascinato tutti tra le pieghe delle cose buie che non si vorrebbe mai attraversare.

Capitolo 11

Quarant'anni passati come una passeggiata, pensò don Vincenzo, il vecchio parroco, ricordando il lontano giorno del suo arrivo a Badolato quando, poco più che ventenne, si presentò con il ciuffo nero e ribelle sulla fronte accaldata e la valigia di cartone nella mano sudata. Trovò un luogo stonato che perdeva pezzi, dissanguato da un'emigrazione inarrestabile.

Giovani e meno giovani partivano con valigie legate a spago e riempivano le carrozze di seconda e terza classe di odori forti e malinconie cocenti. Si rimboccò le maniche e con la caparbietà della quale era stato corredato dalla natura rocciosa della Basilicata, la sua terra, si diede da fare tutti i giorni per cercare di introdurre nella testa della gente qualcosa che non fosse soltanto di questo mondo. Ostinato come il più ostinato dei muli, percorreva il borgo in lungo e in largo per richiamare i fedeli che cedevano alla stanchezza e languivano sui pagliericci; si avventurava instancabile per vicoli e vicoletti per alleggerire dagli inganni della povertà quanti potevano essere tentati di cedere e prendere strade a una sola via. Nella gora afosa di quel lontano ricordo, aprì la finestra della sua stanzetta e gettò uno sguardo in un angolo del cielo. L'occhio tagliente del sole cercava di farsi largo tra grasse nuvole di scirocco. Fin dalle prime ore, il paese si era svegliato sotto una cappa di polvere rossa e sembrava più una nave in bottiglia che un borgo a quattrocento e passa metri sul livello del mare. Si affacciò con tutto il petto fuori, in mezzo a piantine di gerani rossi come polpa di fichi maturi, e cercò con lo sguardo i suoi ragazzi. Fervevano i preparativi della festa della Madonna della Sanità. Contò i ragazzi nel piazzale della chiesa per verificare che ci fossero i numeri necessari all'espletamento dei tanti impegni, e poi chiuse la finestra per non lasciare che il caldo invadesse la stanza.

Quando si ritrovò nel corridoio della sacrestia l'attraversò e, infilandosi in una porticina stretta e bassa, uscì in strada. Una folata di aria calda lo colpì in faccia, incendiandogliela. Prese il fazzoletto dalla manica della tonaca e lo passò più volte sulla fronte, poi s'incamminò a gambe larghe verso il campanile, come un pistolero del vecchio West, trascinando i cento e passa chili e maledicendo l'amore smisurato per i biscotti imbevuti nel vino che divorava con ingordigia. Il gruppo lo accolse aprendosi a ventaglio.

Don Vincenzo li passò in rassegna e chiese notizie sugli assenti. Antonio, arrivato da Bologna la sera prima, rispose subito che Nicolino non si sarebbe presentato e Pietro aggiunse che donna Assunta era preoccupata perché l'accalappiacani mancava da Badolato da diverse settimane e branchi di cani randagi razzolavano indisturbati per le vie del paese.

"Ah, è vero" commentò don Vincenzo ricordandosi delle fissazioni della donna. "E Marianna, perché non è venuta?"

"Non viene neppure lei" rispose Ninuzzo lanciando un sasso contro il campanile; lo colpì, e un suono metallico vibrò nell'aria.

"Perché mai non viene?"

L'aria tremò ancora. Ninuzzo aveva colpito la campana. Antonio e Pietro spararono una raffica di sassate inutili.

"Ho fatto una domanda!"

"Non si sente tanto bene" disse Pietro guardando di nascosto Antonio.

"Grazie per l'urgenza con cui mi avete risposto".

"E non c'è di che, don Vincenzo. Per voi questo e altro" disse Ninuzzo.

Per don Vincenzo fu troppo.

"Scemo fottuto" disse afferrando un sasso grosso quanto la sua mano. "Ringrazia che sono un prete sennò facevo suonare la tua testa come la campana". Lasciò cadere il sasso ai suoi piedi e chiese: "Ma perché tiri sassi contro la campana?"

"Così la gente non si abitua troppo ai vostri orari, don Vincenzo" rispose Ninuzzo.

"Domani inizia la festa e dobbiamo mettere a punto alcune cosa" disse don Vincenzo passando alla parte organizzativa. "In mattinata ci sarà la gara tra lo stendardo e il tamburino... lo so, lo so cosa state pensando, di solito si svolge la mattina di Pasqua, ma i nostri fratelli che vivono e lavorano fuori si sono lamentati perché loro non ci sono mai a Pasqua. Allora, eccezionalmente, si farà".

"Io e Pietro potremmo portare lo stendardo" disse Antonio facendo l'occhiolino all'amico.

"Sì, don Vincenzo" incalzò Pietro, "Lo portiamo noi. Al tamburino pensateci voi..."

"Va bene, va bene... ci penso io. Passiamo alle cose importanti. Quando l'indomani la statua della Santissima Vergine arriva in paese dobbiamo essere pronti in tutto e per tutto" disse Don Vincenzo.

"Tu, Antonio, porterai la cassetta delle offerte. Non camminare né troppo lento, né troppo svelto, perché le offerte sono un atto istintivo che non ha nulla a che fare con la fede. Ci sono fedeli che mettono le mani in tasca solo se anche altri lo fanno. Farai vedere a tutti la generosità dei pochi" Antonio pensò che ne avevano di cose da imparare dalle strategie di don Vincenzo in merito alla raccolta di fondi per la festa delle matricole.

"E tu, Ninuzzo, mi devi stare vicino, attaccato alla coscia. Guai a te se ti muovi, ché tu mi fai più danni che altro". Il ragazzo spalancò gli occhi e portò le braccia a crocifisso. Don Vincenzo, che gli voleva un bene dell'anima e lo trattava sempre come un passerotto caduto dal nido, gli carezzò i capelli cespugliosi e aggiunse: "La verità, Ninù, è che come un poeta che scrive sotto suggerimento della sua musa, se tu non mi sei vicino io non riesco nemmeno a intonare l'Ave Maria e magari mi metto a filastroccare: *ieri sera sono andato nel mio giardino e mi mancavano sette cucuzze. Come sette cucuzze?*"

"E allora quante?" parafrasò subito Ninuzzo strappando a tutti un sorriso.

"E io che faccio, don Vincenzo?" chiese Pietro.

"Tu hai un compito importante. Devi dirigere le tue sorelle come un direttore d'orchestra".

"Eh?"

"Ora ti spiego, figliolo. Tua sorella Marianna la devi guardare come un cane da caccia. Tua madre, quella santa donna generosa che ci mantiene in piedi con le offerte, mi ha parlato di alcune sue paure. Pensa che qualcuno stia cercando di preparare qualche piattino. Non la devi lasciare un solo minuto. Guai, hai capito?"

"E devo badare anche a Mate?" chiese Pietro.

"Quell'esaurita della grande me la devi tenere lontana dalle pal..." rispose don Vincenzo facendo seguire una risata amara. "Insomma, sant'Iddio, Mate è una che non sai mai da che parte la devi prendere".

Durante la festa di San rocco, per sensibilizzare i fedeli sulla morte di due uomini nel reggino a opera della 'ndrangheta, Mate aveva sostituito nella notte l'acqua santa con sangue di gallina. Al termine della riunione, dopo aver stabilito compiti e incarichi, don Vincenzo salutò i ragazzi e s'incamminò verso la casa di Peppinuzzo, *Santareru,* un uomo in punto di morte.

Attraversò vicoli e vicoletti, scese gradini e passò sotto agli archi di pietra millenaria, senza riuscire ad allontanare la sensazione che i ragazzi gli stessero nascondendo qualcosa d'importante. Era una sensazione, un dubbio che l'indomani avrebbe cercato di dipanare con uno di quegli interrogatori *a sciogliere,* come li chiamava lui, prendendo i ragazzi a uno a uno e dichiarando all'uno e all'altro che tanto già sapeva, che qualcuno che non poteva nominare lo aveva già informato e via dicendo fino a quando le verità non saltavano fuori.

Affrettò il passo e quando entrò in casa di Peppinuzzo, si sentì surriscaldato. Si fermò un istante per riprendere fiato e vide l'uomo, immobile sul letto e con la testa sprofondata nel cuscino. Gli occhi avevano un pallore triste ed erano conficcati nella faccia magra e scavata. Le braccia, tirate come rametti secchi, mostravano una pelle sottile e incollata alle ossa.

Don Vincenzo si sedette, gli prese le mani incrociandogliele all'altezza del petto, e si piegò fino a sfiorare la sua guancia come una comare pronta ad ascoltare una confidenza. In un angolo della stanza, appuntellata al muro come un ritratto storto, se ne stava in silenzio la sorella di Peppinuzzo, comare Anna, che ciondolava come una foglia che non sa da che parte cadere e tratteneva a stento le lacrime rasoiate che tagliavano da parte a parte il volto assediato dalle rughe.

"Liberati, Peppino" sussurrò don Vincenzo stringendogli forte le mani. "Lava la tua coscienza alla sorgente di nostro Signore Misericordioso".

Molti anni prima, di ritorno da Reggio Calabria, dove lui e la sua perpetua si erano recati per comprare una nuova statua della Madonna dopo che quella vecchia era andata distrutta da un incendio, furono fermati da un gruppo di ragazzini spaventati. Nicolino, il figlio del medico, era stato trovato malconcio nel giardino di casa sua. Aveva un occhio nero e diversi lividi sul corpo dovuti a una serie di percosse. I carabinieri arrestarono Peppinuzzo *Santareru*, reo confesso. L'uomo, a servizio nella casa del medico, aveva sofferto in passato di crisi epilettiche e il processo terminò con la sua assoluzione per incapacità di intendere e volere al momento del fatto.

"Liberati, Peppino" sussurrò nuovamente don Vincenzo. Seguì un lungo silenzio. La donna che si avvicinò al letto del fratello. Muta, con l'espressione di un passerotto spaventato, tormentandosi le mani senza anelli l'una contro l'altra.

Fissò Peppino con gli occhi fermi da sorella maggiore e lui, con lo sguardo opaco, cercò don Vincenzo. Quando lo ebbe nuovamente vicino gli fece arrivare il fiato caldo nell'orecchio.

"L'uomo povero è una facile vittima dei potenti, Don Vincenzo. Ti ammaliano... Ti confondono...e tu gli vendi l'anima, gliela regali..." boccheggiò. "Io a Nicolino gli volevo un bene dell'anima". Socchiuse gli occhi e respirò a fondo. Il suo petto ebbe un sussulto.

"Chi ha combinato Nicolino in quel modo?" chiese don Vincenzo parlando con Peppino ma guardando la donna, ferma come un albero secolare nel mezzo della tempesta. Anna fissò nuovamente suo fratello e fece un cenno con il capo.

Peppinuzzo lo attirò di nuovo a sé e consegnò all'orecchio di don Vincenzo, a quella via privilegiata per il regno dei cieli, la sua verità.

"Io ti assolvo, in nome del Padre, del Figlio e dello Spirito Santo" concluse Don Vincenzo dopo aver ricevuto il testamento morale di Peppinuzzo. L'ordine delle cose, ora, tornava al suo posto, anche se ancora una volta privatamente. In pubblico, il vero colpevole sarebbe ancora andato in giro con la maschera dell'innocente, graziato dal segreto della confessione.

La donna pose una mano sulla fronte del fratello e si chinò per baciarlo; poi, uscì dalla stanza. Il raglio di un asino arrivò fin dentro la stanza e, subito dopo, le voci allegre di bambini che giocavano a nascondino nei vicoli. Fuori la vita continuava, tra pergole profumate di uva fragola, limoni asprigni e l'odore di fichi seccati al sole sopra vecchie brande di ferro.

Don Vincenzo vide l'uomo rubare le ultime boccate d'aria, emettere un debole lamento e alzare gli occhi al cielo, come per seguire una piuma leggera che svolazza, che attraversa l'aria a zig-zag, spinta dallo scirocco che entrava dalla finestra aperta.

Chiuse gli occhi di Peppinuzzo con la mano aperta e la tenne per qualche istante sul volto. Poi si alzò e lasciò anche lui la stanza con un peso diverso di quando era arrivato: ora sapeva, ma non avrebbe potuto parlare.

Da qual giorno, le sue passeggiate del tardo pomeriggio, tra quella gente che si era eretta a giudice di Peppinuzzo e l'aveva condannato all'isolamento, non sarebbero più state quelle di sempre. Il vero colpevole avrebbe continuato a non sapere ciò che lui sapeva e a cui non avrebbe potuto, nemmeno in quel caso, rivelare.

Ma il vero problema non erano le parole, lo sapeva bene Don Vincenzo, per quelle basta tenere la bocca chiusa e la lingua se ne sta al suo posto; il vero problema sono i gesti, gli atti che avrebbe avuto in futuro davanti all'uomo che aveva massacrato Nicolino e obbligato Peppinuzzo, comprandoselo, a pagare al posto suo. Il vero colpevole, don Vincenzo, lo conosceva bene. Come avrebbe potuto fare? Si sa, le cose silenziose che ci portiamo dentro strisciano come serpenti tra la boscaglia dei sentimenti e quando meno te lo aspetti saltano fuori mordendoci alle caviglie.

Capitolo 12

Compare Ciccio, l'autista della macchina a noleggio di Badolato, era seduto sulla panchina di ferro sotto la statua di Tropeano. Aveva appena tirato a lucido la Seicento multipla e la guardava con affetto. Per averla aveva dovuto firmare una mazzetta di cambiali alta come un bambino.

Donna Filomena lo raggiunse con passi spedito in compagnia delle figlie, ondeggiando i fianchi in una danza orientale. Indossava un vestito alla francese, che se lo potevano permettere in poche senza scadere nel ridicolo. Fermato ai lati con ganci e occhielli, le fasciava il sedere e le gambe come una seconda pelle. Era l'ultimo giorno di festa e si recavano al santuario della Madonna della Sanità per assistere al rientro della statua nella chiesa, dove sarebbe rimasta fino all'anno successivo.

Marianna, invece, in sintonia con la moda delle ragazzine del momento indossava un vestitino leggero come zucchero filato, che svolazzava all'aria fresca del mattino e sembrava un prato fiorito.

Al compare Ciccio, a quella visione, era venuta l'acquolina in bocca. E Mate, a cui non scappava niente, lo richiamò all'istante: "Siete pensieroso, compare Ciccio?" chiese facendolo trasalire. Era arrivata alle sue spalle in silenzio, con le immancabili infradito ai piedi e a tracolla una borsetta Pop Art a forma di margherita e ornata di perline. Il pantalone color ruggine a zampa di elefante strusciava sulla strada come una ramazza e un taglio geometrico dei capelli a cinque punte, che si era fatta nella notte, le dava l'aria di una cantante della televisione.

"È possibile" rispose compare Ciccio dopo essersi ripreso dallo spavento.

Marianna fu la prima ad accomodarsi, seguita da sua madre che prima di sedersi spazzolò il sedile con la mano.

"A cosa pensavate, don Ciccio?" chiese Mate lanciando le infradito sul sedile anteriore. Entrò e si sedette di fianco al posto di guida.

"Pensavo alla morte" rispose l'uomo distrattamente.

"E perché mai pensavate alla morte?"

"Così non viene a trovarmi" rispose don Ciccio. Aprì lo sportello e si sedette al posto di guida. Partì, ma dopo pochi metri fermò la vettura attirato dal suono della cornetta di Cecè Trombetta.

Il banditore, dopo le comunicazioni di giochi e rituali religiosi presso il Santuario, tra cui la corsa con i sacchi, la caccia al coniglio e il gioco della pignatta, informò i cittadini che da quel giorno l'acqua per gli orti non era più libera, ma soggetta a pagamento di un dazio da corrispondere mensilmente ai discendenti del notaio Tripoti, proprietari in veste unica della diga soprastante.

L'importo sarebbe stato calcolato dall'avvocato don Peppino sulla base dei millesimi degli orti. Cecè soffiò nel corno e scomparve in un vicolo.

"Prima o poi alla povera gente toccherà pagare pure l'acqua santa della chiesa" disse Mate.

Donna Filomena non rispose, nessuna parola; si voltò verso il finestrino e rimase con lo sguardo fisso alle montagne.

Allora Mate, sorprendendo tutti, scese dalla Seicento e, allontanandosi, disse: "Andate, io vengo a piedi dietro la processione".

Don Ciccio ripartì, ma spense il motore dopo qualche metro per sfruttare una discesa e non sprecare carburante. Alla curva del Girone incontrarono la processione. Si accodarono e, con il motore al minimo, seguirono la statua fino a destinazione.

Don Vincenzo, insaccato nel paramento giallo oro delle grandi occasioni, precedeva la fila spargendo e sgocciolando acqua benedetta.

Spruzza di qua e spruzza di là, il povero Ninuzzo, che era al suo fianco, si prese la meglio parte. Le donne, con la veletta sul capo e il rosario fra le dita, seguivano la statua con i canti; gli uomini, in fondo alla processione, pregavano muovendo soltanto le labbra. Quando la processione arrivò al Santuario e la statua stava per entrare, Antonio cominciò a raccogliere le offerte con la cassetta a tracolla e muovendosi come gli aveva suggerito don Vincenzo. L'unico che riuscì a cavarsela con stile, senza tirare una sola lira di tasca, fu don Rafè. Quando ebbe la cassetta davanti, mollò ad Antonio un pizzicotto sulla guancia e, in modo plateale perché tutti sentissero, urlò:

"Questo ragazzo è tornato dagli studi per fare il suo dovere. Bravo, vai avanti e non ti fermare che la Madonna senza soldi non può stare neppure lei". Lo allontanò con una spintarella e propose un applauso.

Don Vincenzo, davanti alla mossa senza ritegno di don Rafè, fu preso da un attacco di bile e per non cedere a qualche gesto inconsulto ricorse al solito tic salvavita: alzò il braccio in aria e via di acqua benedetta. Ninuzzo sembrava sempre più un pulcino appena uscito dall'uovo. Alla fine della raccolta, i più generosi, come sempre a Badolato, si dimostrarono i meno abbienti; tutti gli altri, il sindaco, il medico, l'avvocato Scurzuni e una sfilza di piccoli proprietari terrieri, infilarono monetine da poche lire come se si stessero privando di una parte del corpo.

Tutto sembrava procedere secondo l'antico rituale, qualche altro giro di dovere, e poi la Madonna sarebbe rientrata in chiesa per la messa conclusiva, ma un fatto inatteso irruppe e modificò lo svolgimento. Mate, avvolta in una bandiera rossa da capo a piedi, comparve come in un gioco di magia in cima a un muretto. Dal giradischi portatile che aveva a tracolla gracchiava nell'aria l'Internazionale socialista.

Don Rafè non credeva ai propri occhi. Donna Filomena e Marianna si guardarono con il cuore fermo per la paura.

Il primo a uscire da quell'immobilismo plastico fu don Vincenzo. Fece cenno alla banda di attaccare e comandò ai portantini di spingere la Madonna nella chiesa. Ma né la banda, né i portantini ebbero il tempo di eseguire. Mate scese dal muretto, strappò dalle mani di Antonio la cassetta delle offerte e risalì sul muretto lanciando un avvertimento:

"Il primo che mi mette le mani addosso lo denuncio!". Guardò verso i due carabinieri che di solito presenziavano alle feste e aggiunse: "E se non prendete la denuncia vi denuncio pure a voi!" Poi spense il giradischi e improvvisò un comizio.

"Questo è un esproprio proletario. I soldi servono per pagare l'acqua della povera gente che hanno gli orti alla fiumara. Qui dentro c'è il corrispettivo di almeno un anno". Si fermò e guardò verso don Vincenzo, lo catturò con gli occhi e non lo mollò un solo istante, come se fosse soltanto lui il suo interlocutore. Riprese. "La proprietà della diga ha deciso che l'acqua non è più libera, ma che su di essa graverà un dazio. La Madonna non se ne avrà se per un anno rimarrà senza soldi, ma molte famiglie con figli piccoli potranno mangiare. Questo non è né comunismo né socialismo, ma carità cristiana".

La folla esplose in un applauso. Poi fu subito un ammiccare e sussurrare tra uomini che si davano gomitate e donne che si facevano il segno della croce. Mimì, il figlio minore di compare Ciccio l'autista, si staccò dalle mani di sua madre e mimando i passi della tarantella urlò con il pungo in aria:

"Evviva il comunismo e la libertà!" Ma nessuno si unì al suo grido. Suo padre gli assestò un calcio a misura tra le chiappe, giusto giusto da curvarlo come una banana. La scena bastò per zittire le voci di popolo. Mate urlò verso compare Ciccio che la pratica dei calci in culo non bastava più a fermare i lamenti, perché il vento del cambiamento cominciava a fischiare disperato. Poi si volse verso don Rafè, e disse:

"Questi sono i soldi, e dentro c'è pure la tua generosa offerta". Lanciò la cassetta ai suoi piedi e rimase con la testa dritta e il pugno in alto. Aveva messo la palla al centro e adesso toccava a don Rafè. Donna Filomena, rossa in faccia che sembrava avesse preso fuoco come una manciata di stoppie, guardava ammirata quella figlia portata avanti con una gravidanza dispettosa e dolorosa. Diversa quella figlia non poteva venire fuori, la figlia del dolore sublime. Le vennero gli occhi lucidi e con un gesto leggero della mano, come se seguisse nel cielo una stella cometa persa e ritrovata, fece il cenno che Mate aspettava da mille e uno anni. Alzò la testa al cielo, sorrise orgogliosa e mandò al suo indirizzo un bacio dal palmo della mano.

A don Rafè quel pezzo di pellicola non sfuggì. Un gesto piccolo, ma di una portata inimmaginabile. Sua moglie aveva preso posizione pubblicamente, dismettendo il ruolo di chi se ne sta semplicemente a guardare e cominciando a sparigliare le carte, facendo uscire in piazza brandelli di pensieri e sogni, aspettative di cambiamento. Don Rafè si confuse. Fissò Mate, quella figlia irrispettosa, e capì che il notaio aveva ragione quando gli parlava accorato di Mate:

"Mate è come il mito di Anteo. Ogni volta che la scianchi per terra, la figliola piglia più forza. Più cade e più forte si rialza".

Dovette ammettere che suo padre non si sbagliava. Soltanto il giorno prima l'aveva stesa con due manate a pieno viso, guardandola dall'alto in basso e aveva pensato che da quella pozzanghera nella quale l'aveva costretta non si sarebbe più rialzata. E invece niente. Era lì, tremante di paura come una pazza di Girifalco, ma era lì. E non era più sola. Allora si fece largo tra la gente e, a passi lunghi e ben distesi, raggiunse il muretto.

Con un salto alla cavallina si pose al fianco della figlia, evitando accuratamente di guardarla perché si era accorto che il drappo che la vestiva era trasparente e lei, per impedire a chiunque di strapparle la bandiera, era completamente nuda.

"Questi soldi li prendo dalle mani di mia figlia e li giro alla Madonna. Acqua pagata per un anno" disse con la voce ferma, poi scese dal muretto, raggiunse donna Filomena, e la prese sottobraccio conducendola verso la chiesa. Il corteo della processione, come un serpente, si mosse per entrare nel Santuario. Sulla faccia di don Vincenzo c'era stampata l'espressione del pericolo scampato. Guardò Mate con un'occhiatina furtiva, inviandole una benedizione, ma non di quelle solite che concedeva ai fedeli peccatori per rimetterli in gareggiata, qualcosa di più: gli era partito il cuore e gli occhi si erano offuscati con un velo umido. Salì il primo gradino del santuario attento a non calpestare due anziane sorelle. Abitavano nella parte più diroccata del paese e vivevano con una pensione misera, la loro unica fonte di sostentamento era il fazzoletto d'orto alla fiumara. Mise le mani sulle spalle di ognuna e con tenerezza disse: "Entrate, entrate. Che la Madonna oggi vi ha fatto la grazia". E si voltò verso Mate, incendiata alle spalle dal sole che arrostiva come fuoco.

Quello era il paese che aveva deciso di abitare, don Vincenzo, e quella era la gente che accoglieva tra le sue braccia.

Aveva, come tutti, miserie e vizi da farsi perdonare anche lui dal suo Signore, ma quei momenti della vita gli apparivano dolci come miele. Si cacciò via dalla faccia una lacrima piccola e solitaria e fece gli ultimi gradini.

Due mani furtive, proprio a qualche metro da lui, afferrarono Marianna strappandola dal fiume dei fedeli.

"Vieni. Scappiamo!"

"Dove?" chiese Marianna, nascondendosi a una lama di sole dietro un pilastro del portico.

"Dove nessuno ci verrà a cercare" rispose Antonio. Ripeté a Marianna di seguirlo senza perdere tempo perché qualcuno si sarebbe potuto insospettire vedendoli confabulare.

"Cosa aspetti? Andiamo!"

"E poi?".

"Una notte... e staremo insieme tutta la vita".

Non aggiunsero altro e cominciarono a correre lungo la stradina bianca che dal piazzale del santuario si perdeva nelle campagne.

Pietro li seguiva dall'alto con lo sguardo offuscato dalle lacrime. Il vestitino di Marianna disegnava nell'aria svolazzi come ali di farfalla. Mate si avvicinò e con un lembo della bandiera gli asciugò le lacrime.

"Non bisogna giocare con il fuoco se non si è esperti" sussurrò preoccupata. "Questa cosa non si doveva fare".

Pietro non disse nulla e abbassò la testa. Da un angolo del piazzale, il suono del mandolino e di una fisarmonica impregnò l'aria di una melodia malinconica. Sotto un salice piangente, avvolti dalle fronde leggere, due vecchi suonatori di serenate intrecciarono con la musica parole che sembravano accompagnare la fuga dei due amanti come una promessa d'amore.

Mate ascoltò fino alla fine, silenziosa e amareggiata, poi accarezzò la testa di Pietro, fermando per qualche istante la mano sulla nuca fremente.

"Ormai è fatta. Vedremo come fare" disse per rincuorarlo. Ma Pietro continuò intensificando il pianto.

"Piangi per Marianna?"

Pietro si stropicciò gli occhi con le dita e disse. "No, per Antonio".

"Antonio? Ma quello se la sa cavare. E poi, al massimo, tuo padre lo ammazza. Scherzo, non lo fa. Ad Antonio gli vuole più bene che a me e non invertirà mai l'ordine delle cose. Dimmi, perché piangi così?".

"Per Antonio...".

"Ah, ancora! E cambia musica!"

"Mi sono tolto il pane di bocca per darglielo a Marianna".

Mate si sentì mancare.

"Tu..."

Ma non riuscì a dire nient'altro.

"Sì, è così" rispose Pietro.

"Don Rafè non lo deve sapere mai!" urlò Mate. Pietro non disse nulla. Aveva smesso di piangere e si era rabbuiato.

"Non lo deve sapere mai!" ripeté Mate. "E se proprio glielo vorrai dire che non ti piacciono le donne, fai in modo che la notizia gli arrivi con una lettera dall'America". Diede un bacio sulla fronte a Pietro si allontanò, con il fiato grosso e la testa che le era partita per capire come fare.

Sapeva molto bene che don Rafè alla *fujiuta* non ci sarebbe passato sopra nemmeno da morto: lì non c'era di mezzo soltanto l'onore per una figlia deflorata, no, per quello don Rafè, e chiunque lo intuiva, aveva sempre saputo trovare soluzioni, ne aveva dato una dimostrazione esemplare qualche minuto prima, salendo sul muretto e salvandosi da una crocifissione pubblica a opera di una figlia irriverente. Adesso c'erano di mezzo i soldi, tanti. Con quell'uscita da fotoromanzo di Marianna e Antonio, gli sarebbero andati gambe all'aria gli affari con il medico, inclusa la possibilità di liberarsi di lei spedendola nella Pampas Argentina. Mate camminava sovrappensiero quando udì alle sue spalle il rumore familiare della vespa di Pericle.

"Sali!" disse il ragazzo accostando accanto a lei.

"Ho già abbastanza guai".

"Uno in più o uno in meno cosa cambia?"

"Io salgo, ma tu mi porti dall'altra parte del mondo..."

"Qui è già *dall'altra parte del* mondo".

Mate saltò sulla vespa e insieme sfrecciarono in mezzo alla gente che rientrava verso il paese.

Capitolo 13

Don Rafè caricò il fucile da caccia con pause lente ed espressive.

"Da questa sera ci sarà un piatto in meno sulla tavola" disse riservando a sua moglie uno sguardo duro. Ogni gesto era una plateale dimostrazione della sua rabbia.

"Se solo tocchi con un dito mia figlia ti avveleno nel sonno" rispose lei.

"Allora ammazzo Antonio" ribatté lui senza esitazione.

"Se tocchi Antonio, mastro Turi non ti darà il tempo nemmeno di chiedergli perdono".

"Dopo quello che hanno fatto, non posso tornarmene a mani vuote".

"Non te ne torni a mani vuote. Ti prendi tua figlia e te la porti a casa".

"E con Antonio che faccio?"

"Lo lasci dove lo trovi e nello stesso modo in cui lo trovi. E non sfogarti nemmeno con Mate. Io sono d'accordo con lei. Il dazio sull'acqua... ma dove siamo arrivati?"

"Non sono affari tuoi. Non devo dire a te come gestisco gli affari di famiglia!"

"No, non ti chiedo di parlare con me dei tuoi affari. Ma ricordati che in questo paese ci sono nata e cresciuta. E non permetto a nessuno di coprirmi di ridicolo. Nemmeno a te!" Uscì dalla cucina.

Don Rafè si sedette per una breve riflessione. Pensò che se avesse cercato di risolvere con la forza la fuga della figlia, la fujiuta, l'avrebbe resa pubblica e addio affari con il medico. Se, al contrario, nessuno ne fosse venuto a conoscenza, tutto si sarebbe potuto sistemare al più presto. In effetti, erano ancora in pochi ad esserne a conoscenza e, quindi, i margini di manovra erano ampi.

Avrebbe costretto tutti al silenzio, a costo di cucir loro la bocca con lo spago: volente o nolente, Marianna sarebbe convogliata a nozze con il figlio del medico. Non gli restava che cominciare il lavoro di ricucitura. Chi altri sapeva, si chiese? Si accese una sigaretta, uscì dalla cucina con il fucile a tracolla, e dal corridoio urlò:

"Dove siete? Venite tutti qua!"

La prima ad arrivare, trafelata e con il fiato in gola, fu donna Filomena, convinta che fosse rientrata Marianna. Pietro si affacciò dalla sua stanza con la faccia assonnata.

"Io mo' vado a prendermi Marianna. La porto a casa e guai a chi parla! Nessuno in paese deve sapere quello che è successo, mi sono spiegato?"

Donna Filomena e Pietro rimasero in silenzio. Mate, che aveva appena fatto capolino dalla sua stanza, chiuse la porta con un colpo secco.

Don Rafè, comprendendo che non avrebbe potuto contare sul suo silenzio, si avvicinò e passò alle minacce. Batté sul legno della porta con il calcio del fucile diverse volte e poi urlò:

"Se parli con qualcuno ti sparo e ti sotterro nel chiostro. Chi ti viene a cercare in casa mia? Nessuno! Apri questa porta che ti voglio vedere in faccia!"

Ma ricevette solo silenzio. "Comunista di merda! Apri questa porta, se hai il coraggio!"

La porta si aprì di colpo. E Mate rimase immobile guardandolo fisso.

"Se parli ti ammazzo!" disse don Rafè allargando le gambe e portando la canna del fucile fin quasi sotto il naso della figlia.

"Spara. Togliti il pensiero per sempre" disse Mate apparentemente calma. Aveva il cuore che batteva il tempo come un tamburo, ma i pensieri erano lucidi. Fissava quei due buchi neri che da un momento all'altro potevano sputare fuoco come dalla bocca di un vulcano.

"Inginocchiati! Inginocchiati davanti a tuo padre!" urlò con quanto fiato aveva in corpo. L'uno di fronte all'altro.

In lontananza si sentirono le campane della chiesa che annunciavano la messa.

"Mi puoi ammazzare, ma io non m'inginocchio".

Don Rafè lasciò cadere il fucile ai suoi piedi, afferrò la figlia dal collo e cominciò a scuoterla come una bambola di pezza. "Ti ammazzo con le mie mani!" ripeteva furioso.

Donna Filomena fu la prima a riprendersi da quell'atmosfera di piombo in cui sembrava caduta la casa e corse verso il marito.

Si aggrappò alle sue spalle, ma era come cercare di tenere ferma un'anguilla. Soltanto quando riuscì a conficcargli le dita negli occhi, il marito, urlando per il dolore, lasciò la presa.

Don Rafè bestemmiò a più non posso e tornò a urlare e poi ancora a bestemmiare. Si fermò e prese fiato. E ricominciò a urlare e bestemmiare come un pazzo.

Poi afferrò il fucile e lo agitò nell'aria. Aveva il volto devastato dai graffi e trasfigurato dalla rabbia. Puntò il fucile prima sulla moglie e poi su Mate, e poi di nuovo sulla moglie. Alla fine, dopo essersi calmato, abbassò il fucile e, furente, si allontanò lungo il corridoio. Scese i gradini a due a due e le sue bestemmie arrivarono amplificate dalla tromba delle scale.

Mate guardò Pietro e disse: "Non fare fesserie, hai visto che cosa è capace di fare?".

"Cosa stai dicendo?" chiese sua madre.

Pietro arrossì.

"Niente, non sto dicendo niente" aggiunse subito Mate. "Piuttosto pensiamo cosa fare. Marianna non deve tornare a casa, altrimenti tuo marito l'ammazza".

"Posso andare a parlare con loro. Gli posso dire di partire per Bologna. Possono stare a casa di Antonio fino a quando non si calmano le acque..." suggerì Pietro.

"No, tua sorella deve tornare a casa, e subito. Vai a dire a quei due disgraziati che devono rientrare. A vostro padre ci penso io".

"E come pensi di fare con lui, chiami l'esercito?" chiese Mate.

"Tu non ti preoccupare, so io come fare. Non ci metto niente a... Vostro padre non è come pensate voi".

"E cos'è, allora? Un santo in incognito?" disse Mate con un sorriso amaro. Aveva escoriazioni diffuse sulla gola.

"È malato..."

"A questo c'eravamo arrivati" disse Mate.

"A voi ci penso io" disse donna Filomena senza aggiungere altro.

"Cosa vuoi dire?" chiese Mate insospettita.

"Niente, niente..." rispose donna Filomena allontanandosi con passo svelto verso la sua stanza.

"Vai ad avvertire Giulietta e Romeo di prendere la strada del ritorno prima possibile" disse Mate guardando il fratello con aria perplessa. Quel dire e non dire di sua madre non era stata cosa da niente. "Io vado a leggere un po'..." concluse entrando nella sua stanza.

"Cosa leggi?"

"È un romanzo che mi ha passato Pericle. Mi ha raccontato che l'autore l'ha scritto in sole tre settimane, sopra un rotolo di carta per telescriventi".

"E di cosa parla?"

"Parla del bisogno di ribellarsi e della ricerca dell'autenticità. L'autore, un certo Kerouac, racconta di un viaggio verso Sud di due personaggi. Un viaggio verso il nulla".

"Noi siamo al Sud" disse Pietro.

"Hai ragione..."

Don Rafè cercò Marianna per mare e per terra.

Rovistò campagne e casolari abbandonati, urlando al vento il nome della figlia, come un lupo che fiuta le strade con la lingua penzoloni e l'anima scomposta. Insieme a lui c'era Carmine, il pastore alle sue dipendenze, che setacciò le campagne come un cane da tartufi, senza però raggiungere il risultato sperato.

Con l'arrivo del buio decisero di tornarsene a casa.

"Torneranno loro, don Rafè, devono farlo" disse Carmine quando furono alle porte del paese.

Don Rafè, con il fucile a tracolla, oscillava penzoloni la canna mentre le budella gli si contorcevano per la rabbia.

"Altrimenti li ammazzo" disse, impugnando la bascula di metallo e puntando l'arma al cielo. "O forse li ammazzo comunque".

"Però vi posso dire che queste cose non si fanno da soli..." continuò Carmine. "Qualcuno deve aver aiutato il ragazzo. Forse un amico carissimo".

Don Rafè capì quello che c'era da capire. L'uomo, nel modo classico di parlare di chi dice senza dire, lo aveva aiutato a svelare il complice di Antonio. Pose il fucile di nuovo a tracolla e prese la strada di casa.

Capitolo 14

La mattina seguente, Don Rafè si muoveva intorno al pozzo come una formica smarrita.

"Chi ti dice che torneranno oggi?" chiese donna Filomena senza smettere di districare i nodi dalle ciocche di lana.

Mate, seduta a gambe incrociate, gliele passava afferrandole a mani piene dai materassi sventrati.

"E da quando in qua una fujiuta dura più di una notte?"

"Può durare anche una settimana. Te ne sei dimenticato?"

Don Rafè si fermò un istante e fissò la moglie. No, non si era dimenticato della loro lontana fujiuta, quando l'aveva tenuta nascosta al mondo per una settimana intera, senza risparmiarle pace e respiro.

"Oggi sono altri tempi" disse don Rafè accendendosi una sigaretta. "E gli uomini sono diversi".

"Per certe cose non è questione, né di tempi, né di uomini, ma di femmine" suggerì Mate a bassa voce.

"Tu sta' zitta!" sbottò don Rafè. Strinse la sigaretta fra i denti e si sedette sopra un ceppo. Donna Filomena e Mate continuarono il lavoro in silenzio.

Trascorse un'ora buona prima che Antonio e Marianna facessero il loro ingresso nel chiostro. Camminavano fianco a fianco ed erano pallidi come stelle alla luce del giorno. Mate era alla finestra della cucina, dove era andata per prendere una brocca d'acqua, e fu la prima a scorgerli.

Antonio, i capelli con la brillantina disfatta, attillato dentro una camicia bianca, si avvicinò a donna Filomena per cercare il suo appoggio.

"Tu vai nella tua stanza e chiuditi a chiave" disse donna Filomena rivolgendosi alla figlia. "Antonio, tu prendi il primo treno per Bologna e non tornare prima di sei mesi".

"E quando torni al paese, vedi di tornare con qualche idea diversa da quella con cui sei venuto questa volta!" urlò Mate con le mani a megafono. Riuscì a strappare un sorriso stentato a Marianna che però non durò a lungo. Don Rafè si era precipitato dalla cantina ed era sbucato nel chiostro con gli occhi rossi, il collo un fascio di vene gonfie. Urlava frasi ingiuriose verso Marianna, avanzando con il fucile puntato. La moglie, con un salto, si mise davanti alla figlia.

"Spostati o ammazzo pure te!"

Ma la moglie non si mosse e ribatté: "Finiscila con questo cinematografo! E risolviamo i problemi".

"Don Rafè..." s'intromise Antonio.

"Tu non fiatare. Con te i conti li sistemo dopo" disse guardandolo di traverso. Poi si rivolse nuovamente alla moglie: "Avanti, spostati! Voglio ammazzare questi due!".

"Vai nella tua stanza!" comandò donna Filomena mantenendo la calma. Marianna si allontanò sotto lo sguardo inferocito e confuso di don Rafè.

Antonio, senza più la presenza di Marianna, prese coraggio e affrontò don Rafè con parole ponderate, preparate accuratamente. Disse che avrebbe sposato Marianna. Lo disse inorgoglito e con tono sicuro, come se d'improvviso si fosse dimenticato da dove veniva e in quale terra aveva fatto quel che aveva fatto.

"Lasciaci soli" chiese alla moglie don Rafè.

"Sì, me ne vado. Ma tu ricordati che non voglio, né perdere una figlia, né passare il resto dei miei giorni con un marito in carcere".

"Non lo ammazzo. Sta' tranquilla. Non è lui che ha sbagliato. Al suo posto non avrei fatto diversamente. Qui l'unica colpevole è tua figlia".

Si accese una sigaretta e mentre la moglie si allontanava urlò verso la finestra della cucina: "Che fai ancora là, tu?"

"Voglio vedere come finisce il cinematografo" rispose Mate.

Il padre, fin troppo consapevole della inutile sfida linguistica cui sarebbe andato incontro e della soluzione impraticabile di andare da lei per prenderla a calci nel sedere lasciando Antonio libero di andarsene, si rassegnò ad averla con spettatrice.

"L'unico modo per convincerla" disse rivolto ad Antonio, "sarebbe spararle. Ma come faccio a spiegare ai carabinieri e a tutto il paese che nel momento in cui avrei dovuto ammazzare Marianna, per disonore, ho ammazzato lei. No, non lo capirebbe nessuno".

"No, non lo capirebbe nessuno. Neanche se glielo spiegassi io in qualità di testimone" disse Antonio. Si scambiarono uno sguardo d'intesa sotto quello esterrefatto di Mate che si allontanò dalla finestra.

Nel frattempo, Antonio e don Rafè ripresero le questioni insolute.

"Totò, mi hai mancato di rispetto" disse don Rafè sospirando.

"Non l'ho fatto per mancarvi di rispetto. Io voglio sposare Marianna".

"Toglitelo dalla testa. Non è possibile!"

"Ma perché?"

"Perché..." Si fermò qualche istante come per cercare le parole più adatte, ma alla fine cambiò idea. "Non ti riguarda. Quello che ti posso dire è che d'ora in avanti devi evitare questa casa e, ovviamente, mia figlia, e nessuno deve sapere quello che avete fatto".

"Sono soltanto stupide apparenze".

"Lo so!" disse interrompendolo. "Ma in questo paese arretrato sono più importanti della sostanza". Si fece più avanti, fin quasi a sfiorare Antonio, e aggiunse: "Marianna non te la sposi, né ora, né mai e non sono tenuto a raccontarti i fatti miei. Se sei ancora vivo devi ringraziare due cose: tuo padre e il bene che ti voglio. Ma ricordati che non possono trattenermi in eterno".

Fece qualche passo pestando i piedi sull'acciottolato, poi si fermò di colpo e disse: "Tornatene a Bologna, Totò! Prima o poi un'altra puttana la trovi pure là!"

Capitolo 15

Mate tornò nel chiostro per riprendere il lavoro in santa pace. Mentre scuoteva i materassi per tirare fuori le ciocche di lana e districarle dai nodi, si chiedeva se potesse considerare sincero l'abbandono con il quale don Rafè si era sottomesso alle richieste della moglie. Non riusciva facilmente a sottrarsi, sia pure per un istante, alla malia dei dubbi e ai timori che le paure potessero tramutarsi in fatti concreti.

E in effetti non sbagliava.

Don Rafè, d'improvviso e come un tuono che trafigge l'aria ferma, sopraggiunse dalla cantina barcollando e imprecando a denti stretti parole volgari, impastate dal vino e dalla lingua gonfia come una spugna.

"Mi avete rovinato la vita!" disse appoggiandosi al pozzo. Sputò saliva rossa, varcò la porta e prese le scale. Quando fu sul pianerottolo si diresse verso la stanza di Marianna. "Apri!" comandò bussando forte.

La chiave girò nella serratura e Marianna si affacciò stringendosi nelle spalle. Don Rafè la spinse dentro, chiuse la porta a chiave e scatenò l'inferno. Mate lanciò tutto per aria, lana, filo e cesta e si precipitò in casa. Sul pianerottolo si scontrò con sua madre.

"Vai a cercare Pietro!" disse donna Filomena battendo con mani e piedi sulla porta di Marianna. Dalla stanza arrivarono rumori di corpi in lotta, grida e urla, silenzi e pianti sommessi.

Mate corse verso la cantina dove si sarebbe procurata un'ascia. La cercò inutilmente. Allora salì le scale e vide sua madre accasciata sul pavimento con le spalle al muro e la testa tra le mani.

La porta della stanza di Marianna era aperta e sua sorella camminava in su e in giù in uno stato di agitazione senza sollievo. Aveva gli occhi pesti e i capelli scompigliati sul volto. Lividi e graffi dappertutto. Piangeva.

La nausea ebbe il sopravvento su Mate e il vomito le riempì la bocca.

"Sparisci!" sentì dopo un po'. Don Rafè l'aveva raggiunta ed era alle sue spalle, si puliva sulla manica della camicia un rivolo di sangue che gli colava dal labbro inferiore.

Mate non disse nulla. Incurante delle minacce chiese a sua sorella di andare con lei dal medico.

Non ebbe il tempo di ripeterlo una seconda volta.

Volò in aria e cadde sul pavimento come una bambola di pezza. Si rialzò, fece qualche passo indietro e, ormai senza il controllo dell'equilibrio, rotolò lungo le scale. Fu una caduta lunga, interminabile, con un fragore come di onde che si abbattono sulla spiaggia. Quando cercò di alzarsi, sentì un dolore acuto al ginocchio destro.

Dall'alto, la voce del padre fu più amara di uno schiaffo.

"Sei una comunista e pure femmina: due disgrazie nella stessa persona!"

Lei lo guardò con rabbia, sottraendogli il piacere della reazione.

"Perché mi guardi senza dire niente?" Mate non rispose e zoppicando si diresse verso le botti. Arrivata davanti alla prima, prese una mazzetta di ferro e colpì forte la spinola che si ruppe in due pezzi. Il vino cominciò a saltare fuori come da una sorgente di montagna. Aveva colpito la botte più grande, quattrocento litri di mosto fermentato si sarebbero sparsi in giro. In quell'istante, Pietro fece il suo ingresso in cantina.

"Cosa stai facendo?" chiese guardandosi intorno.

"Lo colpisco nei suoi affetti più cari" rispose lei con sarcasmo.

Non riuscirono a dirsi altro. Don Rafè arrivò dietro di loro, avanzando in mezzo al vino.

"Chi è stato?" chiese guardando Pietro con ferocia.

"Sono stata io" rispose Mate mostrando la mazzetta.

"T'ammazzo!" urlò, e gli occhi parvero molleggiare nelle orbite. Fece per avvicinarsi, ma Pietro si mise in mezzo.

"Sono stato io" ammise sostenendo senza paura lo sguardo del padre. Mate, allora, per non lasciare alcun dubbio si voltò e colpì la botte dietro di lei. Ma la fretta non le permise di centrare la spinola e il colpo andò a vuoto. Don Rafè cercò di precipitarsi su di lei, ma Pietro fu di una sveltezza sorprendente, lo afferrò per un braccio e, approfittando dell'energia in moto, lo fece girare come una trottola. Quando lo lasciò, don Rafè cadde lungo sul pavimento.

"Lascia in pace Mate!" disse; Poi, rivolto verso la sorella, aggiunse: "Lasciaci soli".

"Che vuoi fare?"

"Deve sapere tutto".

"Cosa devo sapere?"

"Tra un po' lo saprai" gli rispose Pietro dandogli le spalle. Accompagnò Mate alla porta quasi spingendola. "Fai come ti dico".

"No! Con le bestie non si ragiona!"

Pietro la implorò: "Te lo chiedo in ginocchio". A Mate non rimase altra scelta. Era la prima a sostenere che una vita senza lotta non ha valore e sapore. Annuì controvoglia, gli fece una carezza sulla guancia e zoppicando si allontanò. Pietro, stordito dall'odore dolciastro del vino, respirò a fondo e con gli occhi fermi e un filo di voce iniziò il padre alla sua natura diversa, al suo cuore assediato in un mondo limitato.

"Sono un uomo che fa pensieri da femmina..." disse avvicinandosi.

"Non cominciamo con gli indovinelli che tanto le legnate non te le scansi. E se mi devi dire che ti leggi i fotoromanzi, te lo puoi risparmiare che tanto lo so già. Ah, che porcheria. Quelle cose ti rovinano la testa!"

"Questo inverno... l'ho fatto" disse Pietro partendo da un'altra parte.

"Pure io l'ho fatto la prima volta alla tua età. Ancora me lo ricordo. Con una prostituta di Cosenza che mi ha aperto le porte del paradiso..."

"Niente puttane".

"Ah, no! E allora con chi? Qualcuna di Badolato?". Don Rafè si accese una sigaretta e, attratto dall'argomento, dimenticò per qualche istante il precedente della botte. "Ma chi? Non me lo puoi dire?"

Pietro respirò a fondo e alzò la testa. Il nome venne fuori, limpido come l'esecuzione di un tenore.

"Lelè".

"Lelè?" gli fece eco suo padre.

"Sì, Lelè Moccolo".

Don Rafè corrucciò la fronte come una maschera di carnevale. Aspirò ed espirò e poi, sorridendo, chiese: "Disgraziati, in due ci siete andati? E mo' me lo devi dire il nome di questa grandissima che se la spassa con due alla volta. Altro che Sisina..."

"Ho diviso il letto con Lelè. Non c'erano femmine. Solo io e lui".

"Che stai dicendo!" urlò il padre sbriciolando la sigaretta ancora accesa tra le dita, saltò in piedi. Era teso e con le mascelle contratte. "Dimmi che non è vero! Dimmi che stai scherzando o t'ammazzo!"

Pietro rimase in silenzio, guardandolo dietro un velo umido.

Don Rafè si voltò e sferrò un pugno violento sopra la botte. Il colpo rimbombò in tutta la cantina. Poi rimase immobile, pietrificato.

Con calma esemplare, valutando la cosa ancora rimediabile, pensò che bisognava soltanto trovare una soluzione; un modo, dal suo punto di vista, c'era sempre per togliere le malattie, pure per quella che lui riteneva la peggiore.

Quel figlio, quell'unico figlio avrebbe potuto fare di tutto nella vita, diventare un vagabondo, un alcolizzato, un puttaniere di prima categoria, un ladro e anche uno sfruttatore, ma andare contro natura, no.

"Sai che facciamo?" disse parlando lento. "Domani ci vestiamo a festa, ci profumiamo con il dopobarba e ce ne andiamo a Catanzaro da Sisina. Quella ti fa un liscio e busso che ti fa tornare le cose al loro posto. E questa cosa orribile che ti è successa la sistemiamo. A quel porco di Lelè che si è approfittato della tua innocenza..." Si fermò per elaborare un piano, riprendersi dalle brutte immagini che gli erano arrivate nella mente e che lo avevano distratto. "A quello lo sistemo io. Finisce dentro un bel pilastro e non se ne parla più. Nessuno deve sapere niente. E se tua sorella parla... Ma lei sa qualcosa? Quell'esaurita di tua sorella sa?".

"Sì, tutto".

"Quella parla! È una comunista e loro a queste cose non ci fanno caso. Ma non ti preoccupare, figliolo. La sistemo io tua sorella. Ho già un'idea buona. Allora, siamo d'accordo. Vieni qua che ti abbraccio e finisce tutto".

Ma Pietro non si mosse e fulminò il suo spunto speranzoso con parole dure. "Non posso diventare con la forza come non posso essere..."

"Che vuoi dire?"

"Quello che ho detto. Io rimango come sono e non vengo da nessuna donna. Non mi interessano".

"Cosa faccio, allora? Ti ammazzo?" La sua fu più una supplica che una domanda.

"Fai quello che vuoi. Sfogati" rispose Pietro distrutto dalla tensione.

Don Rafè abbassò il capo e sospirò profondamente. Poi si avvicinò a una sedia e l'afferrò con entrambe le mani. Senza dire una sola parola la fece volare con violenza contro il muro. Urlò al soffitto come una bestia ferita a morte. Si piegò e afferrò un pezzo di legno. Quando si voltò verso Pietro aveva gli occhi incendiati.

"Obbedisco a ciò che mi comandi, Pietro mio..." disse avvicinandosi al figlio. "Queste legnate non sono io a dartele, ma sei tu a chiedermele. E lo farò tutti i giorni a venire fino a quando non cambi idea. O ti pieghi o ti spezzo". E si chiuse nella soddisfazione del castigo.

Capitolo 16

La mattina seguente Pietro si svegliò molto presto. Aveva il corpo pesto e dolorante. Dalla cucina, il gracchio della radiolina a transistor di suo padre riempiva il silenzio della casa con le prime notizie del giorno e qualche motivetto musicale che don Rafè accompagnava cercando d'intonare.

Si preparò, mise in ordine ogni cosa e uscì dalla stanza. Camminò lungo il corridoio attento ai suoi passi, come un ladro che non cerca rogne. Fu sul punto di prendere le scale quando sentì suo padre salutare qualcuno. Si avvicinò alla finestra che dava sulla strada e vide l'ombra enorme dell'avvocato Scurzuni. Era senza la sua solita paglietta e i capelli tinti di nero luccicavano ai primi raggi del sole come piume di una cornacchia.

Suo padre invitò l'avvocato a salire in casa per un caffè. "Venite che sveglio mia moglie e ce lo facciamo preparare" disse.

"Non disturbatevi, mi aspettano in tribunale. Sono passato per la questione dell'acqua. Ad ogni modo, ho un'altra soluzione, caro compare..."

"Ditemi, avvocato".

"A monte della pozza, a un centinaio di metri sopra, ci facciamo un'altra bella pozza che apriamo e chiudiamo a nostro piacimento per riempire quella attuale. Così, se vogliono piena quella di adesso, devono pagare l'acqua di quella nuova".

"Compare mio, siete uno scienziato!"

A Pietro caddero le spalle e si domandò in quale letto fosse stato concepito quel padre così lontano da ogni sentimento. Continuò a rimanere vigile e in ascolto, per capire quali altri piani tramassero i due.

"Ma come gliela spieghiamo questa cosa della seconda pozza?" chiese don Rafè.

"Come una specie di ammodernamento. Portiamo un geologo esperto, un amico, compare, e gli facciamo mettere per iscritto che quella attuale non è più sicura".

L'avvocato si spazzolò i capelli con una mano e con l'altra tirò su i pantaloni che gli erano finiti sotto la pancia.

"Ma ditemi, con quelli del Comune cosa devo fare? Sono venuti a uno a uno per dirmi che devo pagare un sacco di piccioli" chiese don Rafè, cercando aiuto anche su altre questioni.

"Compare mio, non fidatevi degli amici del Comune, quelli si fanno vedere morbidi come nuvole perché possiate fare sogni belli e, mentre dormite beato, *zac*! In quel posto!".

A don Rafè erano diventate rosse pure le orecchie alla sola idea che qualcuno volesse violarlo da quella direzione; come per un riflesso condizionato, aveva stretto così tanto le chiappe che a volerci far passare uno spillo si doveva anestetizzarlo.

"Io li ammazzo a uno a uno" disse d'impeto.

"Non vi preoccupate, don Rafè. Oggi passo dalla Provincia a trovare un nostro caro amico e chiedo cosa si può fare. State tranquillo che i soldi ce li sputtaniamo in qualche altro modo invece di regalarli all'Amministrazione". Salutò con la mano aperta e si allontanò ancheggiando come una vecchia matrona.

Pietro rimase qualche istante in attesa, osservando verso il mare lontano una sfornata di nuvole bianche che avanzavano veloci spinte da un vento caldo. Acqua, tanta acqua, ne sentiva il bisogno come l'aria per respirare. Perse tempo e don Rafè lo sorprese.

"Dove vai a quest'ora?"

"Alla fiumara. Vado a fare un bagno".

"E con chi vai?"

"Solo, con chi devo andare?"

"Ah... Allora siamo d'accordo? Uno di questi giorni te ne vieni con me a Catanzaro che dobbiamo andare a trovare una... signora. Si chiama Sisina e te la voglio presentare. È una insegnante, diciamo..."

"Io vado".

"E quando torni?"

"Non torno".

"Oh, Pietrì, e dove vai se non torni. Bello mio, questa è casa tua e qua ci devi vivere, hai capito? E vedi di vivere come si deve" disse don Rafè allontanandosi.

"Non torno" ripeté Pietro a voce molto bassa. Svoltò l'angolo del corridoio ed entrò in uno stanzino. Chiamò a voce bassa Minedda, una gattina a pelo corto che aveva avuto in regalo da Lelè, e lei gli andò incontro lasciandosi accarezzare. poi, se la portò al petto.

"Minè, ci dobbiamo salutare". Le grattò la pancia un'ultima volta e prese le scale per uscire. Attraversò il chiostro e camminò nelle strade deserte del mattino appena fatto, sotto staffilate di luce che creavano ombre discontinue. Quando si voltò la vide. Minedda lo seguiva a distanza, una palla di cenere chiara che camminava leggera e lenta.

Non disse nulla e lasciò che lo seguisse. Passò case di sasso e altre di mattoni rossi, vecchie di chissà quanti anni o secoli, costruite su strade antiche o provvisorie, come le speranze dei tanti. Tutto sembrava vero e finto alla stesso tempo. Quando si ritrovò davanti alla casa di Antonio, uno stabile a un solo piano con il tetto in eternit e le finestre di legno, fischiò tre volte.

"Sali" disse Antonio affacciandosi.

"No, scendi tu".

"Arrivo".

Minedda era ferma all'inizio della discesa. Avrebbe voluto mandarla via, convincerla in qualche modo a tornarsene verso casa, ma non lo fece. Una compagnia così discreta per quella mattina disgraziata non gli dispiaceva.

"Che fai in giro a quest'ora?" chiese Antonio appena arrivato.

"Mio padre vuole fare una pozza sopra quell'altra. Così fa pagare l'acqua se la si vuole riempire. Un'idea del suo amico avvocato".

"Bisognerebbe informare Pericle..."

"Pensaci tu, io..."

"Me la vedo io".

"Ho detto tutto a mio padre. Me ne ha date fino a quando ha potuto. Ma sarà l'ultima..."

"Certo che è l'ultima!" disse Antonio accalorandosi. "Adesso sistemo alcune cose con tua sorella e poi partiamo per Bologna. Te ne vieni pure tu, che là le cose vanno diversamente. Devi vederlo con i tuoi occhi sennò non ci puoi credere".

"No, Totò. Per me non cambia niente, né qua e né da un'altra parte" rispose Pietro ancora più triste. "Ce l'hai presente Alice del paese delle meraviglie quando prende la pozione magica e diventa più grande della casa? Oppure quando la riprende e diventa piccolissima? Io sono così: se rimango qua e lotto è pure possibile che divento grande io, ma mi rimane la casa stretta, se me ne vengo a Bologna la casa mi diventa grande ma io poi mi sento lo stesso ancora piccolo".

"E allora che pensi di fare? Don Rafè non ti darà tregua".

"No, da oggi sarò io che non gli darò tregua. Gli entro nella testa come un chiodo e gliela perforo lentamente..."

"Non capisco. Che vuoi dire?"

"Lo verrai a sapere, non ti preoccupare. Intanto ti devo parlare di una cosa molto importante". Si fermò guardandosi intorno, seguendo con il capo piegato una luce soffusa che entrava nei vicoli e disegnava le sagome geometriche dei balconi sui muri, poi aggiunse: "Dopo il funerale di Peppinuzzo *Santareru*, sua sorella è venuta a trovare mia madre e le ha confidato un gran segreto. Non si erano accorti che ero in casa e ho sentito tutto. Non è stato Peppinuzzo a bastonare quasi a morte Nicolino, ma suo padre. Capisci? Suo padre..."

"No... Che facciamo?" chiese Antonio sconvolto.

"Non lo so. Io vado... Devo andare".

"Ma dove vai?"

"Cammino" rispose Pietro con l'aria intorpidita dal sonno. E si allontanò per la discesa che portava alla fiumara.

Erano le sette del mattino e le campane della chiesetta di Santa Caterina tintinnarono come pietre cadute sul marmo. Entrò e attraversò la piccola navata centrale, senza mai perdere di vista le tappe della Via Crucis riportate sulla parete di destra, sentendosi minuscolo davanti alla tanta bellezza dell'arte. Accese una candela e pregò per quanti lasciava al loro destino, convinto più che mai che la sua vita doveva prendere una nuova forma, diventare un rivolo che arriva al mare e si perde nell'oceano. Alla fine, lasciò la chiesa sotto lo sguardo severo di due vecchie vestite a lutto, voltò a sinistra schermandosi con la mano gli occhi dal sole che sbucò all'improvviso e fece la scalinata fino al vallone portandosi nelle narici l'odore forte dell'incenso.

Quando arrivò alla centrale, la pozza della fiumara che presto avrebbe ceduto il passo a quella nuova, si sedette sotto un albero di eucalipto a ridosso degli orti.

A monte, a un centinaio di metri, due figure si davano da fare. Le riconobbe subito, erano la moglie del macellaio Nazarè e sua figlia, Giuditta. La madre, con calma proverbiale, sistemava la sacca con il cibo all'ombra di un cespuglio e poneva alcune uova sotto un sottile strato di sabbia bianca e calda.

La vide, con la stessa calma, caricarsi sulle spalle le coperte e risalire la fiumara di qualche metro, fermarsi in prossimità di un restringimento del corso dove l'acqua poco profonda scorreva veloce. Con movimenti lenti e ripetitivi cominciare a bagnare le coperte e insaponarle.

Le strofinava con la saponetta, facendo cerchi concentrici con la mano e ondeggiando con tutto il corpo. La figlia la raggiunse, si inginocchiò e cominciò a insaponare, strofinare, sbattere, sciacquare. Era una ragazza molto giovane e prosperosa. Una ninfetta di quelle che strizzano l'occhio agli uomini maturi e rovinano le famiglie. L'anno prima, lui e donna Filomena l'avevano sorpresa in cantina con don Rafè.

"Mamma mia, mamma... che bello... che bello" ripeteva dimenandosi sulle gambe di don Rafè come una scimmietta impazzita.

Sua madre irruppe sulla scena e, afferrando Giuditta con una stretta energica dai capelli, la scaraventò sul pavimento come una bambola di pezza. Giuditta, dopo lo spavento iniziale, cominciò a piangere con singhiozzi.

"Vai a piangere da un'altra parte" disse donna Filomena senza accanirsi. Prese dal pavimento i suoi vestiti e glieli passò. Poi affrontò don Rafè. "Se mi manchi di rispetto un'altra volta non ti basterà la fantasia per riuscire a contare con quanti uomini ti cornificherò"

Era così che lo voleva suo padre, commentò nella mente Pietro continuando a osservare le due donne: un uomo che pecca nel modo che però si può perdonare. Pensò per qualche altro istante a loro due, a cosa sarebbero potuti essere e al modo innaturale in cui invece avevano finito per diventare, poi tolse la camicia e sfilò i pantaloni. S'incamminò verso la pozza, a passo d'asino che misura ogni cosa. Quando la raggiunse rimase a fissarla cupo e misterioso.

A labbra strette declamò i versi di una poesia che aveva scritto nella notte:

Spente sono le parole
E gli amori ormai sepolti
Rami piangenti di piante grasse adornano il mio terrazzo

Entrò nell'acqua scivolando fino al bordo opposto, dove sassi rivestiti di muschio e alghe luccicavano come i cocomeri di quell'agosto. Si avvicinò a uno di essi, rotondo e liscio, e gli parlò: "Me ne vado come un vecchio, maledicendo per dispetto. Ma non senza lasciare un mio biglietto". E con l'indice dritto scrisse sulla piccola lavagna verde del sasso: *Un bacio e poi l'eternità*.

Lo strinse forte al petto e si lasciò andare sul fondo, tra il river-
bero azzurrino dell'acqua in superficie e un falchetto solitario
che volteggiava nel cielo, leggero come un aereo di carta.

Capitolo 17

I giovani democristiani di Badolato non si lasciarono sfuggire l'occasione e per il funerale di Pietro cosparsero le strade del paese con petali di garofani bianchi, diffusero canzoni di chiesa fin dal mattino presto e chiamarono a raccolta, riempendo il sagrato del vecchio monastero di San Domenico di gente che spingeva, si accalcava, rumoreggiava. Come se dovessero appropriarsi di qualcosa che non erano mai riusciti ad avere. Il sindaco, il segretario della Democrazia cristiana di Badolato, il prefetto e il giudice della Corte di Appello di Catanzaro, seduti in seconda fila, contavano e salutavano con gli occhi i presenti. Don Rafè, di fianco a donna Filomena, nascosta come un'araba sotto un abito nero con veletta, piangeva ingoiando lacrime e sudore, masticando il veleno della ruota della vita. Dalle labbra socchiuse sfiatava la litania sommessa di una madre ormai altrove.

Era ancora agosto, ma era vestita e coperta come se una nuvola di gennaio la potesse scalfire a vento e acqua. Alla sua destra c'era Marianna, con il capo sul petto di Mate. Sussultava e singhiozzava come una bimba inconsolabile e si stringeva alla sorella come a un salvagente nel mare burrascoso.

Mate le carezzava la testa, mentre con gli occhi fermi e ogni muscolo del corpo teso fissava la bara ricoperta di fiori.

Si era presa cura del tenero Pietro, insieme a sua nonna, preparandolo per la bara. Era gonfio d'acqua e con il volto livido e duro come il marmo. La melma verde e vischiosa della pozza si era attaccata dappertutto.

Pulito dalla testa ai piedi con panni caldi, lo avevano vestito con l'abito blu e un gilè argentato. Donna Carmelina aveva riempito le tasche del vestito di fiori secchi profumatissimi e l'aria della stanza si era saturata allontanando i primi odori della morte.

Alla fine delle vestizione, la povera donna si aprì a fiore e pianse, pianse maledicendo l'ignoranza; poi, uscì in strada e si perse. Si perse tra i vicoli e le viuzze che riconosceva a occhi chiusi.

A metà della messa funebre, Mate decise di lasciare la chiesa.
Un fuori programma di don Rafè, studiato ad arte, le aveva fatto perdere quella poca pazienza che era riuscita a dimostrare. Una giovane commessa della Standa, vestita come una diva del cinema, si era avvicinata allo scanno e con un leggero inchino aveva posato un bacio sulla bara.
"Un'amica intima di Pietro..." aveva sussurrato don Rafè rivolto verso la seconda fila, quella delle autorità. La terza fila aveva divulgato verso la quarta e così via fino all'ingresso della chiesa. Per Mate fu troppo. Scrollò Marianna e la passò a sua madre, si allontanò da quel luogo che giudicava colmo di stupidità, tra il vociare pettegolo e gli sguardi a civetta della gente. Camminò lungo le vie deserte del paese; un sole intenso faceva brillare le strade e riscaldava l'aria già afosa.
Caldo, non c'era altro che caldo, e tutt'intorno era giallo. Si lasciò il monastero di San Domenico alle spalle e passò davanti all'edicola che in segno di lutto aveva la porticina verde socchiusa. Dalla fessura notò un paio di occhi che la osservavano nella semioscurità, in silenzio. Erano occhi vuoti e spenti, che aprivano e chiudevano le palpebre a ogni suo passo e parevano non essere attraversati da nessun pensiero.
Continuò a camminare verso piazza Castello, mentre ai lati della strada le finestre si socchiudevano al suo passaggio e coperte stese sui balconi sventolavano come meste bandiere. Era il mondo in penombra sulla povera gente che non possedeva lustrini e dimostrava il suo affetto per Pietro evitando di vestire i panni delle convenzioni sociali.

La finestra di un balconcino si aprì al suo passaggio e si affacciò una donna tutta vestita di nero. Rimase ferma, immobile come una statua per un istante; poi rientrò chiudendo la finestra alle sue spalle. Di lei si raccontava che avesse perso il senno dopo la morte del fratello maggiore ucciso da un mulo imbizzarrito. Quando arrivò in piazza, si guardò intorno. Davanti al bar Centrale c'era un gruppetto di anziani. Quasi tutti avevano visi scarni e ossuti, solcati da profonde rughe. La fissavano immobili. La saracinesca del meccanico era a mezz'asta e il ragazzo stava seduto sopra un paio di copertoni dismessi a fumare una sigaretta. Un uomo sulla quarantina era sceso da una cinquecento bianca e si lamentava delle tante ore di viaggio per arrivare da Milano. Chiese più volte se poteva lasciare la macchina per un controllo, ma il meccanico non rispose. Continuò a fumare guardando nella direzione di Mate. Avevano frequentato le scuole elementari insieme e in seguito, quando Mate aveva dodici anni, le aveva confessato il suo amore.

Fin dove era riuscita a vedere l'interno del bar, il proprietario aveva servito un caffè da dietro il bancone.

Il cliente, di spalle, bevve lentamente dalla tazzina; poi, la appoggiò sul bancone e uscì. In quel momento, Mate lo riconobbe. Era il ragionier Fiorentino.

L'uomo le si avvicinò e strinse forte la sua mano, sussurrandole le condoglianze. Era così vicino che poteva vedere il sole specchiarsi sui bottoni della sua camicia.

"Questa è un'ingiustizia".

La voce dell'uomo era strana e, all'improvviso, i suoi occhi si riempirono di lacrime.

"Non fate così, ragioniere..."

L'uomo si nascose la faccia tra le mani, singhiozzando sommessamente. Mate si spinse in avanti e lo abbracciò.

Erano sotto la statua di Tropeano. In lontananza, il convento degli angeli era punteggiato dalle prime macchie d'ombra.

Gli uomini erano fermi davanti al bar, mentre il giovane meccanico si era acceso un'altra sigaretta. Il ragioniere continuava a piangere. Smise dopo un po', asciugandosi il viso.

"So quello che avete fatto per Pietro. Non so se riuscirò mai a sdebitarmi" disse Mate stringendogli le mani.

"Non ho fatto nulla... quello era il minimo".

In mattinata, il ragioniere aveva dato una lezione di stile a don Rafè che un qualsiasi altro cristiano normale si sarebbe sentito come merda di gallina. Si era presentato nella loro casa alle prime luci dell'alba e davanti a tutti aveva detto che al funerale di Pietro ci avrebbe pensato lui a sue spese. "Il meglio del meglio e tutto a carico mio perché nella vita una soddisfazione bisogna pure prendersela. Una sola. E questa è la mia: vaffanculo ai soldi".

"Don Rafè lo sgarbo non ve lo fa passare liscio".

Il ragioniere non disse nulla e dopo un sorriso stentato si allontanò verso la carrozza parcheggiata subito dopo il fornaio.

Salì in cassetta e si accese una sigaretta. Rimase seduto con le redini in mano. Mate lo fissò a lungo, come un fratello ritrovato e pensò che la gente di Badolato, è vero, aveva tanti difetti, come chiunque nel mondo, ma un pregio lo possedeva: non sempre, ma quando ve n'era bisogno, sapeva trasformare le nuvole scure in morbidi cuscini su cui sognare bene. Si sedette sulla panchina e attese che don Vincenzo terminasse la messa.

Era lì, cercando di abbracciare tutto con lo sguardo. L'orizzonte lontano del mare, le strade di montagna che si perdevano nel fitto verde dei boschi, e ovunque tutto pareva aperto. Il vento cominciò a soffiare e fece giungere la lontano un triste rullare di tamburi. Mate tese l'orecchio e il suono si fece più vicino, fin quando non s'infranse nella piazza.

Il primo a sbucare dal vicolo fu Lelè, suonando il tamburino, seguito da Antonio, Pericle e tutti gli altri ragazzi della Fgci.

Portavano cesti pieni di pacchi di zucchero e caffè che cominciarono a distribuire alle case che affacciavano sulla piazza. Quando furono di fronte all'officina meccanica, uno di loro accese il mangiadischi che reggeva a tracolla e, facendo segno a Lelè di cessare il battito sul tamburo, riempì la piazza con la voce di Tenco.

Vedrai vedrai che cambierà,
forse non sarà domani,
ma un bel giorno cambierà

Il meccanico abbracciò Pericle e poi Antonio e con il pugno in alto cominciò a cantare sopra il disco. Continuò incurante degli sguardi perplessi della gente, battendo il ritmo con i palmi delle mani contro la saracinesca dell'officina.

Dopo qualche minuto di sorpresa, il gruppo fu accerchiato da ragazzini che afferravano i pacchi di zucchero e di caffè e correvano verso le loro case. Pericle approfittò della confusione per raggiungere Mate.

"Non sono venuto in chiesa".

"Me ne sono accorta. Hai fatto bene. Ti sei risparmiato una scena patetica".

"Che cosa ci fai qua?"

"Da qui si vede tutto. Il mare, le montagne, le case. Ho pensato che avrei potuto scrutare meglio anche la mia vita".

"E ci sei riuscita?"

"No. Ho visto soltanto un ragazzo che fumava una sigaretta su dei vecchi copertoni e un altro che beveva il caffè al bar. Tutto qui".

"No, non è vero. Non puoi dire così. Tu questo puoi continuare a vederlo..."

"Cerchi di farmi commuovere?"

"E se anche fosse? Pensi che ti farebbe male?"

"Né male, né bene. Ma vorrei far piangere qualcun altro".

Pericle scosse il capo, ma non disse nulla.

"Sono ridotta male, non è vero? Una povera scema che non riesce a piangere e se ne sta seduta sopra una panchina..."

"Ti accompagno a casa?"

"Sì, salvami da me stessa. Nemmeno io so cosa potrei fare".

Si incamminarono e lungo la strada nessuno dei due parlò, dividendosi silenzio e pensieri cupi. Oltre le case, videro il sole nascondersi dietro le montagne; una bambina uscì da una porta reggendo un piatto che sistemò vicino a un gatto molto magro. Quando vide Mate la salutò con la mano sopra la testa. Mate ricambiò; poi, voltandosi verso Pericle, salutò anche lui.

"Non so cosa dire..."

"Non dire niente. Vai a casa e riposa. Se puoi..."

Mate si avvicinò e lo baciò su una guancia. Un bacio tenero.

"Quanto dovrò aspettare?" chiese Pericle.

"Non lo so. Allo sfregio del dolore non riesco ad associare l'amore. Se c'è uno non ci può essere l'altro".

Salendo le scale, Mate pensò che un chilo di zucchero e una tazza di caffè non fossero granché. Poco, certo, ma meglio del niente venduto per tanto dagli amici degli amici di don Rafè che avevano ricoperto le strade di Badolato di fiori.

Entrò in cucina e da un cassetto della credenza prese un grosso paio di forbici da sarto. Erano pesanti, lunghe e affilate come lame di rasoio. Sollevò la gonna e senza esitazione iniziò a tagliare la fasciatura sul ginocchio che cadde ai suoi piedi. Una fitta di dolore arrivò al cervello e la fece sussultare.

Comminò per la stanza per continuare a sentire dolore mentre dalla strada giungeva ancora la musica del mangiadischi. Spalancò la finestra affinché il suono penetrasse finanche nelle pareti, saturasse la stanza, fino a soffocarla dolcemente.

Capitolo 18

La pozza di Copino, svuotata da don Rafè per recuperare il corpo di Pietro, era asciutta e indurita come uno straccio al sole e gli orti della fiumara cominciavano a prendere il colore giallo delle stoppie. Le donne entravano nella chiesa Matrice con fazzoletti neri sul capo e, sedute nelle prime file, piangevano giornate intere affinché il Salvatore spruzzasse in giro qualche goccia d'acqua prima che si seccassero anche i pozzi. Molte pregavano e invocavano il miracolo a voce così alta che don Vincenzo per dimostrarsi partecipe decise di organizzare una messa *ad* hoc per invocare pioggia, tuoni e fulmini all'istante. Al termine della messa, non riscontrando alcun risultato, don Vincenzo informò i presenti che trattandosi di una richiesta fuori dall'ordinario si sarebbe dovuto svolgere un rituale straordinario. Concluse che avrebbe fatto preparare la Madonna per una processione fino al mare. Lì, la Madonna sarebbe stata messa con i piedi nell'acqua e questo certamente avrebbe predisposto le cose nella maniera più giusta. Una donna con le guance rosse e le mani indurite dai calli chiese il giorno e l'ora e don Vincenzo rispose che non c'era tempo da perdere.

"Domani stesso" concluse, ben sapendo che se l'avesse posticipata molti non avrebbero partecipato perché impegnati a seguire il rientro degli astronauti dopo l'allunaggio; il presidente Nixon aveva annunciato festeggiamenti in grande stile. Pericle, che non credeva ai miracoli dei santi e della Madonna, ma si affidava alle opere degli uomini, decise di organizzare i compagni per costruire una nuova pozza: "La pozza del popolo", come la chiamò per rimarcare l'appartenenza ideologica. Ninuzzo venne incaricato di portare la notizia a Mate. E quando fece ritorno riferì, nel gergo dei militanti, che Mate, pur riconoscendo la legittimità della manifestazione nella sua prassi operativa e di lotta e pur consapevole della necessità della stessa, dava tutto il suo appoggio morale, ma si asteneva dal presenziare. Non specificò le ragioni, ma tutti in sezione compresero e giustificarono la compagna ancora nella tenaglia del dolore. Pericle approvò, propose un applauso e chiamò Ninuzzo in disparte per rimandarlo in missione, istruendolo con parole diverse. Disse di dire a Mate che non bisogna lasciarsi mai andare al dolore perché, come un ladro, può rubare il cuore. Poi consegnò nelle mani di Ninuzzo un foglio bianco dove la pregava di fare un disegno del suo cuore. Chiese che lo disegnasse con il lapis affinché lui ci potesse aggiungere anche il suo.

Alle otto di sera, a sole già scomparso dietro le montagne, il giovane corriere fece nuovamente ritorno. Disse che gli era stato riferito di dire che c'era stato un apprezzamento generale al rinnovato invito e che la metafora del dolore come un ladro che ruba il cuore utilizzata dal segretario aveva suscitato un sincero sentimento, ma lei riteneva ugualmente la sua una decisione ormai presa e, nella condivisione di ideali di lotta, rimarcava il suo poter esserci soltanto moralmente. Quando Pericle, inarcando i sopraccigli, chiese a Ninuzzo se gli avesse dato il foglio per disegnare il cuore, il giovane figiciotto rispose affermativamente e tirò fuori dalla tasca il foglio piegato in due. Pericle, strappandoglielo dalle mani, lo girò e rigirò in cerca del disegno di Mate.

"Ma qua non c'è niente!" disse guardando Ninuzzo dall'alto in basso.

"Ha detto che per il momento è tutto quello che può disegnare".

Ma Pericle non si diede per vinto. Lasciò la sezione e si incamminò verso casa di Mate. Lanciò i soliti sassolini contro il vetro della finestra e attese. Indossava la sua bella camicia bianca con le maniche arrotolate e un fazzoletto rosso intorno al collo.

"Mi vuoi mettere nei guai?" disse Mate affacciandosi.

"Non puoi chiuderti in casa come una monaca".

"Aspettami in cantina".

Mate lo raggiunse dopo qualche minuto con indosso la prima cosa che aveva a portata di mano. Pericle era seduto sopra un ceppo e beveva un sorso d'acqua da una brocca. C'era un tale disordine in cantina che Mate si sentì a disagio.

"Come sta tua madre?"

"Male".

"E cosa fa?"

"Prega".

"E Marianna?"

"Prega pure lei" rispose appoggiandosi a una botte. Si guardava intorno spaesata.

"Tu cosa pensi di fare?"

"Tutto tranne che pregare. Non faccio niente. Quando si doveva fare qualcosa non è stato fatto. E oggi... oggi non ho più voglia di fare niente. Non credo più a niente. La lotta, la resistenza, scendere in strada e combattere. Ma per chi? Per cosa? Pietro ci ha provato ed è morto. E nessuna sa che è morto per combattere una battaglia che non riguardava soltanto lui, ma per il destino di tanti nella sua situazione. A cosa serve una morte così silenziosa? Serve soltanto a chi vuole mantenere le cose come sono, ai conservatori di questo sistema vecchio e inutile, dannoso. Tu non eri presente alla messa e ti sei perso la ragazza misteriosa. Una porcheria che tutto il paese ha apprezzato. Che bella figlia di mamma che si teneva Pietrino. Che fiore. Hai capito tu? E bravo, bravo Pietrino. Come glielo vai a dire che le cose stanno diversamente, non lo capirebbero e darebbero del pazzo a chiunque cercasse di farlo" disse con gli occhi spenti. Una mosca si posò sulla fronte di Pericle e lui non fece nulla per mandarla via. Era questa la forza di Pericle, pensò Mate. Una mosca gli camminava sulla fronte e lui se ne stava fermo, una vespa gli volava intorno e lui non si muoveva, un topo gli razzolava vicino ai piedi e lui manco lo degnava di uno sguardo. "Domani mattina don Vincenzo porta la Madonna al mare. È convinto che gli fa il miracolo. Povero don Vincenzo, domani farà una figura da pellegrino che se la ricorda per un pezzo. Lui e quei quattro affezionati ai miracoli se ne torneranno dal mare a bocca asciutta. Prima di piovere passa almeno un altro mese" disse Pericle con un sorriso a mezza bocca.

"Prima è passata mia nonna e ha fatto una delle sue diavolerie del passato..."

"Tipo?"

"Mah... aveva in mano un libro con la copertina marrone e le scritte illeggibili. Lo ha aperto e dalle pagine ha tirato fuori un santino. Era di San Gerardo. Mi ha detto di aprire le mani e me lo ha poggiato sui polsi; è andata verso il lavandino, ha riempito una bacinella e riprendendolo dalle mani lo ha gettato nell'acqua. Secondo lei questo dovrebbe bastare a far piovere".

"Non ci credo".

"Nemmeno io. Mia nonna ha nozioni di meteorologia. Sa leggere le nuvole, credo. Però se piove va bene lo stesso. Don Vincenzo si evita una figura da fesso, voi potete costruire la pozza con calma e i proprietari degli orti salvano i raccolti. Insomma, il problema non è di chi fa il miracolo, San Gerardo o la Madonna, ma che la pioggia arrivi"

"Sì, hai ragione. Nulla ha importanza di fronte ai bisogni. Adesso vado... non vorrei metterti davvero nei guai". Pericle uscì in fretta dalla cantina e i suoi passi arrivarono a Mate come sassolini che cadono in uno stagno.

Uscì nel chiostro e vide che grasse nuvole si erano affacciate dietro le montagne; una parte del cielo era scura come il catrame. C'era davvero la possibilità che arrivasse un bel po' d'acqua.

Passando davanti alla porta di Marianna si accorse che era accostata. La finestra era spalancata e le tende volteggiavano nell'aria come vele di vascello. Sua sorella era avvolta in un lenzuolo a fiorellini, una mano appoggiata sul ventre. Pareva dormire nel mezzo di un campo profumato. Entrò e chiuse gli scuri mentre le prime gocce d'acqua, grosse quanto chicchi d'uva, cominciavano a picchiare sulla strada. Pensò che Don Vincenzo, come al solito da vecchia volpe, avrebbe saputo approfittare di quel miracolo arrivato in anticipo asserendo che la Madonna, nella sua immensa misericordia e gratitudine, si era fatta carico della situazione e aveva voluto evitare alle buone anime credenti il lungo e faticoso viaggio fino al mare. Già se lo vedeva, il vecchio prete, mentre si strofinava le mani, si accarezzava i grossi fianchi e spingeva piccoli e grandi a entrare in chiesa per ringraziare la Madonna con canti e preghiere tutta la notte e senza mai smettere di guardare con l'occhio da rapace gli avventori del bar Centrale che commentavano il sedere di quella o di quell'altra.

Un attimo prima che gli scuri chiudessero la vista sul paese, su quanto ormai Mate considerava il teatrino vuoto della sua vita, l'immagine della sezione si parò davanti ai suoi occhi. Era avvolto da un velo di umidità misto a polvere e le due bandiere rosse pendevano dai balconi del primo piano, tremolanti sotto i colpi dell'acqua. Chiuse del tutto gli scuri e si distese sul letto, di fianco a Marianna. Allungò le gambe, si girò su un fianco e alzò un braccio, l'altro lo portò verso il fianco. Fece piccoli aggiustamenti fino ad arrivare alla posizione del discobolo, la stessa che aveva assunto suo nonno sull'acciottolato del chiostro.

Capitolo 19

Dalla radiolina a transistor la voce gracchiante del conduttore svegliò Mate con l'elenco dei musicisti presenti al festival di Woodstock. Se suo nonno fosse stato ancora in vita, quasi certamente gli avrebbe chiesto un regalo impossibile: viaggiare con lui oltre l'Italia, al di là dell'Oceano, per unirsi ai figli dei fiori e combattere con la musica e l'amore ogni forma di autorità. Ma il notaio non c'era più, se n'era andato lasciandole un'eredità persa già in partenza e una casa vuota dove scontare il tempo da sola.

Si vestì e scese nel chiostro per mangiare un fico fresco direttamente dall'albero. Dopo il primo, a cui ne seguì un secondo e a cui ne seguirono altri ancora fino a riempirsi lo stomaco da vomitare, si sedette sul bordo del pozzo aspettando il solo trascorrere del tempo.

Dal giorno della morte di Pietro aveva maturato l'impressione che le ore non fossero più scandite da minuti e secondi, ma divise in una indistinta vaghezza che se non fosse riuscita controllare, e questo non poteva avvenire semplicemente fuggendo nelle distrazioni, avrebbe potuto farla impazzire da un momento all'altro.

D'improvviso, come un morto resuscitato, Antonio comparve nel chiostro.

"Sei sola?" le chiese guardandosi intorno.

"Cosa sei venuto a fare? Marianna è sottochiave" rispose Mate perdendo il fiato. Il ricordo della loro fuga d'amore aveva riportato a galla gli eventi successivi e il volto sorridente di Pietro era stato come una puntura di spillo sul cuore.

"Devo parlare con tuo padre. Voglio sposare Marianna". Antonio si abbassò e prese un sasso, cominciò a passarselo da una mano all'altra prima di lasciarlo cadere ai suoi piedi.

"Mettiti in fila e intanto diventa ricco, forse puoi avere qualche possibilità". Raccolse anche lei un sasso e glielo allungò. "Non si va nella tana del lupo a mani nude" disse voltandosi verso il portone d'ingresso. La voce rauca di don Rafè si era già annunciata dalle scale.

"Che cosa fai qua?"

E prima che Antonio potesse rispondere al rimprovero, più che alla domanda, di don Rafè, Mate gli sussurrò: "Se riesci a parlare con lui come hai parlato con me scappo anch'io con te per una notte".

Don Rafè la raggiunse con un salto e strattonandola la minacciò.

"Ti sto preparando la valigia per il manicomio!"

"In un altro?" disse liberandosi con uno scatto. Entrò in casa e, salendo le scale con fatica per il dolore alla gamba, si diresse verso la cucina. Sua madre, a messa insieme a Marianna, le aveva lasciato l'incarico di cucinare lo spezzatino di capretto. Era un piatto nauseabondo che avrebbe cancellato dalla memoria della gente, se soltanto avesse potuto. Aprì la finestra per ascoltare il dialogo tra i due e con movimenti nervosi iniziò a pulire le budella e le interiora strofinandole con il sale.

"Con quale coraggio ti presenti nella mia casa?" chiese don Rafè ad Antonio.

"Dovete conoscere tutta la situazione" rispose lui.

"Non c'è niente da conoscere..."

"Sono qui per una ragione importante" disse Antonio interrompendolo. "Marianna... Insomma, don Rafè, Marianna non potete sposarla con chi pensate voi".

"Seguimi in cantina..." disse don Rafè guardandolo di traverso.

Ma Antonio non si mosse e fece un cenno con la testa verso la finestra della cucina.

"Hai ragione" disse don Rafè. "Vediamoci questa sera al ponte della fontanella. Alle dieci in punto". Poi rimase ritto e con lo sguardo duro. Gli occhi, due piccole fessure da cui vivisezionare, affettare il mondo per disporlo secondo una volontà di possesso che non aveva mai pace. Antonio si allontanò dal chiostro pensieroso.

Di ritorno dalla messa, donna Filomena raggiunse il marito in cantina, dove era occupato a sistemare il rubinetto di una botte che gocciolava. Con lei c'era anche Mate.

"Ho saputo che è stato qui Antonio. Cosa voleva?"

"Tu non ti fai mai gli affari tuoi, vero?"

"Non mi hai risposto".

"Mi deve parlare. Ma se si tratta di Marianna gli faccio capire che se la deve togliere dalla testa. Non è cosa per lui!" Colpì forte con la mazzetta la spina della botte che entrò in profondità. "Questa sera parlerò chiaro, non deve abusare della mia pazienza". Senza concedere tempo per una replica, si allontanò.

Donna Filomena raggiunse Mate in cucina. La ragazza guardò negli occhi sua madre.

"Vieni..." disse donna Filomena sistemandosi i capelli con le dita a pettine. Si sedette, allungò una mano e condusse la figlia ai suoi piedi, sul pavimento freddo. Mate si accovacciò e lasciò cadere la testa sulle gambe di sua madre. Sentì le mani scivolarle sui capelli e per qualche istante rivisse uno di quei momenti che pensava di aver dimenticato per sempre.

Con il capo piegato, poteva vedere il volto pallido di sua madre: gli occhi che luccicavano dietro una maschera di dolore.

La morte di Pietro l'aveva trasformata in una statua di gesso, bianco immacolato, dentro un vestito di seta nero. Della donna bella e sensuale di un tempo, che non usciva mai di casa senza la collanina d'oro bianco, la pietra di zaffiro tagliata a forma di cuore e gli orecchini ad anelli da zingara, non era rimasto altro che un vestito nero.

"Come ti senti?"

"Sperduta, figlia mia. Certe notti è così forte la mancanza che mi sembra che il ventre si gonfi... come se potessi partorirlo di nuovo e ricominciare tutto. Quando mi rendo conto che è soltanto un sogno, vorrei tornare a dormire e non svegliarmi mai più". Si ritrovarono abbracciate, ad alitarsi paure e dolore.

"Non ti dare pena, Mate. Non sono diventata pazza". Gli occhi gonfi, come cicatrici rimarginate, le pupille roventi e immobili.

"Dobbiamo reagire. Che possiamo fare?"

"Aspettare, figlia mia".

"E dopo che abbiamo aspettato?"

"Aspettiamo ancora".

"Ma se don Rafè continua a combinare bordelli?"

"Lo fermo io".

"E come?"

Donna Filomena respirò a fondo, asciugò una lacrima che le rigava il volto e disse: "Una sera di dicembre di tanti anni fa, ti avevo in pancia da quattro mesi e tuo padre si è sentito male. L'ho trovato a bocca aperta che diceva cose senza senso. Spaventata, ho chiamato tuo nonno Pietro. Dopo qualche giorno tuo padre fu visitato da un luminare di Roma, il medico alla fine della visita prese il notaio in disparte e gli disse che si era trattato di un esaurimento nervoso, una forma per il momento leggera che poteva essere tenuta sotto controllo. Il notaio si è riportato tuo padre a Badolato nascondendogli la verità. Da quel giorno mi sono occupata io di fargli prendere le medicine di nascosto, quasi sempre nella minestra. Lui non è a conoscenza e tale deve rimanere, se ti scappa qualcosa io nego tutto".

"Allora, la soluzione è semplice..." disse Mate alzandosi di scatto.

"Non lo devi nemmeno pensare".

"Ma perché?"

Donna Filomena non rispose, camminò verso le scale, lasciandosi alle spalle una lingua di luce che saettava dalla finestra e la illuminava a fuoco. Mate la seguì fino in cucina e cominciò a mondare una pesca. Era sua intenzione chiarire la situazione di don Rafè, ma non vi fu tempo. La comare irruppe nella cucina e urlò: "È morto Antonio!"

Capitolo 20

Mate sbiancò e invece di affettare la pesca per poco non ci lasciava una falange. Prese un canovaccio da un cassetto della credenza che legò intorno al dito e se ne stette appuntellata contro l'angolo del mobile con il cuore in gola.

"L'hanno trovato sotto il ponte della Fontanella. Il brigadiere disse che i vestiti del povero Antonio puzzavano di vino. Ma che fesseria! Pure i muri sanno che il povero figlio di mamma non ha mai bevuto vino in vita sua" aggiunse la comare Angiolina. Aveva una peluria matura e cespugliosa sotto il naso che la faceva assomigliare a un gatto. Piangeva con sussulti del petto come se tossisse. Donna Filomena chiese come fosse potuto accadere, mentre con il braccio teso fece volare dal tavolo tutto per aria come carte da gioco: fette di melanzane, pomodori, pezzi di carne e ciuffi di prezzemolo si sparsero sul pavimento.

"Nessuno sa niente, Maria Vergine... Ma che cosa ci faceva il povero Antonio da quelle parti?" rispose la comare Angiolina. Uno schiamazzo di cani arrivò fino a loro.

Donna Filomena, che sapeva la ragione, rimase in silenzio.

"Alla comare Lina si spezzerà il cuore" sussurrò Mate a bassa voce.

La comare Angiolina, prima si chiuse nelle spalle, poi aggiunse che i carabinieri, nonostante avessero chiamato in caserma mezzo paese non sapevano che pesci pigliare, e infine uscì senza nemmeno salutare.

"Stai pensando pure tu quello che penso io?" chiese Mate a sua madre.

"Antonio era come un figlio per tuo padre... Sono solo pensieri nostri" rispose insicura.

"Forse hanno litigato. A tua figlia l'ammazzo io con le mie mani" disse Mate.

"Cosa c'entra lei?"

"E non la difendere sempre!"

"Tua sorella non ha colpa" disse sua madre. Prese le mani di Mate tra le sue. "È ancora una bambina..." Si fermò, schiacciò una lacrima sul palmo della mano; poi, senza aver più voglia di girarci intorno, aggiunse: "È incinta e suo figlio nasce già orfano di padre"

Mate lasciò le mani di sua madre e volse lo sguardo verso la finestra aperta. Avrebbe desiderato essere un insetto e volare via lontano. Da quel davanzale dove diversi anni prima una rondinella era caduta dal nido e con la testa che si muoveva a scatti cercava la madre. Ora su quel davanzale c'era sua sorella, caduta dal nido della giovinezza che ancora non sapeva volare.

"Cosa possiamo fare?" chiese. "Non appena tuo marito lo viene a sapere ammazza anche lei".

"Ne ho parlato con tua nonna".

"E cosa ha proposto?".

"Dobbiamo allontanare tua sorella fino a quando le acque non si saranno calmate".

"E dove la mandate? In qualche orfanotrofio per bambini abbandonati?"

"A Bologna. Un nostro cugino lavora in ospedale e si può occupare di lei".

"Vi volete togliere il problema, insomma".

Donna Filomena la guardò di traverso.

"Partirai anche tu con lei!"

"Perché? Il cugino bolognese non basta?" chiese Mate camminando in su e in giù, colpendo con i piedi ogni cosa che le capitava davanti. Aprì un cassetto del tavolo e tirò fuori rotoli di spago, astucci di colla, tenaglie e tappi di bottiglia, bottoni e qualche chiodo arrugginito. Non cercava nulla di particolare se non di riconquistare un minimo di calma. Per lei il Nord era ben rappresentato da Ninuzzo che, quando lo nominava, sollevava una natica per mollare scoregge rumorose. Fu presa dallo sconforto e cercò di pensare con un minimo di raziocinio, i fatti stavano assumendo quella certa aria di irrealtà, e allo stesso tempo di concretezza, che il rischio di perdere la lucidità non era più soltanto una probabilità. La sua famiglia, ormai ingarbugliata come un nido intrecciato di sterpi, e popolata da uccellini incapaci di crescere da soli, non era più quella massa solida da cui poter raccogliere schegge di serenità. Pietro, per cercare di sfuggire alle vecchie e antiquate pareti di granito del palazzo Tripoti che gli stavano togliendo respiro e futuro, si era sepolto da solo. Antonio, nelle cui tasche erano entrati sogni che non gli spettavano, era volato troppo in alto e qualcuno aveva saputo come riportarlo sulla dura terra ferma. E Marianna? Be', lei sarebbe stata la prossima vittima. Pensò che era veramente troppo giovane per essere lasciata a sé stessa, e soprattutto non aveva ancora maturato gli strumenti per poter spiccare il volo dal davanzale; inoltre, era troppo devota alle credenze popolari e a quelle della fede che chiedono prove su prove e sofferenze.

"Parto con mia sorella" disse fermandosi di colpo. "Vieni con noi, non restargli vicino" aggiunse intuendo già la risposta.

"Non posso. Se parto anch'io ci verrà a cercare". Donna Filomena si guardò in giro con gli occhi lucidi.

"Partiamo per qualche posto lontano. L'America. E quando ci trova?"

"Devo restare qui" disse sua madre uscendo dalla cucina. Si perse nell'oscurità della prima rampa di scale, lasciando uscire singhiozzi e lacrime. Un'altra madre, la comare Lina, era sopravvissuta al figlio e sarebbe andata a portarle conforto, pur sapendo che sarebbe valso a poco.

Con l'arrivo del buio, Mate uscì dalla sua stanza e attraversò il corridoio. Si fermò davanti alla porta di Marianna e bussò delicatamente. Attese diversi minuti senza alcuna risposta. I respiri affannosi di Marianna riempivano il silenzio e Mate avrebbe voluto consolarla, accarezzarla e farla parlare, permetterle di sfogarsi aprendosi a libro più di quanto non avesse mai fatto fino a quel momento. A differenza di lei e Pietro, Marianna era sempre stata una ragazza timida e riservata, educata da donna Filomena con la rassicurazione costante che qualcuno l'avrebbe sempre protetta dalle difficoltà della vita. In cambio avrebbe dovuto comportarsi come un delicato accessorio nella vita dei suoi protettori. Era stata accompagnata fin dal suo primo giorno di scuola dalle suore, un istituto privato di Catanzaro dove oltre a imparare a leggere, scrivere e far di conto veniva abilitata al cucito, alla pittura e a suonare il piano. E quelle volte che Mate aveva cercato di scuoterla da quel torpore e da un'adolescenza troppo formale, Marianna la osservava senza dire nulla in modo cortese e distante. La vedeva così fragile e senza alcuna conoscenza delle spaventose necessità che la vita ci impone di giorno in giorno, e non riusciva a comprendere come avesse potuto accettare di seguire Antonio nel suo disegno.

"Apri, Nannarè... Ti prego, aprimi" disse sottovoce. Provò una pena profonda, e una responsabilità enorme intuendo che da quel momento era lei a doversi prendere cura di Marianna. La vita di sua sorella era sempre stata immutabile, come un ruscelletto che scorre nello stesso corso, e a custodire quella vita era sempre stata donna Filomena, restandole seduta accanto per ore a guardarla ricamare o dipingere.

Al respiro affannoso si unirono i singhiozzi, dapprima intermittenti e poi continui. Mate comprese che stava cercando di intromettersi in una intimità profonda che non voleva essere violata, allora sfiorò con la mano il legno della porta e si allontanò. Scese le scale e attraversò il salone dove don Rafè riceveva gli ospiti importanti. La stanza aveva i soffitti alti ed era arricchita con vasi d'ogni dimensione e foggia, di argenteria e cassettoni e cassepanche. Cercò vicino al camino, dentro una grande cesta rivestita con un cuscino, la gattina di Pietro e la trovò. Sonnecchiava.

"Vieni con me, Minè" disse prendendola delicatamente in braccio. "Da domani qui non ci sarà più nessuno con cui giocare. Ti porto in un posto bello". La gattina la fissò per qualche istante e poi richiuse gli occhi raggomitolandosi tra le sue braccia.

Camminò per le strade del paese incurante degli sguardi della gente che passeggiava avanti e indietro per il corso. Stringeva al petto la gattina osservando le luminarie della festa, non ancora smontate, con una certa tristezza nel cuore: sembravano assicurare un mondo di promesse e avventure per chiunque ne avesse avuto voglia. Gruppi di giovanotti tornavano dalla Fontanella, dove si erano recati per un sorso d'acqua fresca, argomentando di politica e sport. A metà del Corso, in un tavolino del bar, il ragionier Fiorentino giocava a carte con Ninuzzo. Mate li osservò dalla strada per qualche istante, chiedendosi quando li avrebbe rivisti. Riprese a camminare perché fermarsi avrebbe significato cedere alla commozione dei saluti e non era il momento di concedersi quel lusso.

Si lasciò alle spalle la chiesa Matrice e prese la discesa che l'avrebbe portata fino alla piazzetta di Santa Maria. Un po' prima della piazzetta c'era la casa dei genitori di Antonio. Porte e finestre erano sbarrate, come se le avessero inchiodate. Il corpo di Antonio era stato portato all'obitorio dell'ospedale di Catanzaro, dove avrebbero eseguito l'autopsia. Soltanto in seguito sarebbe rientrato a Badolato per il funerale. Prima che i carabinieri coprissero il corpo di Antonio, Mate era riuscita a vederlo l'ultima volta. Era sotto il ponte della Fontanella, accasciato sui sassi, il corpo rigido, la testa voltata in modo innaturale e gli occhi spalancati e fissi in uno sguardo cupo, terribile. Rimase lì fino a quando non se lo portarono via con una barella fino all'ambulanza sulla strada. Con il ricordo ancora negli occhi, strinse più forte Minè al petto e proseguì, superando l'ufficio postale e infilandosi in un vicoletto stretto e buio. Bussò a una porticina piccola e malmessa e si annunciò. Dopo un po' la porta si aprì con un cigolio ferroso. Apparve Lelè. Tra le dita, lunghe e magre, stringeva una sigaretta. Per un lungo istante rimase con la testa china in basso, come se guardasse le mattonelle, lo stato miserevole del pavimento. Aveva un bel viso, lungo e affilato, la fronte alta e i capelli folti e ribelli, del colore della paglia. Gettò la sigaretta in terra, la spense sotto la suola, e parlò.

"Ciao, Minè, sei tornata?" Fece una pausa e aggiunse: "Entra, Mate. Sei arrivata in tempo. Sono alla fine della bottiglia"

E prima che Mate potesse parlare, entrò nell'unica stanza della casetta e si sedette al tavolo; poi, la invitò a prendere posto. C'era un bottiglione di vino verso la fine, un pezzo di formaggio e un po' di pane. Versò le ultime gocce di liquido rosso come il sangue in un paio di bicchieri e ne passò uno a Mate, fissandola con aria quasi serena. Aveva gli occhi ombrosi e il viso teso e pallido. Una lampadina al soffitto gettava il suo debole bagliore nella stanza lasciando molte zone in ombra.

Restarono seduti in silenzio per vari minuti. Mate bevve il bicchiere d'un fiato e si asciugò le labbra, rabbrividendo un poco. Era un vino acido, forte come l'aceto. Lelè, allora, si piegò sulle gambe e da un mobiletto della cucina prese una bottiglia di Vecchia Romagna. Riempì a metà i bicchieri e guardò Mate con uno strano sorriso. Poi bevve, e disse: "Scommetto che non sei venuta qui per bere un bicchiere di vino pessimo. E nemmeno per riportare Minè"

Mate non rispose e portò alla bocca il bicchiere di cognac. Bevve. Continuarono così, in silenzio e bevendo uno dopo l'altro bicchieri di cognac che bruciavano lo stomaco e aprivano la testa. Di tanto in tanto uno dei due parlava, ma senza dire nulla di particolare: frasi brevi e dissociate. L'alba cominciò a strisciare furtiva lungo la finestrella, trovandoli storditi e senza pensieri, quasi felici nella loro disperazione. Mate guardò Minè dormire in un angolo, con l'aria di una che torna a casa e sconta la malinconia serenamente.

"Non voglio una risposta" disse Mate riprendendo per un istante il controllo dei pensieri. "Ma sono certa che Pietro abbia mentito. Tu e lui non avete mai dormito insieme..." Gli occhi di Lelè si annebbiarono e se ne stette seduto e immobile. Lei si avvicinò e gli fece una leggera carezza sul viso. Lelè si appoggiò alla spalliera della sedia e volse lo sguardo verso la finestrella aperta. Una brezza fresca entrò nella stanza, portando con sé il profumo salmastro del mare.

Di colpo era come se Pietro fosse in quella stanza, accanto a loro e li avesse lasciati solo qualche istante prima. Mate sentì un leggero formicolio alle mani, come se lo stesse toccando. Il senso di quella perdita venne finalmente a galla, con tutto il suo carico emotivo e lei sentì di potersi perdere. Allora si attaccò alla razionalità, alle parole, che come sempre erano state la sua ancora di salvezza. E disse: "Non voglio dire che il vostro sentimento non sia stato vero. Ma lui con don Rafè si è spinto più avanti, parandogli il vostro futuro. Senza lasciargli alcuna speranza".

"Perché, allora, vuoi sapere se abbiamo dormito insieme?"

"Infatti, non lo voglio sapere. Non m'interessa, sono fatti vostri. Volevo soltanto comprendere meglio la forza di mio fratello e tu mi hai risposto. Era un uomo fatto che ha saputo affrontare la sua bestia nera... E tu cosa fai? Te lo dico io, ti nascondi in questo buco stordendoti per non uscire fuori e combattere".

Lelè abbassò il capo e la massa di capelli gli cadde davanti; cominciò a piangere sommessamente. Mate gli prese il capo tra le mani e lo strinse in un abbraccio. Poi disse: "Dobbiamo ricordarlo senza ammalarci, trasformando questa follia. E' morto per salvarci, dando la sua vita liberamente, senza pensarci due volte. Devo andare... ho un treno che non aspetta".

Lelè si tirò su e l'accompagno verso la porta. Si abbracciarono e Mate chiese: "Cosa farai per Pietro, qual è una piccola cosa che farai subito per lui?"

Lelè guardò ai piedi della porta, si piegò e prese in mano un sacchetto di stoffa. "L'altro giorno sono andato alla spiaggia di Ponza, dove andavamo a fare il bagno... e ho raccolto un po' di sabbia bianca, finissima. Ogni mattina mi sono detto che sarei andato al cimitero a portargliela ma non l'ho mai fatto..."

"Fallo" disse Mate uscendo.

"Sì, lo farò" rispose Lelè.

Quando arrivò davanti al portale di casa sua, Mate si fermò un istante per prendere fiato. Avvertì i primi raggi del sole pizzicargli la schiena e rimase immobile per incamerarne più possibile. D'un tratto sentì il rumore familiare di una lambretta. Si avvicinava sempre più e immaginò Pericle zigzagare per il corso. E quando il rumore fu molto vicino, lei entro di fretta nel portone senza voltarsi. Lo chiuse con un colpo secco che fece un gran rimbombo nell'atrio. La lambretta si fermò davanti al portone e Mate sentì chiaramente il rumore del cavalletto. Poi avvertì i passi di qualcuno che si avvicinava e bussava con la mano aperta, un tocco delicato e pulsante come il ritmo del suo cuore. Sentì il suo corpo vibrare come quello di un uccellino caduto dal ramo. Si voltò e prese le scale, di fretta, salendo i gradini senza cautela, affannosamente. Dalla finestra della sua stanza vide Pericle allontanarsi con il motore al massimo. Deglutì e la saliva le parve amara, di un amaro quasi piacevole.

Capitolo 21

Il viaggio per Bologna fu lungo e lento, interminabile come una di quelle domeniche solitarie che sembra debbano durare oltre ogni limite di tollerabile sopportazione.

Alla stazione di Firenze, mentre Marianna continuava a dormire, Mate fu colta da una rabbia muta. Pericle l'aveva delusa, proprio nel momento peggiore, e la ferita bruciava come sale sopra un taglio aperto. Lui, proprio lui, da cui non si aspettava tradimento le aveva dato una girata di spalle di quelle che non si possono scordare. Il giorno prima della partenza lei gli aveva recapitato con Marianna un messaggio.

Ti aspetto questa sera a Gurita, ma non per una lezione di guida.

E per quell'appuntamento importante, lei non aveva lasciato nulla al caso. Si era vestita come una gitana, con una blusa lunga e trasparente, e per allontanare le ombre tristi e malinconiche si era quasi scolata mezza bottiglia di amaro Cynar. Ma aspetta che ti aspetta passarono due ore e di Pericle nemmeno l'ombra. E quando decise di tornarsene a casa, con il suo fagotto di pensieri brutti, trovò Pericle seduto al bar centrale. Giocava a carte con gli amici e quando si accorse di lei fece un leggero sorriso e un saluto con il movimento accennato della testa Un sorriso che la colpì come una lama. Lo vide alzarsi e andare verso il jukebox per selezionare un disco, ma non si diede il tempo di ascoltare il pezzo scelto perché, come una ladra, s'infilò di corsa in un vicoletto. Fuggì per non dovere parlare di cose di cui non si può parlare e per le quali è meglio tacere. Un rifiuto, seppur giustificato, è sempre un rifiuto e ogni tentativo di aggiustarlo lo raddoppia. Camminò in preda a un nervosismo spasmodico e una voglia di rivalsa che le bruciava lo stomaco.

Quella notte non chiuse occhio e attese l'alba, l'ora della partenza, accompagnata da una strana voglia di fuga. Non le era mai successo prima di desiderare di allontanarsi da Badolato. Una paura nuova l'aveva presa alle spalle e la rendeva insolitamente inquieta e angosciata. Era la paura di diventare come Soltero, il cagnolino che non si sentiva più sicuro di nulla e se ne stava alla larga da tutti.

L'ultima ora di viaggio trascorse ancor più lenta. Di tanto in tanto Marianna apriva gli occhi, per poi abbassare le palpebre subito dopo e ricadere nel sonno. Dopo la morte di Antonio si era chiusa nella sua stanza, uscendo soltanto per andare in bagno. Mate aveva dovuto penare, e non poco, per convincerla a recapitare il suo messaggio a Pericle. E lei, consapevole del grande debito verso sua sorella aveva ceduto. Per rinchiudersi non appena fece rientro. Davanti alla perdita di pazienza di don Rafè, che per convincerla, a modo suo, le aveva mollato un primo schiaffo a mano piena, pesante quanto una pala scagliata con forza, e un secondo tra capo e collo che avrebbe potuto stendere un vitello di un quintale, lei diede una dimostrazione di carattere che Mate non le aveva mai visto fare prima. Invece di piangere e strepitare, era corsa in cucina e si era portata alla gola un coltello affilato; come se stesse giocando con una collana di perle l'aveva fatto scivolare dolcemente sulla pelle bianca da bimba fino a far spruzzare sangue sul pavimento. "Il tempo delle bambole è finito" aveva detto sotto lo sguardo vitreo di don Rafè, "e non ci penso due volte a lanciarmi dalla terrazza già battezzata dal nonno".

Era ormai notte fonda quando arrivarono a destinazione, la stazione di Bologna si presentò deserta e silenziosa, lontana dalle meticolose abitudini del giorno.
Un uomo dormiva rannicchiato sotto una panca della sala d'attesa, alcuni fogli di giornale, con i quali aveva cercato di ripararsi dal freddo, erano ai suoi piedi.

Sul suo volto sembrava esserci un'esaltazione vivida, come se stesse rivivendo alcuni episodi del giorno degni di essere ricordati. Una giovane donna, a qualche metro da lui, reggeva sulle gambe un bimbetto con il moccio al naso e cantilenava una nenia che pareva provenire da qualche paese lontano. Il figlioletto la guardava sorridendo. Mate osservò in silenzio la scena, sentendo un peso opprimente sul petto. Spinse Marianna e s'incamminarono in silenzio.

Nel piazzale esterno della stazione un uomo di buona stazza e vestito con abiti dozzinali sbucò d'improvviso in mezzo a una nebbiolina acquosa e si offrì di accompagnarle a destinazione. Parlò con un forte accento bolognese. Mate s'informò del prezzo e lo discusse sotto l'indifferenza di rimprovero della sorella. Il tassista, alla fine, accettò di applicare uno sconto e si diede da fare per caricare le valigie.

Quando la macchina lasciò la stazione, Marianna rivolse a sua sorella alcune preghiere affinché non si comportasse troppo alla paesana, ma cercasse di adattarsi un po' alle abitudini cittadine. Mate non rispose.

Seguì con occhi incollati al finestrino la figura di una donna appoggiata al muro con una sigaretta tra le labbra e un vestitino scollacciato che metteva in mostra il suo corpo. Poi vide un uomo avvicinarsi a prendere la donna sottobraccio. I due entrarono in una palazzina bassa chiudendosi il portoncino alle spalle.

"Dove siamo?" chiese al tassista.

"Vuole sapere il nome della via?"

"No. In quale parte della città".

"Nella zona dell'amore mercenario"

"Sempre amore è" rispose Mate osservando la sfilza di donne lungo la via.

"Sarà, ma rimane a pagamento" rispose l'uomo rallentando l'andatura della vettura.

"Crede forse che quello di sua moglie è gratuito?" chiese Mate.

L'uomo cominciò a ridere di gusto mostrando una bocca devastata dal fumo delle sigarette e, tra singulti e sospiri, disse: "No, è il più caro e non sempre è in accordo con il carovita". Prese dal cruscotto un pacchetto di sigarette e ne tirò fuori una. L'accese facendo il primo tiro con calma e profondità. Mate, continuando a guardare il fumo riempire l'abitacolo, rispose alle preghiere che Marianna le aveva posto qualche minuto prima.

"Non preoccuparti, Nannarè, cercherò di non creare problemi anche se non puoi negare che nell'ultimo periodo ti sei applicata meglio tu. E con quali risultati!"

"Hai ragione" disse Marianna senza aggiungere nient'altro, mostrandosi con l'altra faccia, quella trasfigurata dalla colpa. Mate le prese la mano e, sollevando lo sguardo, incontrò quello umido di sua sorella.

"Al tuo posto, avrei fatto di peggio" disse per confortarla.

"Di peggio?"

"Certo".

"In che modo?"

"Fuggendo per sempre con Antonio e vivendo d'amore per l'eternità".

Il tassista si voltò e sorrise d'accordo.

"Sai qual è la tua peggiore nemica, cara sorella?" chiese Mate tornando sull'argomento.

"No".

"La fantasia. Perché nel momento in cui fai una cosa ne stai già pensando un'altra".

Marianna rimase in silenzio e il tassista ne approfittò per informarle che erano arrivati.

"Se percorrete questa stradina arrivate sulla via Emilia" precisò aprendo gli sportelli, e aggiunse: "Sulla via Emilia ci sono molti negozi dove spendere i soldi, anche quelli che non si posseggono. Ormai si paga tutto con cambiali".

"Allora mi comprerò tutto quello che c'è da comprarsi" disse Mate.

"Con cambiali significa che prima o poi dovrà pagare" specificò il tassista come avrebbe fatto una maestrina.

"Significa anche che per un certo tempo chi vende fa finta di dover ricevere e chi compra fa finta di dover dare?" chiese Mate afferrando entrambe le pesanti valigie. Sbuffò per il carico e prima di cominciare a camminare portò a conoscenza l'uomo della seconda parte della sua teoria: "Come vede, il commercio non è altro che una finzione. Una finzione basata su un'incertezza: il tempo".

Il tassista sorrise ed entrò nell'auto. Si accese un'altra sigaretta e ripartì. Mate e Marianna si guardarono intorno spaesate. Il buio del lenzuolo notturno era rotto dalla debole luce dei lampioni che, come tristi stelle comete, indicavano la via ai bevitori notturni. La stradina era popolata da case basse con tetti rossi e facciate corrose dall'umidità. La moderata miseria del quartiere era visibile a prima vista.

Tuttavia, il luogo era ricco di alberi allineati alle spalle delle case, e un piccolo parco resisteva alla speculazione di altre costruzioni. Quella visione riuscì ad allontanare dall'animo di Mate, seppur marginalmente, l'oppressione che appena scesa dall'auto aveva occupato il suo cuore.

Entrarono.

L'abitazione aveva un grande ingresso che immetteva, attraverso un corridoio, in una sala ariosa. Intorno a essa giravano le altre stanze: cucina, camere e bagno. Mate accese tutte le luci della casa e perlustrò con occhi di gatta ogni luogo. Marianna, invece, raccolse alcuni oggetti di Antonio sparsi qua e là: vestiti, libri e diversi quaderni di appunti.

"In questa casa respirerò il suo odore" disse guardando Mate con il volto disteso, senza quell'aria angosciata che da giorni abbondava sul suo viso. Mate si spinse verso una camera buia e prima di entrare commentò il ritrovato umore di sua sorella con tutto il lirismo di cui era capace.

"Non capisco come l'amore possa ridurre una donna in queste condizioni".

"Un giorno anche tu...".

"Anch'io cosa?" chiese Mate interrompendola. Era tornata sui suoi passi, con un bagliore di follia negli occhi. La delusione di Pericle era stato un colpo solo, secco e da crepare il cuore.

"Anche tu t'innamorerai e ti sentirai diversa".

"Diversa?".

"Sì, diversa. È difficile da spiegare con le parole".

"Non mi interessa qualcosa che non si può spiegare. Vuol dire che non è di questo mondo. E non m'interessa essere diversa perché non ci vedo niente di male in ciò che sono".

"Ma allora cosa cerchi, se non l'amore?"

"Stare bene quando non sono diversa".

Marianna sorrise e si avvicinò. Dalla sua pelle esalò un profumo umido, come di terra smossa che a Mate ricordò Badolato, abbandonato laggiù.

Si allontanò dalla sorella e disse: "Forse è meglio se andiamo riposare. Per sistemare le cose avremo tempo".

"Vedrai che non dovremo starci una vita" rispose Marianna che aveva colto la nota ironica nella sua voce. "Il tempo necessario perché la mamma e la nonna sistemino le cose con nostro padre".

Mate fece capolino dalla stanza in cui si era andata a rifugiare e, con lo sguardo basso, disse: "Sei un'illusa, neanche due morti riescono a portarti con i piedi per terra. Ricordati che non torneremo presto a casa nostra".

"Io posso anche essere un'illusa, ma tu sei una pessimista di natura".

"Sì, se pessimista vuol dire vedere quello che tu ti ostini a non voler vedere" riprese Mate più ferma.

La salutò con la mano e chiuse la porta della stanza. Accese la luce e si diresse verso il letto. Si lanciò come se fosse uno specchio di mare calmo. Si voltò e si rigirò più volte prima di trovare la posizione. Poi socchiuse gli occhi, rimproverandosi per aver cercato di disilludere Marianna.

Capitolo 22

I giorni successivi al loro arrivo in "terra straniera", come Mate definiva Bologna, trascorsero sotto il peso di estenuanti faccende domestiche. Marianna era riuscita a programmare una serie di corvè a cui Mate cercò di opporsi con tutte le sue forze prima di cedere.

"Non capisco perché ti ostini a voler lucidare la casa come se dovesse arrivare un generale da un momento all'altro" fece notare Mate dopo i primi lavori, con la schiena a pezzi e la respirazione alterata da uno sfinimento incalcolabile.

Ma la sorella non rispose, osservò da ogni angolazione l'interno della credenza e, con l'aria di chi è convinto del buon lavoro svolto, chiuse le ante.

Poi afferrò una sedia, la rivoltò a gambe all'aria e prese a togliere la polvere infiltrata tra la paglia, con quella lentezza e minuzia accurate come quando non si ha fretta e si trova nel lavoro ossessivo e puntiglioso la migliore misura per il proprio tempo.

Una pioggia torrenziale con raffiche di vento continue spazzava le strade e rendeva scivoloso il pavimento dei portici.

In un racconto di Wells un viandante nel mezzo di un lungo viaggio si perse nelle montagne e soltanto dopo diversi giorni e allo stremo delle forze riuscì ad arrivare in un villaggio. Assetato e affamato si guardò a lungo intorno, ma non vide anima viva. Pensò che fosse abbandonato nonostante le siepi e gli alberi fossero ben potati e le strade pulite; stanco si addormentò sotto un albero.

Quando si svegliò, nel cuore della notte, con sua grande sorpresa vide un paese in piena attività.

Si avvicinò a un gruppo di uomini che scaricavano da un carro dei sacchi di ortaggi e, dopo averli salutati, chiese come mai lavorassero di notte, al buio.

Gli risposero che non conoscevano la parola *buio*, di non averla mai sentita prima.

Il viaggiatore cercò di spiegarsi, ma ogni termine che trovava per interpretare il buio, la luce, il vedere e il guardare aggiungeva incredulità e sorpresa nelle persone. Alcune ridevano, altre, perplesse, lo ascoltavano in silenzio.

Dissero che tutta la popolazione era cieca da molte generazioni. Il viaggiatore, allora, decise di rimanere per qualche tempo in quel villaggio per istruire ognuno di loro alla bellezza della natura.

Cominciò così a descrivere i colori del mondo, i meravigliosi abiti che la natura indossava in ogni stagione: il verde della primavera, il giallo dell'estate, il marrone dell'autunno e l'inverno lo raffigurò con il bianco. Cercò di descrivere l'ombra che ogni persona si portava sempre con sé e la forma delle nuvole. Del cielo non seppe dare nessuna descrizione. La gente lo ascoltava divertita, piegando la testa per cogliere meglio nelle sue parole alcune sfumature e comprendere i sentimenti dell'uomo, le sue emozioni. Ma dopo qualche tempo, e senza che fosse mai riuscito a farsi comprendere, il viandante deluso e frustrato abbandonò i suoi propositi e si isolò da tutti. In seguito, s'innamorò di una ragazza e, per non continuare a essere diverso da lei, si accecò.

Il racconto fece riflettere Mate e la portò a pensare in qualche modo alla sua esistenza. A quel pezzo di vita che la vedeva precipitata in un mondo complementare e diversa dal suo.

Quando chiuse il libro nel quale aveva scorso il racconto, guardò fuori dalla finestra e vide che pioveva ancora.

D'improvviso il suono insistente del campanello riempì la casa. Mate andò ad aprire. Un giovane con la sacca della posta a tracolla la salutò con un forte accento bolognese. Era un giovane longilineo, con una massa di capelli rossi arruffati sulla fronte.

"Non faresti meglio a startene a casa con questo tempo?" chiese Mate.

"Hai mai sentito parlare di una cosa che si chiama lavoro?" rispose il giovane. Aprì la sacca di cuoio ed estrasse un vaglia postale. La consegnò nelle mani di Mate con un sorriso.

"Sei qui da poco?"

"Dipende dai punti di vista... a me sembra di essere qui da una vita".

"Dovresti fare qualcosa per passare il tempo".

"E magari avresti anche la soluzione, non è vero?"

"Ascolta... tornerò domani"

"Lavori anche di domenica?"

"No. Faccio il giro delle abitazioni per consegnare il giornale del partito. Sono un compagno. Faccio il postino stagionalmente, giusto per mantenermi gli studi".

"Cosa studi?"

"Scienze politiche. Hai voglia di frequentare il collettivo?"

"Non rimarrò qui per sempre. Spero di tornare a casa mia il prima possibile".

"L'impegno non è mai inutile, anche quando sembra soltanto una goccia".

Si voltò e cominciò a scendere le scale. Quando arrivò sul pianerottolo si voltò e disse: "Questa sera in Facoltà saremo in tanti. Ma non saremo mai abbastanza se non riusciremo a far partecipare tutti. Se ti va ti passo a prendere e alla fine ti riaccompagno".

"Tu passa" disse Mate. "Intanto ci penso".

Mate rientrò in casa, chiuse la porta e aprì subito la busta, quasi strappando la vaglia con il quale sua madre aveva provveduto a inviare una buona somma di denaro.

Nello spazio della causale c'era scritto che don Rafè non aveva digerito la loro fuga e minacciava di cercarle. Il breve scritto concludeva i saluti e l'esortazione rivolta a lei affinché prima di pensare a cose pazze valutasse bene le situazioni.

Infilò il vaglia in mezzo al libro di Wells e strappò una delle pagine, quella dove il viandante si acceca per amore. La infilò in una busta e scrisse l'indirizzo della sessione di Badolato. Il destinatario, Pericle, avrebbe certamente compreso il messaggio. Lui lo sapeva che lei aveva sempre pensato che l'amore dovesse essere uno stato assoluto a cui tendere senza scorciatoie, ironie e lotte; qualcosa che accade in via naturale e unisce. E con quel messaggio avrebbe certamente capito la profondità della ferita che le aveva inferto e, forse, avrebbe portato riparo. In qualche modo, si sarebbe fatto vivo ricongiungendosi in quello strano stato di grazia che li aveva avvolti e modificati giorno dopo giorno sotto il lento lavorio della volontà e del cuore. Raggiunse sua sorella e la esortò a muoversi, prima che i negozi abbassassero la saracinesca. Consegnò la busta nelle sue mani e la pregò di affrancarla e spedirla. Marianna lesse il destinatario, poi la infilò nella borsetta e s'incamminò verso la porta. Uscì gettandosi sulle spalle una mantella nera. Mate la seguì in silenzio.

"Mi sento stordita" disse Marianna non appena rientrarono. "Questa gente... le macchine, il traffico..." Lasciò i sacchetti della spesa in cucina e si sedette sulla poltrona. "Dovremmo andare a messa". Erano state invitate da Nicola, il cugino bolognese. Era un medico e avrebbe potuto aiutare Marianna ad abortire

"Ma perché?"

"È l'unico luogo al mondo dove non ci si diverte mai. Anche nei momenti di festa i preti ti ricordano che sei un peccatore, che ti devi pentire, che ti aspetta l'inferno, che tutto quello che fai è sbagliato. E che caspita!"

Marianna sorrise.

"Hai imbucato la lettera?" chiese Mate camminando verso la sua stanza. Marianna non rispose e lasciò andare la testa all'indietro. Sembrava volesse chiudere gli occhi e riposare.

Capitolo 23

Con l'arrivo di dicembre e le imminenti festività natalizie le strade della città s'illuminarono di luci colorate e ritmiche e le vetrine dei negozi si riempirono all'inverosimile di oggetti come in un asilo infantile. Mate non si perse un solo momento di quell'estasi collettiva e, in preda ad un'eccitazione convulsa, visitò mercati e negozi di ogni genere, piazze e monumenti, parchi cittadini e punti di ritrovo. Di Pericle nessuna notizia. E come tutte le cose che bruciano in fretta, Mate cominciò a contemplare quel che ne restava. Pensava spesso all'incendio che era stato e si ritrovava a provare una remota tristezza. Lentamente si convinse che, forse, Pericle aveva progettato la fine del loro amore già da tempo e con determinazione e calcolo non si era presentato all'appuntamento, e nemmeno aveva risposto al suo messaggio, evitandole lo squallido biglietto d'addio sul quale di solito si scrivono le cose che non possono essere dette.

Una sera come tante si preparò per andare insieme con Marianna a cena da Nicola, il cugino bolognese. Si guardò il viso allo specchio e scoprì che era divenuto scarno e ossuto, solcato da qualche piccola ruga sulla fronte. Pensò che fosse dovuto alla sua aria sempre corrucciata. Avvertiva l'inutilità e lo spreco di quella vita votata interamente al nulla, annullata dalle forze oscure e irrazionali della paura che la obbligavano a stare lì. Eppure, la soluzione che si muoveva nel suo sangue, nella turbolenza del suo carattere, era semplice: sarebbero dovute tornare a Badolato per far nascere la creatura in un ambiente più congeniale al suo sangue, naturalmente dopo aver avvelenato don Rafè con una dose massiccia di funghi velenosissimi. Ma era consapevole che gli altri non conoscevano il mondo come lo conosceva lei, nell'intimo della loro anima restava impresso il ricordo della sopportazione e del dolore e questo li rendeva rigidi e spenti. Così come si stava spegnendo anche lei per osmosi. Finì di prepararsi e raggiunse sua sorella in sala. "Andiamo" disse. "E non fare troppo domande altrimenti Nicola ci satura di cazzate".

Sul pianerottolo incontrarono la signora Bettina, la loro vicina, una donna di settant'anni rimasta vedova molto giovane e che, come aveva raccontato spesso a Marianna, aveva preso sotto la sua ala Antonio trattandolo come un nipote.

Trafficava con i sacchetti della spesa e non appena le vide comunicò, sgargiante come una bimba, che aveva ricevuto la risposta dalla Sip per l'allacciamento del telefono duplex.

"Al massimo tra qualche mese potremo telefonare a chi più ci piacerà. Io non saprei neanche a chi, ma voi potete parlare con la vostra famiglia" disse spingendo i sacchetti dentro casa. Prima di chiudere la porta aggiunse che aveva comprato l'occorrente per prepararagli le lasagne. Salutò e chiuse la porta accompagnandola.

La casa di Nicola si trovava all'interno di un vecchio stabile, un tempo un istituto religioso. Era situato in una stradina malmessa che dal centro portava verso i viali di circonvallazione e aveva la facciata di marmo delle fortezze tenebrose dei nobili. Un uomo molto vecchio, dall'aspetto decrepito e con un pastrano lungo fino ai piedi aprì il portone e indicò la direzione da seguire.

"Prendete le scale" disse. "L'ascensore è riservato agli inquilini".

Mate, incurante della raccomandazione, si diresse verso la porta dell'ascensore trascinandosi dietro Marianna.

"È riservato!" urlò il portiere indicando le scale.

Mate, come se non avesse sentito nulla, aprì gli sportelli di ferro della cabina e infilò a spinta Marianna nell'ascensore. Spinse il tasto e la cabina, tirata da funi che salivano e altre che scendevano, si mosse lenta come un vecchio bue.

Arrivate al piano, uscirono dall'ascensore e si ritrovarono in un corridoio con grandi finestre da cui si potevano contare i tetti della città. C'erano sedie e divanetti del secolo precedente addossati al muro e fiori di plastica in vasi di plastica sotto a una madonnina di gesso dentro un incavo del muro.

Bussarono a una porta di legno scuro e attesero. Nicola apparve dopo una manciata di minuti, seguito da una coda di odori caldi. Le invitò a entrare parlando a voce molto bassa. A metà del corridoio apparve la moglie di Nicola, Dina, una bolognese prosperosa di seno, con la bocca rossa a forma di cuoricino, più giovane di lui di almeno una decina d'anni. Abbracciò entrambe con modi frettolosi e più frettolosamente prese Marianna sottobraccio trascinandola in cucina.

Nicola spense il mozzicone che aveva tra le dita in un portacenere di cristallo, invitò Mate a prendere posto e cercò di intavolare un minimo di conversazione.

"Tua nonna se la passa bene?"

"Sì",

"E tua madre?"

"Pure".

"E tuo padre?"

"Meglio di tutti".

"Vi siete sistemate bene tu e tua sorella?"

"Come al Grand'Hotel".

"Bologna vi piace?"

"Non vedevamo l'ora di venire". Nicola dondolò la testa avanti e indietro per qualche istante. Sembrava dovesse parlare, aggiungere qualcosa, ma non disse nulla. Nel frattempo, sopraggiunse sua moglie con un vassoio fumante di tortellini in brodo. Presero posto e cominciarono a mangiare.

La cena si svolse tra silenzi e colpi di tosse.

"Ma non vi sembra una pazzia l'attentato di Piazza Fontana?" chiese Nicola nel tentativo di sollecitare un minimo di conversazione.

Neanche una settimana prima, a Milano, c'era stata la bomba alla Banca Nazionale dell'Agricoltura con diversi morti e tantissimi feriti. Mate fece osservare come a Badolato l'antagonismo tra schieramenti politici si limitasse a qualche insulto e qualche pernacchia. Aggiunse che il vero mostro a cento teste era un altro: organizzazioni mafiose che opprimevano ogni cosa mantenendo la gente nell'ignoranza, povertà e omertà.

Tornò nuovamente il silenzio.

Nicola, rivolgendosi verso Mate, e non prima di una disquisizione specialistica memorabile, disse che si sarebbe interessato personalmente per fissarle un appuntamento con un suo collega per farle dare un'occhiata alla gamba claudicante. Lei lo guardò con riserva. Ma lui non si arrese.

"Fa miracoli" sottolineò alzando la voce.

"Un santo?" chiese Mate.

La moglie di Nicola, irriducibile laica e comunista sfegatata iscritta a un piccolo partito di leninisti, sorrise con ironia. Marianna cercò di dare una mano a Nicola.

"Mi sembra una buona idea" disse. Guardò sua sorella con la solita espressione di supplica.

"Mi farò visitare" disse Mate con aria arrendevole. "A una condizione, però".

"Quale?" chiese Nicola pronto.

"Che il tuo luminare si occupi principalmente della mia gamba sana".

"Non capisco" disse Nicola portando un calice di vino alla bocca. "Se davvero fa miracoli, voglio che faccia diventare zoppa anche la mia gamba sana. Così nessuno potrà accorgersi che zoppico con l'altra".

Nicola buttò giù il calice. Marianna rimase dritta sulla sedia con un'espressione sul volto di allegria. Mate, stanca di discorsi senza senso, si alzò per andare verso la finestra; mentre camminava sentì Nicola, piegato verso Marianna, consigliare: "E se la facessi visitare anche da un mio amico neurologo?"

"Per me va bene così com'è" rispose sua sorella.

"Ma è un po'..."

"Pazza? No, non lo è, almeno se ci si adatta alle sue ragioni".

Mate sorrise e prese a guardare fuori. Oltre i palazzi, in lontananza, si stagliava una torre che sembrava pungere il cielo.

Ripensò al palazzo dell'Annunziata per un attimo.

Un solo attimo che riuscì a darle un po' di pace. Poi, cercò con tutte le forze di allontanare quel pensiero. Macchine inumidite dalla nebbia scivolavano lungo le strade buie e deserte.

Al termine della serata, dopo il caffè e un vassoio di torroncini alla liquirizia, Mate e Marianna lasciarono la casa dei loro cugini. Camminarono fino alla loro abitazione attraverso un velo leggero di acqua, impalpabile e umida.

"Subito dopo il tuo intervento..."

"Aborto. Almeno chiamalo con il suo nome" disse Marianna mentre un'espressione di sconforto le afferrava gli occhi.

"Sì... dopo ce ne torniamo subito a casa. Ho bisogno del sole e del vento".

Marianna annuì guardando nel vuoto. Assunse un atteggiamento scuro e mormorò: "È vero. Questa non è la nostra vita. Siamo qui soltanto per una ragione".

"Vai a letto".

"E tu?"

"Io ho un appuntamento..."

"Con chi?"

"Il postino. Ci siamo conosciuti oggi e mi ha invitata a un collettivo. Dovrebbe arrivare a momenti".

"Ma tu non sei innamorata di Pericle?"

"Quello che un tempo era amore, oggi è una tortura".

"Come si chiama il postino?"

"Non è proprio un postino. Studia Scienze Politiche e lavora per mantenersi... Si chiama Stefano".

"Ti piacc?" chiese Marianna.

"Questo non è un fotoromanzo, Nannarè. A me non piace nessuno".

"Nemmeno Pericle?".

Mate non rispose.

Marianna cominciò nervosamente a punzecchiarsi dita contro dita. Poi chiese: "Ma tu lo amavi?"

Mate rimase ancora in silenzio. E Marianna, inaspettatamente, cominciò a piangere. "Mi dispiace" disse tra le lacrime, nascondendo il volto tra le mani.

"Tu cosa c'entri... Il solo responsabile è don Rafè"

"Io... Insomma..." disse Marianna. Si fermò, come se dovesse aggiungere qualcosa, ma poi non disse nulla.

"Non ti angustiare inutilmente" disse Mate volteggiando davanti allo specchio.

"Sei felice?" chiese Marianna vedendola stranamente allegra.

"No, disperatamente infelice"

"Non hai l'aria di una che è disperatamente infelice".

"Sto recitando la parte".

"Per quale ragione?"

"Per attenuare queste piccole rughe sulla fronte... sono sempre corrucciata" rispose stirandole con la mano. Salutò sua sorella e uscì di casa. Attese Stefano stretta nel cappotto, cercando il modo per nascondere la noia e l'indifferenza.

Capitolo 24

Gruppi di giovani transitavano sotto i portici spingendosi l'un l'altro, cantando o fischiettando motivetti musicali, altri se ne stavano fermi agli angoli delle strade, altri ancora bivaccavano sui gradini delle Facoltà bevendo vino da grossi bottiglioni.

"Siamo arrivati" disse di colpo Stefano indicando l'ingresso della Facoltà di Scienze Politiche.

Attraversarono un lungo corridoio poco illuminato e si ritrovarono in un'aula satura di fumo. L'umidità dei respiri formava goccioline d'acqua sulla pittura a olio delle pareti. Stefano raggiunse il centro della stanza con calma, dove un gruppo di ragazzi agitavano in aria fogli di carta e saltavano sulle sedie urlando come venditori al mercato. Altri, più calmi, fumavano sigari sottili.

La stanza cadde nel silenzio dell'attesa e la voce di Stefano cominciò a risuonare forte tra le facce attente.

"Questo è un collettivo di lotta. Le parole devono tradursi in azione" disse con il corpo percorso da fremiti improvvisi e l'espressione del volto distaccata, lontana dalle emozioni. Continuò a parlare con atteggiamento composto, disponendo le frasi e i concetti in modo rigoroso e analitico.

La prima parte del discorso fu un'analisi di quelle che Stefano chiamava *i rapporti di forza tra i padroni e gli operai*. La seconda parte, che entusiasmò maggiormente tutti i presenti, riguardava invece gli insegnanti e soprattutto i docenti universitari, definiti da Stefano *servi dei padroni*, perché asserviti ai loro interessi.

A queste ultime parole seguì un fragore generale, un vero boato. Mate si allontanò dalla stanza e attese Stefano sulla strada. Non passò molto tempo che lo vide avanzare davanti a un gruppo di ragazzi. Una ragazza camminava al suo fianco e si presentò a Mate con l'alterigia di chi sa di non essere una delle tante.

"Mi chiamo Valeria. Tu sei una parente del meridione?" chiese.

"Diglielo tu chi sono" disse Mate fissando Stefano.

"No, non è una parente" rispose Stefano. "È un'amica... viene dal meridione"

"Oh, che bello" disse la ragazza.

"Che sono un'amica o che vengo dal meridione?" chiese Mate fissandola da capo a piedi. Era vestita come tutti gli altri con un grosso maglione e un pantalone di velluto marrone a coste.

"Be', entrambe le cose..."

"Tu mi affitteresti mai la tua casa?" chiese Mate sorprendendola.

"Eh... Certo... perché no?"

"Perché in città non ci sono altro che cartelli di case in affitto, peccato che in molti ci sia scritto che non sono per i meridionali".

"Non capisco, cosa vuoi dire?"

"Non pensi che prima di cambiare il mondo si dovrebbe cercare di cambiare questi cartelli? È una cosa piccola, certo, ma pensa che cosa significherebbe per chiunque arriva dal meridione".

Valeria si allontanò borbottando sottovoce.

"Chi è?" chiese Mate.

"È la figlia di un capitalista. Una borghese che ha scelto di combattere con noi".

"Per lei è solo un gioco" disse dura Mate. "La sera torna a casa da suo padre, in mezzo alle sue comodità. Sarà la prima a ribellarsi se le cose dovessero cambiare veramente e lei correre il rischio di perdere quello che ha".

Stefano non disse nulla e afferrando Mate per le spalle la spinse nell'atrio di un palazzo antico. Un paio di mezzi busti troneggiava all'inizio della scalinata e un grande lampadario scendeva dal soffitto sostenuto da una pesante catena: diffondeva una luce fioca, triste come le facce delle statue.

"Non perdi tempo..." disse Mate addossata al muro.

"Devo?"

"Forse".

"L'amore deve essere libero" disse Stefano avvicinandosi deciso. Pose la bocca su quella di Mate e le morse le labbra con piccoli colpi di denti. Si strofinò contro di lei. Un rumore scoppiettante arrivò dalla strada e un fascio di luce illuminò il portico. Il silenzio era stato violato da una coppia arrivata con una lambretta. Avevano parcheggiato e si erano allontanati mano nella mano. Ombre leggere che avevano dato respiro a una nostalgia cocente di Mate, apparse come se dovessero difendere il silenzio di un amore che non era mai morto in lei. "Fermati" disse di colpo

"Perché?"

"Vengo da un mondo diverso dal tuo. Dove le cose avvengono più lentamente e il progresso arriva più tardi".

Non era sua intenzione ferirlo, ma la furia del ricordo non le diede altra scelta. Non era più sicura di nulla.

Quell'esilio stava sputando sulle sue certezze una luce velata.

"Oggi non è più come una volta... C'è l'amore libero".

"Non mi sento nel Medioevo, ma voglio fare quanto il mio corpo sente naturale. Questo luogo non mi sembra il più adatto".

"Vuoi una casa con un letto?"

"No..." disse lei.

"A cosa pensi?".

"A niente. A niente..."

"Non è vero" disse Stefano.

"Hai ragione. Vieni, camminiamo che ti spiego".

Camminarono a lungo e parlarono ancora più a lungo, sotto una luna appena spuntata che sembrava una bolla di sapone.

Mate raccontò a Stefano di tutte le ferite che aveva dovuto ricucire, delle persone che erano passate al sonno eterno, del suo amore per Pericle. Si raccontò come non aveva mai fatto con nessuno; dalla morte di suo nonno e di suo fratello, con parole che stoccavano come falce che cade su un campo di grano e lo miete. E quando diede fine a quel fuoco di tristezze che si portava nel petto, per un attimo i suoi occhi presero a brillare come coriandoli colorati che volano nell'aria e regalano un istante di allegria.

"Se tu mi aspetti io riuscirò a uscire da questa paralisi".

Stefano non disse nulla e aumentò un poco il passo. Erano arrivati sotto casa.

"Allora, mi aspetti?" chiese nuovamente lei.

"Sì" disse regalando a Mate un sorriso a metà.

Rientrata in casa Mate chiese a Marianna di dormire insieme, e addormentarsi tenendosi per mano.

Capitolo 25

Una sera Mate era alla finestra e nel buio vidi avanzare Stefano. Cadeva una pioggia leggera. Si spargeva dappertutto spinta dal vento. Marianna era seduta sul divano, intenta nella lettura di un libro di poesie. Ne lesse una ad alta voce. Era sua abitudine farlo ogni volta che qualcosa di ciò che leggeva colpiva la sua sensibilità. Il suo senso poetico.

Nessun vascello c'è che come un libro

possa portarci in contrade lontane

né corsiere che superi la pagina

d'una poesia al galoppo –

Questo viaggio può farlo anche il più povero

Senza pagare nulla –

Tant'è frugale il carro che trasporta

L'anima umana.

Era di Emily Dickinson e piacque molto anche a Mate.

Stefano comparve nella stanza con il volto bagnato dalla pioggia e tirato da una certa tensione.

Era molto serio, sembrava preoccupato e Mate glielo fece notare.

"Non è niente" rispose, arrossendo leggermente, poi, aggiunse: "volevo invitarti a cena. Ti voglio far conoscere i miei". Mate rimase qualche istante perplessa.

"Perché?" Chiese.

"Mia madre ti vuole conoscere" rispose Stefano.

Dunque, l'invito era partito dalla madre e non da lui, pensò Mate. Fu tentata di rispondergli che non si sentivo molto bene. Una qualsiasi scusa sarebbe andata bene; Stefano non era il genere di persona che avrebbe indagato. Ma non lo fece.

La madre accolse Mate con allegria e cordialità. Le fece fare subito il giro della casa soffermandosi sulla porta della stanza di Stefano; ne evidenziò il disordine con il tono complice delle donne quando parlano di alcune incapacità maschili.

Il padre Stefano, invece, non si mosse. Si limitò ad un fuggevole sorriso sotto gli occhiali e rimase seduto sulla poltroncina di pelle sotto un lume, concentrato nella lettura del giornale. Una specie di uomo di vetro, pensò Mate, senza sangue, muscoli e ossa; qualcuno su cui il nostro sguardo non si ferma, lo attraversa e va oltre. Provò una sensazione di freddo come davanti a un defunto. Notò con quanta cura la madre di Stefano avesse preparato quella cena. Nella casa si sentiva un gradevole odore di pulito e tutto era al suo posto. Le cose erano ordinate quasi con maniacalità. Gli oggetti erano collocati con millimetrica precisione e il disordine che nel caos della vita ha infinite possibilità di presentarsi, rispetto all'ordine che ne ha soltanto poche, in quello spazio non aveva il tempo di nascere che presto veniva allontanato. La padrona di casa era vigile e niente le sfuggiva. Ne ebbe subito la prova. Il marito si sollevò dalla poltroncina e il giornale gli cadde ai piedi sparpagliandosi; Stefano si tolse la giacca e la lasciò cadere sul divano; la madre in un lampo raccolse il giornale e sistemando per bene le pagine lo appoggiò sul tavolino, poi prese la giacca di Stefano e dopo avergli assestato un paio di colpi l'appese su uno dei ganci dell'ingresso. Infine, con il sorriso sulle labbra, rivolgendosi a Mate, disse:

"È come avere due bambini".

Non disse nulla. Non intendeva schierarsi prendendo posizioni.

Seduti a tavola, la donna iniziò a servire i piatti, e quando ebbe terminato si sedette anche lei.

La cena si svolgeva nel silenzio e di tanto in tanto qualche domanda della donna, sulla vita di Mate o su Marianna, lo rompeva.

Domande comunque semplici a cui rispondeva senza alcun tono particolare. Stefano ed il padre consumavano il cibo senza fiatare, annuendo con la testa ma senza convinzione o naturalezza, così, giusto per educazione.

D'improvviso, nel mezzo della cena, il campanello della porta suonò per una decina di secondi con insistenza. Stefano si alzò di scatto fermando la madre.

"È per me, torna a sederti" disse in modo perentorio, andando verso la sua stanza.

Venne fuori dopo qualche minuto con un giaccone lungo e scuro, completamente abbottonato come se dovesse ripararsi da un grande freddo o nascondere qualcosa. Senza rivolgersi a nessuno in particolare disse che doveva sbrigare un impegno importante e che sarebbe tornato presto.

"Dove vai?" Chiese la madre con la voce stridula.

Era spazientita da quel fuori programma. Tutta la sua programmazione vacillava a causa di un imprevisto non calcolato e per servire il dolce avrebbe dovuto attendere. Non si era preparata a quel fuori programma e adesso era senza riserve. Stefano non rispose e si allontanò prima che qualcuno potesse ribattere. Mate rimasi senza parole, sorpresa. Stefano aveva parlato come se quella fosse una delle sue solite serate in famiglia e lei non fosse presente, o come se ormai ne facesse parte da così tanto tempo da essere considerata soltanto un pezzo dell'intero ingranaggio. Pazientò per capire il da farsi.

Con il passare del tempo l'ansia della madre aumentava. La poveretta non sapeva come procedere: viveva quell'imprevisto sentendosi colpevole di quel disordine organizzativo.

Una situazione assolutamente sgradevole per lei che già si sentiva investita del ruolo della suocera che fin dai primi momenti deve far capire senza disguidi e intoppi in quale ambiente fosse cresciuto il proprio figliolo e lasciare intendere che ci si aspettava che la nuora perpetuasse senza variazioni, riforme o rivoluzioni, quello stesso clima domestico.

È così difficile, pensò Mate, per le nuore del mondo comprendere un fatto così semplice? Perché non accettano di essere il prolungamento di una missione che una madre ha perseguito da subito con il proprio figliolo e che non può essere interrotta? Perché si ostinano a far intendere ad un marito che non lo vuole intendere che quel tempo è finito e che arriva il momento in cui bisogna saper dire addio ai vizietti, ai sogni principeschi della gioventù?

All'improvviso la collera l'assalì e proprio quando la madre si decise a servire il dolce si alzò dicendo che si era fatto tardi. Sentiva lo sguardo avvilito della donna su di lei. La sua prova generale era andata male. Sulla porta l'abbracciò con affetto e disse:

"Mi dispiace per la serata. Spero di poterti rivedere presto".

Mate Abbassò gli occhi e non disse nulla. Bastò per farle capire quello che pensavo.

"Ti capisco. Non te ne faccio una colpa" disse parlando a voce molto bassa.

Chiuse la porta e sparì dal suo mondo: non aveva fatto in tempo ad entrare che ne era già fuori.

Lungo la strada di casa vide arrivare Stefano. Attraversò la strada allontanandosi dalla sua direzione e fargli intendere in quel modo tutto il suo risentimento. La raggiunse. Era affannato, i capelli scompigliati e la camicia fuori dai pantaloni. In un angolo della bocca un rivolo di sangue gli colava fino al mento.

"Cosa ti è successo?" A Mate tornò in mente Pietro, le volte che don Rafè lo aveva picchiato. Un immenso vuoto le sembrò aprirsi e risucchiarla. Il pensiero che Stefano avesse potuto avere un incidente fece cadere il muro di diffidenza.

"Così imparano… speriamo che la lezione serva…". La sua risposta fu incomprensibile. Parole disordinate e scomposte.

"Di cosa parli? Perché sei andato via lasciandomi sola con i tuoi?"

"Siamo andati a dare una lezione a un nero… un fascista".

"Avete picchiato un ragazzo come voi?"

Disse Mate ponendomi su un piano morale e mettendo in disparte la delusione.

"Non è come noi, le sue idee sono diverse dalle nostre".

Fu sconcertata dalla sua risposta. L'ideologia aveva messo le radici nella sua testa e in quella dei suoi compagni e la violenza veniva utilizzata per appianare le differenze di vedute.

"Pensate di picchiare chiunque la pensi diversamente da voi?"

"So che non comprendi il nostro modo di cercare di cambiare le cose..." Lo interruppe.

"No. Non riesco a comprenderlo e mai potrò accettarlo".

"Non ti sforzi. E non fai niente per averne uno tuo, Mate. Cosa fai per migliorare questo mondo? Per che cosa lotti?".

Nella sua voce lo stesso trasporto che metteva nelle riunioni del movimento. Ma Mate pensò che non era una platea e fu presa dalla voglia di urlargli che non era giusto parlarle in quel modo. Con calma rispose:

"Lotto per cambiare me stessa. E non credere che sia un compito facile".

Aveva smesso di piovere. Le pozze d'acqua catturavano la luce dei lampioni come in una ragnatela finissima. In una di essa vide specchiata la sua figura. Come Narciso avrebbe desiderato innamorarsene e annegare in essa, ma era solo una pozza e sapeva che avrebbe rischiato il ridicolo.

Stefano, dopo essersi pulito nuovamente il sangue, tornò alla carica e più duro, disse:

"Sei una qualunquista. Noi del movimento lottiamo per liberare anche voi donne. Un giorno sarete libere di scegliere che vita fare, quali desideri soddisfare".

Continuava a non capire. Insisteva nel parlare in quel modo. Non disse nulla. Non riusciva a non pensare a niente che non risuonasse come un rimprovero. Ma non era suo desiderio scivolare nella parte della maestrina che valuta e rimprovera. E poi, ripeteva a se stessa, di cosa avrebbe dovuto rimproverarlo? Di averla depositata a casa sua per andare a sbrigare le sue faccende politiche? O di non averla portata a conoscenza in anticipo dei suoi programmi? Era indignata e furiosa.

"Perché non parli?" Chiese lui nervoso.

"Non ho niente da dirti, Stefano, che tu non possa capire".

"Ad ogni modo è strana questa tua severità. Non ti appartiene".

"Non mi appartiene, ma posso usarla quando ne intravvedo il bisogno". Protestò.

Stefano la seguiva in silenzio. Avvertiva la sua presenza alle spalle. Si soffermò col pensiero su quello che si erano detti. Comprese che fino a quel momento non era riuscita a dirgli ciò che veramente l'aveva ferita; come avesse deluso le sue aspettative.

"Dimmi che sono importante per te, Stefano. Dimmi che per te sono la cosa più importante. Dimmelo adesso".

"Lo sai che è così" rispose lui guardandosi intorno con nervosismo.

Non lo disse. Si nascose dietro le parole.

"Non hai risposto alla mia domanda". Sottolineò infastidita.

"Sei la solita…" Iniziò, ma non lo lasciò finire.

"Sentimentale? È questo che vuoi dire?"

"No. Intendo dire puntigliosa".

Cercava di parlare di tutto pur di non parlare di loro due. Aveva pensato che attaccandola personalmente Mate avrebbe reagito difendendosi o aggredendolo e in questo modo si sarebbe finito con il parlare di altro.

"Sei complicata e per niente pratica". Sbottò d'improvviso infastidito Stefano.

"Hai ragione, Stefano, sono complicata e poco pratica, ma non ti dimenticare che sono una donna".

"Mi dispiace, non era mia intenzione offenderti".

"Non mi hai offesa…sono delusa, tutto qui".

"Succede perché ti fai molte illusioni".

Le sue parole la ferirono proprio perché le disse per ferirla. La collera l'assalì: un uragano che la travolse e la trasportò lontano.

"Hai ragione, Stefano, mi succede spesso di illudermi. Mi è appena capitato." Si allontanò senza voltarsi. Stefano rimase fermo, il suo nervosismo ebbe il sopravvento su tutto.

Capitolo 26

La mattina del parto ci fu la nevicata più intensa di tutto l'inverno. Era uno degli ultimi giorni di marzo e sorprese quanti avevano pensato di fare il cambio dell'armadio in anticipo.

"Se un giorno lo potrò raccontare a Ninuzzo, non ci crederà" disse Mate guardando fuori dalla finestra.

Il giorno in cui Nicola avrebbe dovuto operare per l'aborto, Marianna si era bloccata nell'ascensore del condominio, imprecando e supplicando Mate di non abbandonarla. Non voleva più liberarsi della creatura o forse non ne aveva mai avuto intenzione. Diceva che era l'unica cosa che le restava di Antonio e mai avrebbe permesso che gliela si portasse via. Contro ogni suo desiderio di ritornare a Badolato, Mate aveva deciso di starle accanto fino al giorno del parto.

Adesso, Marianna girava per la casa ansimando a bocca aperta, come un naufrago tra le onde. Si sedeva, si alzava, faceva qualche giro su sé stessa, tenendosi la pancia come se fosse un grosso cocomero. Quando riuscì a prendere fiato lanciò un grido di dolore e tornò a sedersi con le gambe lunghe e dritte. Mate si avvicinò e le toccò la fronte.

"Sei fredda" disse.

"Meglio così. E sta' tranquilla, tra un po' lo tiri fuori".

"Prendi il borsone" disse Marianna ansimando. "Speriamo... che Nicola... non ci metta... *ahi*... molto ad arrivare".

"Non ti preoccupare, a minuti sarà qui. Speriamo solo che il freddo gli abbia ghiacciato la lingua, così ci evita un sacco di cavolate" rispose Mate infilandosi un mazzetto di banconote nelle mutande. La sorella la guardò esterrefatta e le venne da sorridere tra una contrazione e l'altra.

D'improvviso suonò il campanello e Mate si precipitò ad aprire.

Nicola era fermo sul pianerottolo, con il volto in fiamme per la corsa. Prima di entrare cercò di togliersi la neve che si era depositata sul cappello e sulle spalle. Fu un'operazione lenta e meticolosa, in contraddizione con la corsa per arrivare, che non mancò di urtare i nervi di Mate.

"Nicò!" sbottò. "Entra e sbrigati, non sei arrivato all'Opera".

Nicola rimase interdetto.

"Lascia perdere..." disse Marianna. "Andiamo... o partorisco qui". Nicola le prese il borsone dalle mani e uscì dalla casa, avviandosi lungo le scale.

Ma Mate non gli diede tregua.

"Nicò, ma come sei diventato che non riconosci più lo sfottò".

Nicola si fermò di botto lasciando cadere il borsone.

Guardò verso l'alto e bestemmiò con parole calabresi che aveva imparato nelle lunghe estati trascorse nella sua terra.

Fu sul punto di risalire le scale, ma Marianna lo raggiunse e si parò davanti a lui indicandogli il pancione.

"La creatura non ha voglia di aspettare. Ho detto andiamo!" urlò. Si voltò e fulminò con lo sguardo sua sorella. Mate si cucì la bocca anche se avrebbe voluto continuare. Nei mesi passati Nicola non l'aveva lasciata in pace e non aveva fatto altro che proporle visite mediche per la sua gamba che lei puntualmente annullava all'ultimo minuto.

Il viaggio fu più lungo del previsto a causa delle condizioni disastrose delle strade. Dieci minuti in più e Marianna avrebbe partorito in macchina. Tutto comunque andò per il meglio e come Mate ripeté ai ricoverati: "Marianna ha partorito una bambina con i peli della testa arruffati e il corpicino molle come un cervello di vacca".

Nicola non sapeva più come fare per zittirla, per cercare di salvarsi l'immagine che in trent'anni di lavoro lì dentro aveva cercato di costruirsi. Alla fine, si rassegnò e andò a vedere la bimba.

Quando la prese tra le braccia si commosse fino a piangere. Mate lo guardò schifata.

"Tua sorella ha il cuore di pietra" disse Nicola a Marianna, asciugandosi le lacrime.

Marianna non parlò. Si fece passare la bambina e le diede subito il nome.

"Antonia. Il suo nome è Antonia, come suo padre" Si commosse anche lei e Nicola, non più solo, intensificò il pianto.

Per Mate fu troppo.

"Vado a prendere un po' d'aria" disse. "Mi sembra di essere all'asilo". Uscì dalla stanza e camminò in su e in giù per il corridoio in uno stato di esaltazione che non sapeva come interpretare. Deglutì diverse volte saliva pastosa e si sentì l'alito impregnato di un odore acre. Pensò che forse aveva un po' di febbre perché le bruciavano gli occhi.

Aprì una finestra e si affacciò cercando un sollievo nell'aria fredda. La respirazione si fece rantolosa e dovette appoggiarsi al davanzale per non cadere all'indietro. Conosceva quello stato perché lo aveva vissuto la notte precedente alla morte di Pietro, quando aveva sentito navigare il suo cervello dentro un'acqua densa e intorno a lei aveva avvertito forti odori di olio rancido. Non aveva mai voluto confessare a sé stessa di aver sentito in quella notte di anticipo l'odore della morte.

"Che ti è successo?" chiese Marianna quando la vide rientrare con il volto rabbuiato.

"Niente" rispose Mate. "Una di quelle cose che mi arrivano d'improvviso... e mi confondono i sensi". Si avvicinò alla neonata e la prese in braccio. "Non mi somiglia. Non fa altro che piangere" disse consegnandola a Marianna. Poi aggiunse: "Non vedo l'ora di vedere la faccia di nostra madre quando tra qualche giorno ti vedrà con quel coso nero di tre chili attaccato alla tetta". Si fermò, prese fiato e aggiunse: "Una settimana al massimo e poi tutti a casa!".

"Anche se sono due non muore nessuno" rispose Marianna.

Mate, però, la guardò di traverso e a Marianna non rimase altra scelta.

"Va bene, va bene" disse avvilita. "Tra una settimana partiamo".

Antonia si staccò dal seno di Marianna e rimase con la bocca aperta. Marianna prese la tetta con una mano e la spinse verso la bimba, ma questa serrò la bocca.

"Fai passare la fame anche a tua nipote" commentò Marianna.

Mate si avvicinò alla bimba senza dire nulla, si abbassò sulle gambe e con due dita le tappò il naso. Dopo qualche istante Antonia aprì la bocca per respirare. Mate, allora, la spinse dalla nuca verso la tetta. La piccola si agganciò e riprese a succhiare.

"Ne sai una più del diavolo" disse Marianna sorridendo.

In quell'istante comparve sulla porta Stefano.

"E tu come hai fatto a trovarci?" chiese Mate.

Lui si avvicinò a Marianna e con due dita fece una carezza alla piccola.

"La signora Bettina mi ha detto tutto. Ero passato da casa vostra".

"L'ultima volta era dicembre se non ricordo male" commentò Mate.

"Ho avuto molti impegni. Sono stato nominato segretario della sezione universitaria. Mi dispiace, ma non sono riuscito a passare prima" disse lui scusandosi. Aveva la pelle del volto arrossata dal freddo e negli occhi chiari una luce invernale, triste.

"E non sei contento?"

"Sì, è una cosa importante".

"Usciamo nel corridoio" disse Mate. La seguì voltandosi e sorridendo a Marianna. Lei rispose a pieno volto.

"Cosa sei venuto a fare?".

Lui non disse nulla e cercò di abbracciarla e di baciarla. Ma lei lo spinse. Gli parlò con parole ferme e una risoluzione feroce.

"Dalle mie parti si usa così: gli uomini vanno a trovare le donne quando hanno già imparato il garbo". Si tolse con stizza il pettine e i capelli si sparsero sulla fronte, le guance, il collo.

"Sei bella, Mate" disse Stefano. "Lasciati baciare".

"Ti ripeto la domanda, segretario del Partito: per quale ragione sei tornato dopo questa lunga assenza?"

Stefano si arrese e rispose in tutta libertà.

"Per fare quello che non abbiamo ancora fatto!"

Mate rimase rigida come una lastra di acciaio. Poi, d'improvviso, scoppiò a ridere. Una risata senza freni, una delle sue. Si avvicinò a Stefano e gli sussurrò in un orecchio: "I festeggiamenti per la tua nomina ti sono andati alla testa".

Lui non disse nulla e l'abbracciò, cominciando a rovistarla come se fosse consumato da un desiderio incontrollabile. Lei lo allontanò nuovamente.

"Perché?" chiese lui stupito.

"Perché non è in questo modo che ci si avvicina a una donna" rispose lei sistemandosi la gonna. "Non è questo il linguaggio, Stefano".

"Allora dimmelo tu come devo parlare con te!" sbottò lui risentito.

Lei lo guardò con gli occhi fermi e disse: "Devi parlarmi come se tu cantassi".

Lui continuò a muoversi lungo il corridoio deserto accompagnando i suoi passi con brevi risatine nervose. Quando riuscì a fermarsi, disse: "Se non l'hai capito, qui siamo in un altro mondo. E non siamo noi che dobbiamo adattarci al tuo. Qui le cose sono più dirette". Si avvicinò a lei e chiese malizioso: "Allora, scopiamo?"

Mate si pose dinanzi a lui e disse quello che sentiva di dover dire. "Scopare? Ma come ti esprimi? Vedo che prima di poter cantare devi imparare a parlare".

In quell'istante comparve Nicola. Stefano lo guardò imbarazzato, poi prese dalla tasca un telegramma e lo mostrò.

"Sono passato dall'ufficio postale per licenziarmi e ho trovato questo per voi" disse. Poi aggiunse: "Sarà di qualcuno che si felicita per la nascita della bimba".

"Nessuno sa che siamo qui, e quelli che ne sono a conoscenza non sanno che è nata" disse Mate. Aprì la busta e lesse. "È mia nonna. Dice che la devo chiamare subito a questo numero di telefono. Mi deve parlare di cose importanti". Guardò Nicola con aria interrogativa.

"A cosa pensi?" chiese Nicola.

"Ho paura che il mio ritorno a casa diventerà un desiderio impossibile" rispose lei.

"Non pensare subito male" disse Nicola. "Vedrai che tra non molto potrai tornare a Badolato" aggiunse continuando a fissare Stefano. Poi diede istruzioni alle infermiere affinché preparassero la neo-partoriente e la bimba e tutti potessero tornare a casa.

Quella sera stessa Mate cercò di mettersi in contatto con sua nonna, ma nonostante avesse provato e riprovato più volte, non era riuscita a trovare nessuno al numero di telefono indicato sul telegramma. Il segnale dava la linea libera, ma nessuno rispondeva, allora pensò di incaricare Nicola per le indagini del caso. E, contrariamente alle previsioni di Mate, Nicola arrivò da loro dopo qualche ora.

Mate, pronta per andare a dormire, gli aprì la porta in mutande.

"Non è questo il modo di ricevere gli ospiti" disse Nicola guardando verso il pavimento.

"Se vogliamo fare i puntigliosi, allora, non è questa l'ora di fare gli ospiti" rispose lei mettendosi di lato.

Lui entrò portandosi dietro l'aria fredda delle strade.

Quando raggiunse Marianna nella sala, si voltò verso Mate e disse: "Aspetto che tu ti metta qualcosa addosso prima di raccontarvi i fatti di cui sono venuto a conoscenza". Parlò guardandola con la coda dell'occhio.

Mate si allontanò verso la sua stanza e uscì dopo pochi secondi con indosso una vestaglia bianca e lunga, con le maniche fino ai polsi, aperta ai lati con spacchi profondi.

Si sedette sulla seggiola a dondolo, riservò a Nicola uno sguardo ombroso e disse: "Adesso, raccontaci tutto, Nicola".

Marianna continuava a rimanere in silenzio con l'orecchio teso verso la stanza dove dormiva la bambina.

"Ho parlato con don Vincenzo, il parroco" cominciò Nicola, "e mi ha raccontato tutto. Vostra madre è scappata di casa. Nessuno sa dove si trova. Con lei è sparita pure donna Carmelina".

"Impossibile" rispose Mate. "A meno che don Rafè non l'abbia sorpresa a letto con qualcuno".

"Don Vincenzo mi ha detto che don Rafè ultimamente beveva assai ed era divenuto violento".

"Allora l'ha fatto per punire don Rafè" disse Mate soddisfatta. Si alzò dalla seggiola e incrociò lo sguardo disarmato di Nicola. "Vado a preparare il caffè e festeggiamo" disse passandogli vicino.

Nicola si sedette sul divano e accavallò le gambe. Si chiuse in uno di quei silenzi così professionali a cui era abituato.

"Hai la faccia di uno che sa altre cose e non parla" disse Marianna sospettosa, rimasta sola con lui. Nicola protestò timidamente, ma Mate intervenne a modo suo dalla cucina.

"Avanti, Nicola. Raccontaci tutto quello che ci devi dire e smettila di trattarci come due bambine sceme".

"Non era questa la mia intenzione" disse lui muovendo il sedere a destra e a sinistra come una papera per cercare la posizione più comoda. "Stavo cercando il momento migliore".

"Non dobbiamo fare un figlio e scegliere il momento buono" urlò Mate da lontano.

Nicola, un po' imbarazzato, si precipitò a parlare.

"Donna Carmelina, prima di sparire, ha detto a don Vincenzo di non farvi rientrare per nessun motivo. Don Rafè è furioso".

"Stai scherzando?" disse Mate guardandolo con sospetto. Si era precipitata in sala come una tormenta. Nicola non rispose e guardò Mate con insistenza.

Marianna si allontanò dalla stanza per andare da Antonia. Per lei tornare o restare era lo stesso. Nicola non smetteva di osservare Mate e quando sentì la tensione cedere in modo lento ma efficace e la stanchezza molle dei muscoli, si alzò dal divanetto per lasciare la casa. Passò vicino a Mate e con un gesto tenero le arruffò i capelli.

"Grazie" disse Mate. "Ti stai interessando di una famiglia che non sa stare al mondo..."

"Ho trent'anni di lavoro alle spalle e la mia unica salvezza è stata quella di appassionarmi alle vicende personali dei miei malati".

"Verrò a trovare Dina uno di questi giorni. Come vedi, sono arrivata su un binario morto".

Nicola non disse nulla e uscì dalla casa.

Mate, alla fine, riconobbe la sconfitta. Le sue aspettative diminuirono considerevolmente, fino a diventare pensieri di poco interesse. Si chiuse in lunghi silenzi e alcuni tratti del suo carattere si attenuarono, rendendola una persona incline al raccoglimento, così raccolta da non destare più alcuna preoccupazione negli altri.

Capitolo 27

Trascorse la primavera e anche l'estate, sotto un clima più primaverile che estivo. Le belle giornate s'intervallarono a temporali esplosivi accendendo in Mate una nostalgia di caldo che non aveva mai avuto prima. Nel corso dei mesi, donna Carmelina le aveva fatto arrivare un paio di lettere dove, con poche parole e cercando di riannodare con fili di vita quotidiana quel gomitolo ingarbugliato che era diventata la loro esistenza, spiegava la situazione. In una aveva scritto che lei e sua madre continuavano a stare lontane da Badolato, rifugiate in montagna, nella grande abitazione dei parenti.

Sottolineava, ricalcando le parole, che don Rafè era diventato un cane rabbioso e minacciava morti e feriti. Non c'era quindi bisogno di ripetere che nessuno si doveva avvicinare a Badolato. Nella seconda lettera aggiunse particolari sul degradare mentale di don Rafè.

"Tuo padre è sempre stato malato e tua madre lo curava con certe medicine per la testa, gliele metteva nella minestra senza che lui ne sapesse niente. Le apparenze sono la vera ignoranza di questa terra. Io e tua madre abbiamo cercato di salvare questa cosa stupida, lo so, e per non far vedere a nessuno quello che tuo padre si portava appresso lo abbiamo nascosto. Stupide e sciocche, come se si potesse nascondere il sole con un fazzoletto". Concluse la lettera scrivendo che presto dai parenti sarebbe arrivato il telefono. La prima delle due lettere era arrivata verso la fine di maggio e l'altra l'ultima settimana di luglio, in mezzo al trambusto della finale tra Italia e Brasile, un lutto nel lutto. Mate si era avvicinata ai mondiali di calcio più per tedio che per vera passione.

Con il passare dei mesi e la stagnazione di una vita che non proponeva mai nulla di buono, mise da parte le preghiere che aveva rivolto a nessuno in particolare perché le rimanevano in gola come un uovo sodo e si convinse che i sogni e i desideri non hanno sempre il potere di cambiare le cose. Una verità elementare della vita.

Poi, una mattina di fine agosto, come una schioppettata che scalfisce la roccia, arrivò una telefonata. Era molto presto e nella notte Mate non aveva chiuso occhio. La sera prima un delitto con suicidio aveva riempito i telegiornali. In un appartamento elegante dei Parioli, a Roma, era stato trovato il cadavere di Anna Casati, una bella donna.

Giaceva sul letto con gli occhi ancora spalancati e, più in là, il corpo del marito Camillo Casati, marchese e rampollo della nobiltà milanese che, dopo l'ennesimo festino con la moglie e l'amico di lei, aveva sparato a entrambi rivolgendo poi l'arma contro di sé.

Un dramma della gelosia che l'aveva turbata. Il sonno non era arrivato tanto presto. Così, quando il telefono suonò, rispose subito.

"Mate, io sono. Don Vincenzo, il tuo parroco".

"Don Vincenzo. Come state?"

"Sempre lo stesso. Con un piede nella fossa e l'altro, capriccioso, di fuori" rispose il prete con voce piena, vivace. "Non è di me però che dobbiamo parlare. Ma di tuo padre".

Le parole di Mate riempirono la stanza.

"È morto?"

"Come se lo fosse".

"Richiamatemi solo quando muore sul serio".

"Mi sono messo in viaggio da ieri e sono vicino a Bologna. Ti devo parlare di cose importanti".

Fece un lungo sospiro e si abbandonò al più triste dei suoi silenzi.

"Portate pazienza" si affrettò ad aggiungere allora Mate, "ma non riesco a perdonarlo".

"È il minimo che può capitare quando si possiede una fede disinvolta come la tua" gli rispose don Vincenzo con parole sassose. Salutò e, ricordando il loro incontro imminente, riattaccò.

Mate scese dal letto e camminò qualche breve passo nella casa immersa nel silenzio. Poi si preparò un caffè. L'alba venne lentamente. Il cielo diventò pallido, senza profondità e scomparvero le ultime stelle. Il giorno si preannunciava splendente e caldo. Trascorse quelle ore con l'impazienza dell'attesa: impassibile fuori, ma con il cuore in fermento.

Alle nove in punto, ancora invischiata nel circuito senza fine di domande e risposte, Mate incontrò don Vincenzo.

"Ben arrivato" disse quando lo ebbe davanti.

Lui rispose con un gesto della testa. Con una mano le sfiorò la guancia, la seguì in sala, si sedette sulla poltrona, tossì leggermente e volse lo sguardo verso la finestra.

"Avete fatto un buon viaggio?"

"È stato un viaggio lungo, figliola. Ma dimmi di te. Come te la passi?"

"Avrei potuto sposarmi e avere molti figli, oppure girare il mondo e conoscere molti uomini. Ma sono rimasta qui ad aspettare... Sto bene, nonostante tutto"

"Certo... anch'io avrei potuto sposarmi ed avere molti figli" commentò avvolto nella luce rifrangente della sua tonaca.

"Non è mai troppo tardi, Don Vincenzo" disse Mate sorridendo. "Avete soltanto ottant'anni".

Il prete si lasciò andare anche lui a un sorriso radioso, seguito da respiri profondi. Poi, tornando serio, disse: "Ormai i giochi sono fatti... E io non sono per niente pentito della scelta".

Si chiuse per qualche istante in un silenzio malinconico e quando riprese a parlare, parlò per un po' di libri, delle sue ultime letture e di quelle che aveva in programma, mischiando Sant'Agostino con Garcìa Lorca e Pablo Neruda, Blaise Pascal con Leopardi e Cesare Pavese.

E così via per un elenco interminabile. Mate non riusciva a pensare che don Vincenzo avesse letto così tanto. Fu costretta a ricredersi su di lui e modificare il pensiero del vecchio prete dedito soltanto all'ozio e alla buona tavola. Continuò ad ascoltarlo fino a quando, sotto la spinta della curiosità, non gli fece la domanda a bruciapelo.

"Ditemi tutto, don Vincenzo, so che non siete venuto fino qui a fare salotto".

Ma don Vincenzo non rispose subito, come se dovesse ordinare i pensieri e cercare le parole più adatte. "Devo andare con ordine. Lascia che ti racconti tutto dall'inizio. Dunque, un giorno tua madre ha avuto un incidente..."

"Quale incidente?" chiese interrompendolo. Si alzò di scatto dal divanetto.

"Discutendo con don Rafè tua madre ha perso l'equilibrio ed è caduta sbattendo la testa sullo spigolo di cemento della cucina".

"Mia madre sapeva stare in piedi come qualsiasi altro adulto. L'ha spinta lui".

"Stavano litigando e tuo padre era ubriaco... non si sa mai bene dove si va a finire in quei momenti. Ad ogni modo, non c'era stata da parte di tuo padre nessuna intenzione di farle del male".

Mate impose a sé stessa la calma e tornò a sedersi, senza nascondere la voglia di scatenare un putiferio.

"Lasciami continuare e saprai quello che devi sapere" disse lui perentorio. "Quando don Rafè la vide immobile e in un lago di sangue, spaventato corse a chiamare il medico. Nel frattempo, però, donna Carmelina, di passaggio da quelle parti, pensò di far visita a tua madre. Bussò alla porta di casa tua ma non ricevendo alcuna risposta si insospettì e fece il giro per entrare da dietro, dalla porticina del chiostro.

Arrivata in cucina vide tua madre riversa sul pavimento. Senza perdersi d'animo le fasciò la testa con uno straccio. Poi l'aiutò a mettersi in piedi e insieme, tra barcollamenti e brevi fermate, arrivarono fino alla vicina casa di don Ciccio, l'autista. Donna Carmelina gli chiese di accompagnarle da un suo vecchio conoscente, un medico che abitava in un paese vicino. Durante il tragitto tua madre perse i sensi ed entrò in coma. Quando arrivarono, il medico chiuse con alcuni punti la ferita alla testa e fece a tua madre un paio di iniezioni per cercare di farla riprendere. Ma senza alcun risultato. Tua madre continuò a rimanere in quello stato di assenza". Don Vincenzo si fermò per prendere fiato.

Mate sentì arrivarle l'ansia, forte e pervicace come quella che da qualche tempo le giungeva di prima mattina, quando la giornata si preannunciava lunga e i rumori della notte cessavano d'improvviso.

"Cosa successe?" chiese in mezzo alla tensione.

"Donna Carmelina si congedò dal medico e partirono per la montagna. Quando arrivarono a casa di alcuni tuoi parenti, tua madre venne adagiata sul letto. Donna Carmelina spiegò l'accaduto ai parenti e uscì dalla casa. Fece ritorno dopo un po' con in mano alcuni funghi che don Ciccio riconobbe come tra i più velenosi: funghi capaci di spedire all'altro mondo una persona nel giro di qualche minuto. Aiutata dalla cugina sistemò sul fuoco un tegame e quando l'acqua cominciò a bollire gettò dentro i funghi insieme a un pezzo di ferro arrugginito. Immediatamente l'acqua prese un colore rosso scuro come quello del mosto. La filtrarono, servendosi di un fazzoletto, e con un cucchiaio ne fecero bere una piccola quantità a tua madre".

"Ma... il veleno?"

"Una dose infinitesimale che non avrebbe mai potuto uccidere nessuno. Ma, al contrario, produrre reazioni nell'organismo tali da smuovere tua madre dal coma. Era un rimedio stregonesco di tua nonna, uno dei tanti. Sua cugina le faceva da assistente".

"Cosa successe, don Vincenzo?"

"Porta ancora qualche minuto di pazienza e saprai tutto".

"La pazienza è l'unica cosa che non mi sono fatta mancare in questo ultimo anno, don Vincenzo".

Il prete la guardò con insistenza cercando di orientarsi in quel mondo di rivelazioni a cui si stava prestando. Riprese a raccontare, mentre i suoi occhi si stringevano come per abituarsi sempre meglio alla luce della stanza.

"Dopo aver somministrato a tua madre qualche altro cucchiaio di quel liquido, donna Carmelina s'inginocchiò ai piedi del letto e attese. Don Ciccio e i tuoi cugini si ritirarono in cucina. Da quello che mi raccontò don Ciccio, tutto sembrò cadere in un silenzio irreale. Gli uccelli notturni si zittirono e nell'aria non si sentiva volare neanche una mosca; la luce della luna illuminava il bosco allo stesso modo della prima luce del mattino. All'improvviso si scatenò un forte vento che cambiava continuamente direzione. Gli alberi si piegavano sotto la sua forza fin quasi a toccare il terreno. Tormente di polvere e terra oscurarono la debole luce. All'alba, dopo una notte in cui sembrava che tutto dovesse essere spazzato via, il vento cessò e tua madre riaprì gli occhi. Si guardava attorno, incapace di comprendere". Si fermò per chiedere un bicchiere d'acqua.

"È acqua in bottiglia?" domandò scrutando con attenzione il bicchiere che Mate gli aveva passato.

"Sì".

"È senza energia, si sente al palato".

"Non è la cosa peggiore a cui ho dovuto rinunciare" disse Mate senza smettere di guardarlo.

"Tua madre, per qualche ora, sembrava tornata lucida" riprese don Vincenzo tornando ai fatti del tempo. "Non parlava, ma con gli occhi seguiva i movimenti di chi le stava intorno. Donna Carmelina le rinfrescava la fronte e le labbra con un fazzoletto inumidito. Nel frattempo, don Ciccio era andato a prendere il medico. Quella ripresa miracolosa aveva riacceso le speranze. Il medico visitò tua madre. Con una lampadina a batterie le illuminava gli occhi e con un piccolo martello di gomma la colpiva in più punti del corpo. Al termine della visita, il medico chiese di parlare con donna Carmelina in privato. I due si ritirarono in una stanza e, quando uscirono, il medico disse ai tuoi parenti che sarebbe tornato presto per un'altra visita. Poi salutò e andò via. Donna Carmelina chiese ai cugini di poter lasciare tua madre in quella casa il tempo necessario per sistemare alcune cose. Era sua intenzione far credere in giro che tua madre fosse morta per evitare che don Rafè la cercasse. Aveva saputo da don Ciccio alcune cose che la portarono a ipotizzare l'argomento della discussione tra tua madre e tuo padre".

"Cosa seppe?"

"Don Ciccio le raccontò che tuo padre aveva saputo da donna Assuntina, la moglie del medico, con la quale sembrerebbe che tuo padre ci andasse a letto, che tua madre aveva praticato, a sua insaputa, un aborto. Donna Assuntina aveva ricevuto la confidenza dal marito che a sua volta lo aveva saputo dalla mammana da cui tua madre era andata per abortire. Questo fece infuriare don Rafè. Dopo la morte di tuo fratello cercava l'erede, un altro maschio, e sapere che tua madre aveva abortito fu peggio che dargli una pugnalata".

"Al posto di mia madre avrei fatto lo stesso, forse peggio. Ma non riesco a credere che mia l'abbia fatto per punire don Rafè. Non sarebbe mai andata contro i suoi principi per seguire un dispetto".

"Il suo non fu un atto vendicativo, ma più una decisione ponderata. Qualche settimana prima della discussione con don Rafè, era venuta a trovarmi e mi aveva raccontato che non era più tanto convinta di rimanere vicina al marito. Mi disse che se don Rafè non si fosse ravveduto su Marianna, se con la nascita della creatura non avesse accettato con serenità il vostro ritorno a casa, l'avrebbe abbandonato e sarebbe venuta a vivere con voi".

Fu in quell'istante che Mate comprese perché sua madre non partì con loro. Sperava che con il tempo don Rafè si potesse ammorbidire e soprattutto modificare i programmi.

"Adesso inizio a capire il piano di donna Carmelina..." disse Mate ragionando a voce alta. "Convinta che don Rafè volesse ammazzare nostra madre, gli avrebbe fatto credere nella sua morte e l'avrebbe tenuta nascosta. Ma non riesco a intuire le mosse successive. In quale maniera avrebbe reso per don Rafè plausibile il tutto?"

"Non era questa la sua principale preoccupazione. Non temeva personalmente don Rafè e sapeva come neutralizzarlo. Ciò di cui aveva paura era di una vostra reazione alla notizia dell'incidente. Come avreste reagito tu e Marianna? Sicuramente vi sareste precipitate in paese e questo avrebbe rovinato i suoi piani".

"Perché non ha pensato di portare nostra madre in questa casa e di riunirci tutte qui?"

"Intuiva che don Rafè sapesse dove eravate. E gli informatori non gli mancavano certamente. Se non è mai venuto a cercarvi è perché credeva in una vostra resa nel tempo. Ad ogni modo, prima di lasciare la casa dei cugini, donna Carmelina disse a tua madre che c'era stato il terremoto e che il paese era andato quasi interamente distrutto. Le raccontò che don Rafè era morto sotto le macerie e che lei si era salvata per miracolo perché al momento si trovava sotto l'arco della cantina.

Consigliò a tua madre di rimanere lì, fino a quando non fosse tornata a prenderla per andare via e raggiungere voi".

"Ma come pensava di riuscire a farle credere tutte quelle cose? Mia madre non è una stupida".

"Certo che non è una stupida, ma dopo il risveglio tua madre non ricordava più ciò che le era successo. Il trauma le aveva causato un'amnesia dell'accaduto. La sua mente l'aveva cancellato. Inoltre, alternava momenti di lucidità a momenti di gran confusione mentale. Quando perdeva la ragione, entrava in uno stato di regressione infantile al quale il medico dette il nome di stato crepuscolare. Era come se tornasse indietro nel tempo e partisse da lì. Parlava come una bimba e chiedeva con insistenza la presenza della mamma. Vederla in quello stato stringeva il cuore. Poi, d'improvviso, senza alcuna ragione, cadeva in un sonno profondo e al suo risveglio le tornava uno spiraglio di lucidità. Ma non durava a lungo. Presto la sua coscienza tornava a offuscarsi. Il medico informò donna Carmelina che sua figlia non sarebbe più tornata a essere come prima. Molti miglioramenti, però, si sarebbero potuti verificare se avesse vissuto in una condizione ambientale serena".

"Come sta ora?"

"Gode di buona salute".

"E con la testa?"

"Devo dire, con animo leggero, che il medico non sbagliò nulla di quello che predisse. Molta confusione è andata via dalla sua mente e i momenti in cui sta bene sono in prevalenza".

"E di noi continua a chiedere notizie?"

"Non ha mai smesso. Tutte le mattine chiede a tua cugina di pettinarla, prepararla. Si sistema come se tu e Marianna doveste arrivare da un momento all'altro. Non avverte il passare del tempo".

"Siete andato a trovarla spesso?"

"Tutte le volte che ho potuto".

Capitolo 28

Don Vincenzo bevve il caffè lentamente, continuando a raccontare gli altri fatti accaduti. Li riportò accedendo alla sua vena prosaica, ed elencandoli come eventi abominevoli, sì, ma senza i quali la vita stessa del paese non avrebbe avuto senso. Mate non smise per un solo istante di stupirsi, chiedendosi di continuo come fosse possibile che un uomo di chiesa come lui rendesse un simile tributo a fatti umani poco pastorali e accadimenti misericordiosi non del tutto degni di essere raccontati. Lo ascoltava parlare e riconosceva in lui la stessa meticolosa precisione con la quale un orologiaio ordina ogni più piccola rotellina del complicato meccanismo di un orologio fermo da molto tempo.

"Donna Carmelina, di ritorno dalla montagna, andò a trovare don Rafè nel fondo di Petrello e gli raccontò tutto. Del suo male e della cura amorevole con la quale tua madre lo aveva curato negli anni. Gli disse che era lì per comunicargli anche che sua moglie non era morta, ma era come se per lui lo fosse".

Mate sapeva che in quel fondo don Rafè aveva investito molti denari, forse con il presagio inspiegabile che un giorno sarebbe diventata la sua dimora stabile. Era una casa bianca e bassa con un solo piano che si stendeva formando un rettangolo al cui interno vi era un giardino perennemente fiorito.

Una fortezza inespugnabile da cui seguire il sole senza mai perderlo di vista: dalle finestre del lato nord si poteva assistere all'evento miracoloso del mattino, quando si poteva scorgere la testa del sole sbucare come un pesce fosforescente dalle acque del mare; mentre dal lato sud lo si poteva vedere entrare nella parte scura della montagna e spegnersi nell'agonia del tramonto. Arrivare dal paese fino a lì non era molto facile, perché la strada di accesso era una mulattiera stretta e contorta sul bordo di un abisso che sembrava non avere fondo.

"Dopo quella visita a don Rafè, donna Carmelina venne a trovarmi per raccontarmi tutto" concluse don Vincenzo. Gli occhi del vecchio prete si socchiusero per qualche istante. Quando si riaprirono il bianco splendeva nella penombra della stanza; incerti guardarono l'ambiente prima di abbassarsi a fissare il pavimento.

"Quel cataclisma successo mentre pregava per mia madre come se lo spiega, don Vincenzo?"

"Una coincidenza ingigantita dalle parole di don Ciccio e dei tuoi parenti che subivano il fascino della personalità di donna Carmelina. Tua nonna ha sempre avuto la fama di una che sapeva fare le magie, ma non corrispondeva al vero. È sempre stata piuttosto una donna colta e questo l'ha posta al di sopra di tutti".

"A don Rafè cosa è successo?"

"Quello che gli ha predetto tua nonna. Ha cominciato a fare strani discorsi senza senso e da quel momento tutti quelli che non aspettavano altro gli hanno voltato le spalle e gli hanno tolto pure il saluto. Nessuno ha più accettato di andare a lavorare per lui. Gliel'hanno fatta pagare cara, carissima. Non c'è pena peggiore di vivere nel proprio paese ignorato da tutti".

"E il medico, il suo amico... quel mezzo impotente del suo socio in affari, quando lo ha visto in quelle condizioni che ha fatto? Ha sciolto l'onorata società?"

"Il suo socio, come lo chiami tu, non ha potuto far niente perché è morto. Ammazzato dopo qualche mese".

"Ammazzato? Avrà dovuto farsi questo piacere da solo!"

"Fu mastro Turi ad ammazzarlo. Si vendicò della morte del figlio, il povero Antonio".

"Non capisco, non fu don Rafè ad ammazzare Antonio?"

"No, non fu lui. Dopo la rottura tra don Rafè e mastro Turi, quest'ultimo ha rilevato il bar Centrale e ha cercato di andare avanti sotto quella sofferenza indicibile della perdita di un figlio. Un giorno di riposo settimanale, mentre mastro Turi era intento a sistemare il jukebox, passò davanti al bar il pastore Giacomino *Muntuni*. Mastro Turi si gustava il braccio con la puntina che si spostava per scendere sul disco per attaccare a suonare quando il pastore salì il gradino e gli disse che aveva cose importanti da comunicargli su Antonio. Lo fece entrare e gli offrì un bicchiere di Vecchia Romagna.

Al secondo, Giacomino si sciolse del tutto dalle ritrosie dell'ultimo minuto e gli raccontò un fatto a cui aveva assistito, dalle parti del ponte della fontanella, qualche tempo prima. Disse che una sera che si era sistemato con il suo un gregge a ridosso di un vecchio rudere, prima di mettersi a riposo, aveva pensato di andare a riempire la borraccia per la notte alla fontanella, ma di non essere riuscito ad arrivarci perché a un centinaio di metri di distanza si era fermato, allarmato dalle voci di due persone impegnate a discutere animatamente. Le voci gli erano sembrate quelle di un uomo adulto e di un ragazzo. Alla fine, disse il pastore, i due cessarono di discutere e iniziarono a parlare con calma, come se avessero raggiunto un accordo. Qualche minuto dopo si fecero un cenno di saluto e uno dei due si accese una sigaretta e prese la strada per il paese. L'altro rimase vicino alla fontanella, seduto con le gambe penzoloni sul muretto".

"Era Antonio?" chiese Mate.

"Sì, proprio lui. E, l'altro, don Rafè. Tutto sembrava terminato per il meglio, ma purtroppo non fu così. Dopo qualche minuto, rimasto solo, Antonio incontrò un secondo uomo, alto e grosso. Il pastore disse di aver sentito chiaramente il giovane salutare l'uomo chiamandolo dottore. I due parlarono per qualche minuto e, quando il ragazzo voltò le spalle per allontanarsi, all'improvviso, e come colto da pazzia, l'uomo raccolse da terra un sasso e colpì il ragazzo alla testa. Poi trascinò per qualche metro il suo corpo e lo fece volare oltre il ponte, sul letto del vecchio ruscello ormai asciutto da anni".

"Ma perché reagì in quel modo?"

"Quando Antonio disse con forza che avrebbe fatto di tutto pur di sposare Marianna, il medico lo minacciò. Per tutta risposta Antonio gli disse che non aveva paura perché a lui non faceva paura nessuno, nemmeno i violenti che se la prendono con i bambini piccoli, aggiunse con un riferimento chiaro. Devi sapere che non è stato Peppinuzzo *Santareru* a picchiare Nicolino fino a ridurlo in quello stato ma proprio lui, il padre. Antonio, incurante, lo spinse per andarsene e il medico reagì come reagì. Era un impulsivo e non sopportava chiunque cercasse di ribellarsi alla sua autorità. La debolezza di carattere di Nicolino, quell'aria triste e il suo atteggiamento tacito dipendevano dalle legnate che aveva preso fin da piccino".

Don Vincenzo continuò a parlare, fermandosi di tanto in tanto e sospirando come un vecchio solitario aggrappato alla vita per inerzia, senza sapere cos'altro fare. Raccontò con parole grezze, prive di qualsiasi lirismo, la reazione di mastro Turi. Il fuoco che gli era scoppiato nel petto, rientrando a casa. Disse che mastro Turi conosceva le abitudini del medico e sapeva che tutte le sere, dopo aver cenato, si recava dalla vecchia madre a portare i saluti. Si fermava da lei qualche ora e le raccontava i fatti della giornata, i malati che aveva curato, le faccende che aveva sbrigato, alcuni pettegolezzi di cui era venuto a conoscenza parlando con la gente.

Attese il medico sotto l'arco di una vecchia casa disabitata e gli sbucò all'improvviso davanti puntandogli il fucile in mezzo agli occhi. Mastro Turi sputò il mozzicone di sigaretta dalla bocca e con tono duro gli disse: "Dottore, vi voglio far vedere una cosa che non scorderete mai più".

"Che mi volete far vedere?" gli chiese spaventato il medico.

"La morte in faccia" rispose mastro Turi facendo partire il colpo. Una vampata rossa come l'inferno investì il medico in piena faccia. Il suo corpo cadde un paio di metri più in là.

Mastro Turi si avvicinò, appoggiò la canna del fucile sul petto del morto proprio sopra il cuore, ed esplose il secondo colpo. Intendeva far conoscere le ragioni della sua morte. In genere, il primo colpo serviva ad ammazzare, il secondo a comunicare. Quando il secondo arrivava al cuore era per dire che la vittima era colpevole di qualcosa che aveva spaccato il cuore al suo giustiziere. E quello era il caso in questione. Quando, in altri casi, si ammazzava qualcuno alle spalle era per dire che si era macchiato in vita di tradimento e come tale andava trattato: senza rispetto e senza onore. Per quelli che invece si macchiavano d'infamia infilandosi nel letto di qualcun altro, i colpi erano due: il primo in faccia o sul petto, il secondo dove non batte mai il sole.

"Dopo aver interrotto per sempre i racconti serali del medico, mastro Turi si recò da don Rafè" raccontò don Vincenzo. "Lo trovò ancora sveglio nonostante l'ora tarda. Era affacciato a una delle finestre ad altezza d'uomo della sua fortezza inespugnabile. Si salutarono con i nomi di quando erano ragazzini: amici inseparabili, sempre pronti a provocare risse, qualche furtarello nelle campagne e serenate alle donne più belle e desiderabili del paese. Mastro Turi gli chiese perché si era incontrato con Antonio, la sera della sua morte e tuo padre gli rispose che Antonio era ostinato e voleva sposare Marianna a tutti i costi ma lui non potevo permetterlo, nonostante gli volesse bene come a un figlio. Aggiunse che gli affari, contrariamente a ciò che tutti pensavano, non andavano bene e il matrimonio con il figlio del medico lo avrebbe aiutato. Il giorno seguente al loro incontro, i carabinieri arrestarono mastro Turi, ma prima di sera furono costretti a lasciarlo libero. Don Rafè si era recato dal maresciallo a testimoniare che la sera precedente, nell'ora in cui il medico veniva ammazzato, lui e mastro Turi erano stati insieme per alcuni lavori nel fondo di Garruso".

"Ma in paese hanno creduto alla favoletta?" chiese Mate.

"Nessuno di buon senso" sottolineò Don Vincenzo, "ha creduto alla testimonianza, nemmeno i carabinieri stessi, ma la parola del testimone continuava ad essere una parola forte. Fu l'ultima volta che don Rafè si fece vedere in paese. Si è chiuso nella sua grande casa vuota, girando armato e minacciando chiunque tentasse di avvicinarsi. Alla fine, dopo qualche mese di solitudine e prima che la testa lo abbandonasse del tutto, ha avuto la coscienza di chiamare una sua vecchia lavorante per prendersela a servizio permanente giorno e notte. Chi passa da quelle parti racconta che lo vede seduto in una sedia a dondolo dalla mattina alla sera. È lì, in una contemplazione senza confini. A vivere consumato dall'odio e dalla pazzia, solo come un cane con il destino che si è scelto".

Mate prese aria a bocca aperta, come se dovesse svenire da un momento all'altro, e poi rimase quieta. Risvolti, scampoli di vita, pezzi dell'esistenza che si ricomponevano nel migliore o nel peggiore dei modi, barlumi di verità che s'imponevano tra le cose che fino a quel momento erano sembrate più vere del vero.

"Il medico era un vostro caro amico, don Vincenzo. Quante passeggiate a filosofeggiare insieme e che non se le ricorda. Una delusione sapere che aveva ammazzato quel povero ragazzo di Antonio".

"Grande. Ma avevo già smesso di passeggiare con lui da tempo, inventandomi dolori articolari e impegni sempre dell'ultimo minuto".

"E perché mai?"

"Avevo ricevuto la confessione di Peppinuzzo *Santareru* in punto di morte che si assolveva e accusava il medico di aver picchiato quasi a morte Nicolino quando era soltanto un bambino. Peppinuzzo lo aveva fatto per qualche soldo che il medico gli aveva promesso" disse don Vincenzo socchiudendo le palpebre. "Cosa pensi di fare, Mariateresa?" chiese poi, stringendo la tazzina con entrambe le mani.

"Parto questa sera stessa con il treno della notte. Domattina, dalla stazione del paese, prenderò una macchina a noleggio e andrò subito da mia madre".

"Chiamo io e ti faccio venire a prendere da qualcuno".

"Bene. Sarò lì intorno alle dieci. C'è qualcosa che devo ancora sapere?"

"Sì, tuo padre è venuto a trovarmi qualche mese fa. E mi ha dato questa" disse prendendo dalla tasca una vecchia fotografia e passandola nelle mani di Mate. "Mi ha detto di darla a te perché tu avresti capito".

Era una foto che sembrava arrivare da un altro mondo, una mezza dozzina di bambini erano raggruppati davanti al palazzo dell'Annunziata.

"Era il vecchio asilo del paese" disse don Vincenzo. Non riesco a decifrare chi è quel bambino in prima fila con la cartella". Il bambino sorrideva e salutava con la mano verso l'obiettivo. Era vestito in modo impeccabile e pettinato come se uscisse dal barbiere. Gli altri bambini erano seri e avevano il volto scavato, vestiti alla meglio. Alcuni erano anche scalzi. In un angolo c'era il maestro, stretto dentro un abito scuro e il cappello in testa.

"È don Rafè" disse Mate.

"Ma perché mai la cartella che stringe tuo padre è cerchiata?"

"È una vecchia storia che adesso sta per concludersi" rispose Mate.

"E niente mi puoi dire?"

"Lo saprete a tempo debito".

Don Vincenzo schioccò le labbra come era solito fare quando qualcosa non lo convinceva del tutto e non disse più nulla; si fece forza sulle gambe e si alzò dalla poltrona. Camminando nel corridoio si fermò davanti al piccolo tavolino. C'erano foto e ritratti in bianco e nero. Ne afferrò una e la osservò con molta attenzione.

"È Marianna con sua figlia?"

"Sì".

"Verrà con te al paese?"

"Non lo so".

"Come sta?"

"Credo bene. Non è più con me da un po' di tempo..."

"Avete litigato?"

"È la vita, don Vincenzo"

"Sì, figliola. È la vita, e non è mai facile".

"Ma voi una ricetta ce l'avete? Perché io ancora non sono riuscita a trovarla".

"Che cosa vuoi che ti dica? Ci vuole serenità per accettare le cose che non possiamo cambiare; coraggio per affrontare quelle che possiamo cambiare e, alla fine, tanta saggezza per distinguere le une dalle altre".

"Sono belle parole, don Vincenzo... Ma è tutta farina del vostro sacco?"

"Magari. Sarei già in paradiso. Sono di San Luca" rispose il vecchio prete prendendo le scale.

Mate chiuse la porta con delicatezza, come se dovesse far arrivare all'uomo la sua carezza, e se ne stette con le spalle al muro e gli occhi socchiusi, respirando profondamente fino a saturare i polmoni, assalita da una pace senza misura.

Le ultime parole di don Vincenzo le erano arrivate nel petto come l'acqua nella terra asciutta.

Capitolo 29

Quando la luce ramata del tramonto si fece più flebile e nel cielo comparvero le prime stelle, Mate finì di sistemare le sue cose nelle due valigie di pelle scura, dove aveva cercato di fare stare l'impossibile: quadretti e vecchie cornici, soprammobili di cani e gatti in porcellana, barattoli colorati e collane di vari colori, cappelli e borsette.

Poi, prese a camminare in su e in giù nelle stanze, consapevole di non poter portare con sé l'unica cosa che veramente le avrebbe ricordato il tempo vissuto in quella casa: l'odore.

Quell'odore tiepido di mobili invecchiati, di naftalina e biancheria profumata.

Passando davanti al telefono si fermò un istante e lo guardò pensierosa, con la testa attraversata da sentimenti complessi a cui non riusciva a dare la minima collocazione, il più piccolo posto all'interno del labirinto di sensazioni che si andava formando, poi si convinse e sollevò la cornetta. Compose un numero conosciuto a memoria.

"Chi è?" chiese dall'altra parte una voce rauca, cavernosa.

"Sono sempre io, Nicola. L'unica che ti chiama due volte al giorno per sapere se sei vivo o se sei morto" rispose Mate sospirando. Poi fece una pausa da commediante consumata e aggiunse: "Sai che voglio essere la prima a saperlo per dare la notizia ai giornali: vecchio barbagianni della medicina è morto oggi come un cucco nella sua casa di via Farini. Ne danno il triste annuncio, Buso, il suo cane scemo, la moglie Dina, vecchia comunista incallita, e Mate, la sua cugina esaurita".

"Questa soddisfazione non l'avrai mai" rispose Nicola ridacchiando.

"E non me la dare Nicola, non me la dare e campa fino a cent'anni e più".

Nicola non rispose. Tossì varie volte, si soffiò il naso spernacchiando forte e poi chiese: "Stai partendo?"

"Come fai a saperlo?"

"Don Vincenzo".

"Tu hai sempre saputo tutto, vero?"

"Sì, tutto".

"E non mi hai mai detto niente per tenere il gioco a donna Carmelina?"

"Certamente".

"Scimunito pure tu. Ad ogni modo, quello che è fatto è fatto. Parto. Sola andata, Nicola. Come sempre".

"Salutami tutti" la pregò Nicola sottovoce.

"Sì, te li saluto" rispose Mate avvertendo l'amarezza nella sua voce. Da qualche mese era andato in pensione e trascorreva il tempo tra i ricordi di una vita, circondato dalle fotografie dei suoi tanti reparti con le quali aveva tappezzato l'appartamento. Per non cedere al tedio assoluto, il neopensionato si era rifugiato in una soddisfazione che, a giudizio di Mate, per come l'aveva presa, poteva essere considerata la più accademica della sua vita: prendere possesso di ogni angolo dell'appartamento licenziando la donna di servizio e occuparsi lui di tutto. Una ossessione atavica che contrastava con lo spirito e il menefreghismo maniacale sul quale Nicola aveva costruito la sua esistenza di emigrante privilegiato. Mate riuscì ad aiutarlo recandosi a giorni alterni nella sua casa per non lasciare che i lavori domestici lo ammazzassero prima del tempo, a sua moglie non gliene importava un fico secco delle ossessioni del marito e usciva di casa di mattina per fare rientro la sera.

In quella telefonata di saluti lo ringraziò di molte cose e lo rimproverò di altrettante. Infine, gli diede un compito.

"Vai tu a trovare mia sorella e raccontale tutto. Dille che io sono partita e che se vuole tornare al paese posto per lei e sua figlia ce n'è in abbondanza. Ma solo per loro due, che non si presentasse con chi non è gradito".

"C'è pure lui con lei?"

"Sì. Credo".

"Che personaggio inutile! Chiamala e parlaci tu. Magari Marianna si rinsavisce e lo lascia quel poco di buono".

"No, Nicola. La questione l'ho già discussa con Marianna. E poi questa volta la possibilità di fregarmi con i suoi piagnistei e le moine non gliela darò nemmeno da lontano".

Mise giù la cornetta di colpo. Poi, con i pensieri ancora intorpiditi dall'iniziale accesso di rabbia, spalancò le finestre delle stanze per far entrare un po' di fresco. Respirò a fondo e si sentì più calma; nell'aria c'era una fragranza di rose piena e robusta. Gettò uno sguardo distratto fuori e vide la luna risplendere sui tetti delle case e rovesciare sulle strade lampi di luce bianca. Accostò le persiane e andò in cucina a prepararsi un caffè. Smontò la macchinetta e riempì il filtro fino all'orlo, poi l'appoggiò sul fornello e attese l'uscita del liquido nero. Quando fu pronto, se lo versò tutto in un tazza e dentro annegò tre cucchiaini di zucchero. Iniziò a sorseggiarlo con calma.

D'improvviso si allungò verso il telefono e cominciò a comporre un numero che aveva segnato sul calendario di fronte.

"Pronto?" sentì dall'altra parte.

"Sono tua sorella. Se ancora ti ricordi di me".

"Perché mi hai telefonato?"

"Sono in partenza, torno a Badolato".

"Potevi pure risparmiartela la telefonata".

"Lo stavo facendo, ma poi ho pensato che dovevi sapere della mamma. Don Vincenzo è stato qui e mi ha raccontato quello che è successo quando era scappata di casa. C'è stata una discussione con don Rafè e lei ha avuto un incidente. Adesso sta bene, ma è un poco ammaccata di testa".

"Ti ringrazio".

"Di niente. Antonia come sta?"

"Bene".

"Dalle un bacio. Un'ultima cosa, ma voglio tutta la sincerità possibile. Quello che è stato è stato..."

"Dimmi" la interruppe Marianna con voce stridula.

"Ma tu, il foglio che ti avevo dato per Pericle, quello dove lo chiamavo all'appuntamento prima di partire per Bologna, glielo hai dato veramente?"

Ci fu un lungo silenzio dall'altra parte.

"Quello che è stato è stato, Marianna. Dimmi la verità". Aveva evitato di chiamarla Nannarè di proposito.

"Ero disperata... Non volevo partire da sola. Che dovevo fare?"

"Hai pensato che ti avrei abbandonato per stare a Badolato con lui?"

"Sì, avevo paura".

"Ho sempre avuto il sospetto. Grazie per la sincerità di adesso".

"Mi potrai mai perdonare? Non per il biglietto, intendo..."

Mate prese tempo. Si voltò verso la finestra aperta e proprio in quell'istante una stella cadente lasciò una striscia fluorescente nel cielo.

"Perdonare lo lascio fare ai preti. Dopotutto, è così che si passano le giornate. Io non ti devo perdonare di niente perché di niente ti reputo colpevole. Non mi hai preso niente, te lo ripeto, che io non avessi già lasciato".

Mise giù la cornetta e si preparò un altro caffè. L'aspettava una lunga notte di viaggio.

Alle nove e trenta chiuse tutte le finestre e le porte delle stanze, spense le luci e uscì di casa. Scese le scale e uscì dal portone trascinando le valige pesanti. Rimase in attesa del taxi davanti al piccolo fioraio.

"Pensavo che queste cose capitassero soltanto agli ubriachi o in quei programmi frivoli della televisione" disse a voce alta. "E invece eccomi qui, anch'io come nelle migliori drammaturgie".

Continuava a ripetersi che, dall'altra parte dell'Italia, in un luogo che si era allontanato da ogni storia, lì tra castagneti secolari e gente ossessionata dall'idea che ogni cosa si dovesse trovare sempre al proprio posto, c'era sua madre che l'aspettava, e lei non correva, non saltava al pari di una ragazzina investita dalla gioia, ma si sforzava di mantenersi in ordine, lottando affinché ogni pensiero fosse quello giusto.

"Possibile", si chiedeva, "che non riesca ad essere naturale, arrendevole?"

Il suo più grande rammarico risiedeva nel non riuscire, nemmeno in quell'occasione improvvisa ed inaspettata, ad aprire il suo cuore alle delizie della commozione, scoprirsi matura e con la voglia irrefrenabile di piangere fino a consumarsi gli occhi, sprofondare in una vertigine emotiva senza fondo e parlarsi come davanti a uno specchio dove non si può mentire; finalmente potersi dire quelle parole che in tutta la vita non aveva mai avuto il potere di consacrare: sono pazza di gioia. Sì, gioia. Quel sentimento che può far ridere e piangere, far parlare un giovane con le parole di un vecchio e un vecchio ridere con gli occhi luminosi di un bambino. Scoprire, insomma, che si può rinascere dalle ceneri di una vita tutta tesa a nascondere il disordine della propria natura e cominciare a osservare il mondo con l'anima in pace, a patto di riuscire a fare quello che indica il cuore e non la mente.

Per Mate questo avrebbe significato divenire un'altra. Rileggere il suo passato e ingrandirlo, farci stare dentro tutti quei piccoli miracoli della vita quotidiana che lei non aveva mai preso in considerazione perché si aspettava grandi cambiamenti. Immergersi in una nuova lettura romantica del mondo senza doverselo imporre con la forza e la mano pesante. Prendere coscienza che ciò che muove ogni cosa non è l'amore fine a sé stesso o la passione per quello che si fa, ma la gioia sincera che ognuno riesce a metterci dentro. Ma quello non sarebbe stato possibile per lei che non si era mai lasciata andare a nessun genere di sentimento diverso dal risentimento, per lei che aveva sempre obbedito all'ansia di esprimersi con l'ironia e il sarcasmo per tenere l'anima muta e impedire che la nostalgia potesse spaccargliela in due.

"So già come andrà" rimuginò ancora a voce alta mentre vedeva arrivare il taxi. "Mia madre piangerà come un vitello e io la guarderò indifferente. Forse dirò qualcosa per rompere la tensione o forse me ne starò in silenzio aspettando che lei si calmi.

Non potrà succedere nulla di diverso da quello che invece potrebbe capitare a tutti gli altri. Perché non ho mai imparato a pensare come tutti gli altri".

Il tassista caricò le valigie in macchina e accese l'autoradio. Il radio giornale diffuse la notizia del giorno: "In Cile Salvador Allende è il primo comunista a vincere le elezioni presidenziali in uno Stato dell'America del Sud". Il tassista lanciò un urlo e girandosi chiese la destinazione: "Stazione o aeroporto?".

"Stazione" rispose lei. "Ho fretta, ma non urgenza".

Capitolo 30

Il treno si mosse lentamente lasciando la stazione di Bologna sotto una cappa d'umidità e il chiasso scanzonato dei vacanzieri. Una coppia di ventenni sedeva scomposta e generava un chiacchiericcio senza sosta. Lei sembrò a Mate più giovane dei suoi anni, una ragazzina con la carnagione chiara e i movimenti languidi; lui un ragazzone placido che abbracciava e stringeva la ragazza in preda al desiderio. Con una mossa audace le accarezzò la pelle morbida delle cosce e lei, imbarazzata, voltò la testa di scatto e gli allontanò le mani. Ma lui non si arrese. La baciò a lungo e quando si staccarono risero forte.

Alla destra del ragazzo, con la testa sul vetro del finestrino, una donna formosa dai capelli cotonati dormiva con il respiro pesante, il volto diafano e il sorriso spento tra le pieghe della bocca. Mate socchiuse gli occhi e sentì che la sua mente si perdeva tra immagini diverse che non riusciva a fermare, si affollavano confusamente. Rivide Pericle come la lontana sera che era andata a trovarlo a casa, quando fecero l'amore e il viso delicato di lui sorrideva gentilmente mentre le sussurrava promesse indimenticabili. Confessò a se stessa che i mesi erano passati e quell'amore era ancora lì, immutato e intenso. Non se n'era mai andato. Eppure, si chiedeva se anche per Pericle il sentimento si fosse mantenuto solido e presente. Le aveva scritto lettere che non avevano ricevuto risposte e lei non era l'unica ragazza sulla faccia della terra. Cosa aveva fatto in tutto quel tempo? Quali interrogativi avevano albergato nella sua mente? E la malinconia e il ricordo, così legate a quel luogo magico, che peso avevano avuto? Erano riuscite a legare Pericle all'albero della nave e tenerlo lontano dalle sirene tentatrici? Stranamente, quasi con timore, vide che le mani, tra cui teneva un libro, avevano cominciato a tremarle. Cercò di fermarle, ma senza riuscirci. Comprese che aveva paura, paura di arrivare a Badolato e non trovare ciò che aveva lasciato molti mesi prima.

Alla stazione di Rimini la coppia liberò il posto e la donna con i capelli cotonati si distese con soddisfazione.

"Benedetta gioventù" disse sbadigliando. "Ai miei tempi non avevamo tutta questa libertà". Mate non commentò in alcun modo. Aveva sempre guardato con sospetto chiunque ricordasse il passato con nostalgia, quasi sempre celava la frustrazione per la gioventù perduta.

La donna, allora, cercò di alimentare la conversazione spostandosi al presente. Erano rimaste sole nello scompartimento e il treno si muoveva lento.

"Ho letto che l'astronauta... quello che ha camminato per primo sulla luna. Come si chiama?... Ah, sì, Armstrong, proprio lui. Deve sapere, signorina, che quell'uomo ha dichiarato a un giornale che sulla luna c'è andato per trovare la sua figlioletta morta qualche tempo prima con una brutta malattia" Si fermò e prese fiato. Poi aggiunse: "Lassù è così arido che non ci vive nessuno, figuriamoci una bimbetta. Però la cosa è così triste che mi sono commossa leggendo l'intervista".

"Immagino che sia stata molto commovente" disse Mate guardando fuori dal finestrino. Avevano incontrato un temporale e una fitta pioggia colpiva il vetro scivolando velocemente. In lontananza si vedevano i lampi squarciare il cielo buio. Pensò al viaggio dell'astronauta, al suo bisogno di chiudere qualcosa e di uscire dall'incredulità in cui doveva essere entrato con la morte della sua bambina, e si rimproverò per come si sentiva fuori dal tempo. Il passato stava risorgendo dalle ceneri e le cose che sembravano morte per sempre tornavano in vita e fluivano nel presente, e lei quasi si stava sottraendo. Invece di stringersi alla densa e nuova realtà se ne stava in disparte, così come aveva fatto in tutti quei dodici lunghi mesi.

"Lei dove va?" chiese la donna strappandola ai pensieri. Nello scompartimento c'era un odore forte di olio e grasso meccanico, quell'odore che si attaccava ai vestiti e alla pelle e rimaneva per qualche giorno.

"Io... Io scendo sulla terra" rispose ascoltando il rumore sommesso di alcuni passi nel corridoio.

"Che simpatica" disse la donna sorridendo. "Ma perché dove è stata fino a oggi?"

"Anch'io sulla luna".

"E come si è trovata?"

"Né bene né male, è un posto arido come tanti. Ma quello che mi è veramente mancato è stato il vento di mare, quando soffia forte e ti fa camminare come un ubriaco". La donna rimase in silenzio. E Mate, che non aveva nessuna voglia di conversare tutta la notte, non aggiunse più nulla. Seguì per qualche istante le immagini che correvano veloci davanti ai suoi occhi e poi infilò una mano nella tasca posteriore dei pantaloni. Tirò fuori la vecchia foto che le aveva lasciato don Vincenzo. Osservò con attenzione quel piccino del ritratto, con il volto pulito e il sorriso buono che si era perso nelle strade della vita, e mise a fuoco la cartella cerchiata che stringeva tra le braccia. Una sequenza di ricordi salì dal fondo della memoria, nascosti tra le cose che non si vogliono ritrovare. Era una giornata di fine settembre, fresca e silenziosa, e presto avrebbe cominciato la scuola. Don Rafè, di ritorno da una lunga giornata di lavoro, l'aveva condotta in soffitta, un luogo stimolante e polveroso.

"Bella di papà, vieni. Avvicinati che ti faccio vedere una cosa".
Le aveva detto facendo vibrare la voce cavernosa nello spazio ampio della soffitta. Lei si aggirava curiosa tra armadi, sedie rovinate, attaccapanni, ceste e cestoni.
"In questa cassapanca ci sono tutti i miei giochi di quando ero piccino e pure le cose della scuola".

"Ma io ci posso giocare, papà?"

"Questi sono giochi di maschietto, figlia mia. Tu devi giocare con le bambole e diventare una bella femminuccia, così quando sei grande, un bel principe ti sposa e a papà tuo ci dai tanti nipotini".

"E nemmeno le cose della scuola posso prendere?"

"Papà tuo te le compra nuove".

"Però la tua cartella mi piace".

"Non sia mai, figliola. A quella ci tengo più di ogni altra cosa. Lì ci stanno i miei libri del cuore. Dai, andiamo che è pronto da mangiare".

"Ma torniamo dopo? Mi piace assai questo posto"

"Tutte le volte che vuoi, bella mia".

La prese in braccio e la strinse forte al petto, la alzò al cielo facendola volare come una bambola di pezza e le diede una raffica di baci pungenti e profumati. Aveva baffi sottili e appuntiti come spilli che sapevano di canfora mandorlata.

Poi, però, dopo qualche anno nacque Marianna e le visite in soffitta si accorciarono come le giornate autunnali. Con l'arrivo di Pietro cessarono del tutto. Le parole di suo padre, il rumore dei suoi passi in soffitta, e le risate soffocate, prima di Marianna e poi di Pietro, rotolavano una sera dopo l'altra fino alla sua stanza come grossi massi che si staccano da un dirupo.

Un giorno d'autunno, quando aveva nove anni e poca voglia di continuare a essere la figlia di nessuno, decise di fare una piccola magia. Una di quelle cose buone che fanno i piccini per dire ai grandi che di morte lenta non vogliono morire.

Tolse il cerchietto di plastica trasparente dalla testa e fece cadere i capelli sul viso, poi strofinò forte il fiammifero contro la parte ruvida della scatola e avvicinò la fiamma alla punta dei capelli.

Nell'aria si sparse subito un odore di bruciato e una luce rossa come polpa di pomodoro illuminò la stanza.

Quando le nuvole di fumo le diedero una vampata ai polmoni, gettò sulla testa il cuscino e spense il fuoco. Si guardò la testa a carciofo nello specchio dell'armadio, con gli occhi bianchi come cera sciolta e un sorriso tetro tra le pieghe della bocca. Rimise il cerchietto sulla testa e, fredda come un cadavere, uscì dalla stanza. Scese le scale e arrivò nel chiostro, un mare di acqua cadeva dal cielo e tuoni rompevano l'aria come cannonate di guerra. I muli erano a ricovero e i suoi occhi si incontrarono subito con quelli grossi di Pitiquà, il suo preferito, il più anziano e il primo arrivato. Gli accarezzò la criniera, lo slegò dall'anello al muro e, avvicinando una cassetta, gli saltò in groppa. Non diede alcuna direzione e lasciò che fosse la bestia a segnare la strada di quel suo amore andato a male. Fu una notte di acqua e pensieri bui e la trovò suo nonno, il notaio, ridotto a straccio pure lui, davanti ai gradini del santuario della Madonna delle Stelle. Piangeva, il povero uomo, dalla contentezza e dalla disperazione, e batteva i denti come nacchere, bianco che sembrava la pancia di una lucertola. Scese dalla vettura, quasi si denudò per cercare di coprirla, e la cullò tra le braccia cercando di tranquillizzarla. Fu l'unico a non chiederle nulla di quel gesto, l'unico a cui, forse, l'eco di quel lamento a forma di cuore infranto gli era arrivato già da qualche tempo.

Il treno si fermò in una piccola stazione e Mate si tirò su. Prese dalla cappelliera un borsone, lo aprì e scelse una canotta e una minigonna. Da una tasca laterale tirò fuori un paio di infradito. Aprì lo scompartimento e uscì nel corridoio.

"Mi vado a vestire come si conviene a una ragazza della mia età che ha tanta voglia di divertirsi e basta" disse rivolgendosi verso la donna.

La donna annuì e fece un gesto di approvazione con un breve applauso.

Mate camminò lungo il corridoio, molti dei viaggiatori già dormivano, altri chiacchieravano allegramente, qualcuno mordeva con fame un panino. Arrivò ai servizi e s'infilo dentro. Tolse prima i pantaloni e poi la camicia lunga fin sotto la vita, infine le scarpe da tennis. Al loro posto la minigonna e la canotta, gli infradito. Sciolse la treccia e i capelli le caddero sulle spalle. Dalla borsetta prese il rossetto e se lo passò sulle labbra.

Uscì dalla toilette e subito un paio di ragazzi si attaccarono al vetro dello scompartimento come mosche al miele. Continuò a camminare con l'aria di una vacanziera che si aspetta grandi cose e verso la metà del corridoio si fermò attirata dal bagliore del mare illuminato dai lampi. Immaginò di fare il bagno, nonostante la pioggia, i lampi, la pioggia; nonostante tutto.

Capitolo 31

Con uno stridore di freni prolungato e un ritardo accumulato di un paio d'ore, il treno si fermò alla stazione di Badolato Marina.

Nell'aria c'era l'odore dolciastro delle ginestre e quello amaro del millefoglio. Un bambino con la faccia assonnata e il broncio, salutò Mate dal finestrino, mentre un uomo in camicia bianca e visiera soffiava dentro un fischietto. Il treno si mosse lentamente.

"Siete la signorina del settentrione?" chiese l'uomo con il fischietto e visiera.

"No, sono una di quaggiù. Ma voi da dove venite?"

"Sono il capostazione. Sono in trasferta e vengo da Reggio Calabria. Don Ciccio vi aspetta nel piazzale, venite".

Entrarono nella palazzina e attraversarono la piccola sala d'attesa. Le panche di legno erano imbrattate da pennarelli e scalfite con punteruoli per fermare legami giovanili che si giuravano amori eterni. Arrivati nel piazzale, l'uomo aiutò Mate a sistemare le valigie nella macchina di don Ciccio, poi chiuse con un colpo secco lo sportello e si allontanò cercando l'ombra. Una Cinquecento rossa, con le portiere spalancate come una coccinella pronta a spiccare il volo, era parcheggiata davanti a un negozio di tessuti senza insegna mentre un paio di anziani, addossati al muro della stazione, se ne stavano in silenzio. Giovani con i capelli lunghi sventolavano dalle macchine bandiere rosse, inneggiando alla vittoria.

"Signorina, voi non andate ai festeggiamenti? Abbiamo vinto. Il capoluogo è Catanzaro!" disse un anziano avvicinandosi.

Non c'era molto da festeggiare. A metà luglio c'era scappato il morto. Un ferroviere era stato raccolto vicino alle vetrine della Standa di Reggio Calabria mentre si lamentava per le ferite riportate per lo scoppio di bombe lacrimogene.

Durante la corsa affrettata verso l'ospedale l'uomo aveva versato sangue dalla bocca ed era spirato.

"No, non festeggio" rispose Mate.

Una donna con una cesta enorme sulla testa si era fermata davanti alla palazzina della stazione. Improvvisando un mercato estemporaneo cominciò a urlare che i suoi limoni erano i migliori della Calabria, ancora più buoni di quelli della piana di Gioia Tauro.

Urlava indirizzando baci verso il corteo che si faceva sempre più ridotto. Le ultime macchine lasciarono nell'aria un odore di olio bruciato che pizzicava in gola e un tappeto di fogli ciclostilati con il testo scritto fitto fitto.

Dov'era don Ciccio? Ma non fece in tempo a ripetersi la domanda, dall'altra parte della statale due figure sbucarono dall'interno ombroso e scuro di un bar. Attraversarono la strada senza fretta. Uno dei due era alto e magro e camminava con passo morbido come se calpestasse un prato erboso. Non le fu difficile stabilire che si trattasse di don Ciccio, il solito spaccone. L'altro, un po' più basso e con i movimenti a scatti, procedeva saltellando come un passerotto. Quando riuscì a metterlo a fuoco meglio, e la figura non fu più qualcosa di indistinto e vago, ma una nota familiare che non aveva mai scordato, il cuore le diede un colpo forte e la voce le uscì strozzata.

"Ninuzzo..." disse soffocando a stento l'emozione. Gli andò incontro e lo abbracciò in una stretta infantile, come se dovessero giocare a girotondo. Quando si staccarono, Ninuzzo aveva gli occhi lucidi e rossi: un uccellino grazioso e serio.

"Non sei cambiato per niente. Sei rimasto quello di sempre, Ninù...".

"No, non so... non so..." ma l'emozione lo tradì e cominciò a balbettare. Mate lo riabbracciò e sentì il cuore di Ninuzzo battere forte. Le regalò un sorriso e lo invitò a salire in macchina, sussurrandogli in un orecchio che si sarebbero raccontati tutto con calma.

Don Ciccio fece accomodare Mate sui sedili posteriori, riparati dalla cottura del sole da un pezzo di cartone e mise in moto facendo rombare il motore. La vettura si mosse con scatti e lasciò il piazzale della stazione planando sulla statale come una barca. Getti d'aria cominciarono a sventolare nell'abitacolo rovente, colpendo Mate come un'onda fresca del mare. In bocca l'amaro si scioglieva lentamente.

Non appena lasciarono la Marina, all'inizio del rettilineo che preludeva alle tante curve a gomito prima del vecchio borgo, due ragazzini si sfidavano con le biciclette ingiuriandosi a vicenda.

"Respira la puzza del mio sedere, Gimondi dei poveri" urlava quello davanti, pedalando a più non posso.

"Alla prossima curva te la faccio in testa" rispondeva il secondo. Era sudato fradicio e cercava di guadagnare terreno come meglio poteva, ma l'altro era di una misura superiore e gli lasciò subito diversi metri.

Don Ciccio tirò la freccia e li sorpassò facendo loro un contropelo che per poco non li gettò fuori strada come pupazzi. Poi, dopo averli superati abbondantemente, diede un'accelerata sgommando pure in terza. Affrontò le prime curve sterzando e controsterzando, con le mani attaccate al volante. Ninuzzo sembrava se la spassasse come un porcellino nell'aia.

"Sì, sì, così, così. Mi scialo!"

Fu un viaggio da Luna Park e non appena l'immagine del borgo apparve interamente, con le case adagiate a dorso d'asino sopra il colle di roccia polverosa, Mate cercò tra i sentimenti del momento qualcosa che potesse darle la misura di quanto stava per accadere, ma avendo desiderato quell'istante così tanto, dovette constatare di essere priva di entusiasmo, come tutte le cose che si sognano troppo e si desiderano di più.

Il palazzo dell'Annunziata, uno dei più vecchi, di cui non si trovava la data di fondazione in nessuna documentazione scritta, emergeva dal cumulo di case con la torre appuntita di fianco come una divinità pronta a salire in cielo. Cinque piani che alcuni studiosi avevano fatto risalire intorno all'anno mille, quando gli abitanti di Badolato lo costruirono pietra dopo pietra per mettere al riparo le giovani donne dagli arabi che arrivavano dal mare. Poi, quando non vi fu più bisogno di utilizzarlo come fortezza inespugnabile, il palazzo subì diverse collocazioni: carcere, monastero, residenza di un feudatario che si raccontava l'avesse abitato con le sue tre concubine e, infine, ospedale per i feriti della prima guerra. Negli ultimi anni era rimasto disabitato e solitario, a riflettere dalle vetrate enormi lampi di luce sibillini che si spargevano sui tetti delle case ai suoi piedi.

Mate pensò che tutto il piano terra lo avrebbe lasciato senza muri per far correre i bambini senza inciampi; il secondo piano, invece, lo avrebbe fatto dividere in più zone e sarebbe servito da refettorio e dormitorio; il terzo, con le grandi finestre da cui si poteva vedere la montagna e il mare, lontano, sarebbe servito per le attività didattiche; nel quarto piano, tra le sette stanze con i grandi camini che d'inverno sarebbero andati a ciclo continuo come la caldaia di una nave, la biblioteca sconfinata di suo nonno l'avrebbe fatta da padrona, con una targa sulla porta che portava il suo nome: *notaio Pietrino Tripoti in Soveratano*. Una delle stanze, però, si sarebbe chiamata la stanza di *Nanà"*.

Lì, le alte librerie avrebbero contenuto soltanto volumi che raccontavano vite, piaceri e dispiaceri delle donne da quando si sono staccate dalla costola di Adamo fino ad arrivare ai tempi odierni. Nell'ultimo piano, invece, intitolato al povero Pietro, nel grande spazio libero e areato come una terrazza fiorita e dai soffitti affrescati che riproducevano scene di uomini e donne al mare, sarebbe sorto un teatro.

Commedianti e teatranti sarebbero passati da lì per raccontare il mondo che cambia e il tempo che corre lontano.

La macchina curvò di colpo e Ninuzzo finì sulle gambe di don Ciccio. Si rimise seduto ridendo come un folle a bocca spalancata. Mate sorrise, continuando a osservare il profilo aquilino di don Ciccio.

"E voi come state, don Ciccio?"

"Bene. E cosa mi manca? Niente" rispose accendendosi una sigaretta.

La strada, tutta buche e avvallamenti, si era fatta ripida come uno scivolo di bambini e don Ciccio, spingendo sull'acceleratore per non perdere la rincorsa, faceva urlare i pistoni come gatti a cui si pesta la coda.

Nell'abitacolo entrava una puzza di copertoni bruciati che non lo impensieriva per niente, anzi lo faceva godere ancor di più. Per qualche minuto nessuno più disse parola.

Poi, Ninuzzo, uscendo dal pozzo d'estasi in cui era entrato curva dopo curva, tirò su un'anca dal sedile e, dalla tasca posteriore del pantalone corto, prese un foglio piegato in quattro. Si voltò e lo passò a Mate. "Te lo manda Pericle. Mi disse di dartelo a te personalmente e di non sbagliarmi di persona che sennò mi spediva pure a me sulla luna". Era davvero arrivata nella sua terra, un mondo d'ironia dove la tristezza veniva estirpata con le parole.

Non ci fu bisogno di aprirlo perché Mate capisse di cosa si trattasse. Era il foglio che lei aveva rimandato in bianco quando Pericle le aveva chiesto di disegnarle il suo cuore. Aprì la borsetta e cercò una penna tra carte, monete, elastici e caramelle di zucchero. Trovò una *Bic* mezza scoppiata dal caldo con il tappo smangiucchiato e usò il cartone che aveva di fianco come base rigida per disegnare un cuore grande. In un angolino scrisse:

Se sei rimasto il mio maestro di guida, voglio prendere qualche altra lezione. Io rimetto in moto la lambretta, ma tu questa volta non te ne venire solo con lezioni teoriche perché senza la giusta pratica io non imparo niente.

Poi, prima di riconsegnarlo a Ninuzzo per il viaggio di ritorno, se ne stette imbambolata a occhi chiusi, con le gambe trepidanti e lo stomaco che faceva le bolle.

Le cose belle le pensò tutte, e quelle brutte cercò di rimandarle, lasciando che un pensiero più infuocato dell'aria la raggiungesse. Prima di farci una vagonata di figli con il suo bel Pericle, desiderava commettere tanti peccati.

Allungò il foglietto a Ninuzzo e disse: "Ninù, a lui personalmente lo devi consegnare che sennò ti spedisco..."

"Ho capito, ho capito! Sulla luna".

Risero tutti e tre e poi si fecero seri. Dentro l'abitacolo ormai si respirava il piacere dell'attesa.

Sorprendendo tutti, Mate annunciò che c'era un cambio di programma.

"Da mia madre ci andiamo fra un po'. Accompagnatemi a casa"

Don Ciccio fermò la vettura davanti al palazzo della famiglia Tripoti con un testacoda spettacolare, come aveva visto fare nei telefilm americani.

"Don Ciccio, se fate una giostra del genere con mia madre a quella le viene di nuovo un colpo e non la ripigliamo più. Calmatevi" disse Mate.

Don Ciccio girò la chiave nel quadro e il motore si spense gorgogliando e tossendo dal tubo di scarico un fumo nero come il catrame, questa volta l'uomo lo guardò preoccupato. Scese e si accese una sigaretta, aspirando adagio e trattenendo il fumo. Aveva un pantalone nero di gabardin stretto in vita. La camicia in tinta unita, un verde scuro un po' lucido e annodata sull'ombelico, contribuiva a dargli un tono ancor più pacchiano.

"Entrate?" chiese Mate invitandoli.

Ma né Ninuzzo, né don Ciccio si mossero.

"Entrate che fuori fa caldo e forse dovete aspettare tanto..." ripeté Mate.

"Non è un problema, qualcosa per passare il tempo la troviamo. Non è vero, Ninù?" disse don Ciccio guardando di traverso una donna che stendeva i panni da un balcone.

"Sì, sì..." aggiunse Ninuzzo. Era vestito come alla prima comunione, con un paio di braghette corte e la camicia bianca stretta da una cintura marrone che gli faceva un vitino da indossatrice.

"Ah, sì" disse Mate guardando anche lei verso il balcone. "E che cosa pensate che si può fare?"

"Io mi faccio venire qualche pensiero" rispose don Ciccio portandosi la sigaretta tra le labbra.

"Ah ah! E posso pure indovinare che tipo di pensiero. E tu Ninù?" chiese Mate.

"Io l'aiuto" rispose Ninuzzo raggiante.

"Fate come volete... Ah, Ninù, vai subito da Pericle e consegna il foglio" disse Mate entrando nel portone. Si avvicinò alla lambretta e passò una mano sul sedile. C'era molta polvere.

Prese le scale, attenta come non mai, perché i suoi pensieri del momento, fatti di niente, non si trasformassero in nulla.

Capitolo 32

Dalla finestra del mezzano si vedeva la macchina di don Ciccio allontanarsi lentamente verso la sezione. Un paio di cani randagi gli correvano dietro saltellando. Mate seguì la scena con malinconia. Se quei cani potevano correre ancora liberi, invece di ritrovarsi in qualche cella stretta di un canile, lo dovevano a Pietro e Antonio che si erano battuti perché l'accalappiacani chiudesse un occhio sul territorio di Badolato. Per un istante, come se realtà e fantasia si mischiassero col caldo, le sembrò di vedere i volti di Pietro e Antonio scolpiti sui muri delle case. Quello di Pietro aveva il colore del limone maturo e sorrideva mostrando denti madreperlati, sembrava invitarla con lo sguardo a respirare piano e librarsi nell'aria, aprire i cassetti segreti dei sogni.

Vinse pudore e vergogna e parlò a voce alta.

"Sì, fratello caro, in quest'ammasso sperduto di case, dove gli uomini si bevono pure il vino delle annate ancora a venire, sistemerò qualche faccenda rimasta in sospeso. Un asilo nascerà in fretta e con la stessa fretta farò partire una politica agraria nei fondi e nei terreni della nostra famiglia, come nelle cooperative del Nord, dove i contadini avrebbero potuto associarsi e contare sulla logica: cento padroni nessun padrone".

Incrociò gli indici e suggellò la promessa con un bacio. Poi allontanò la galleria di ricordi ed entrò nella grande soffitta, spingendo con forza la grossa porta di castagno.

Il sole penetrava con i suoi raggi obliqui dagli scuri socchiusi e sparpagliava nella stanza una nebbiolina sottile di pulviscolo che disegnava nell'aria una volta celeste come nelle notti estive. C'era odore di fogliame bruciato che punge narici e porta a tossire. Aprì la finestra e fece entrare aria. Dal campanile della chiesa del San Salvatore arrivavano i rintocchi di mezzodì e il palazzo dell'Annunziata scintillava oscuro come catrame al sole. Continuò a osservarlo di profilo, con la testa piegata da un lato, sorridendo a labbra socchiuse come chi ha la certezza che può sentire l'avverarsi delle cose in anticipo. Come sarebbe diventato con la ristrutturazione lo aveva sognato un centinaio di volte, sia a occhi chiusi che aperti, incorniciato da gerani pendenti e rosai bianchi e rossi a profusione.

Si guardò intorno e le sembrò di sentire la sua voce da piccola, mentre don Rafè la conduceva per mano verso il baule delle cose segrete e le parlava come se fosse un libro aperto. Non attese oltre. Si avvicinò alla cassapanca e l'aprì.

La prima cosa che vide fu l'orologio da polso di suo padre: era d'oro e don Rafè lo portava durante le feste comandate, dentro il taschino del gilè.

Lo prese in mano e diede un giro di corda, *tic-tac*, e il tempo era ripartito a segnare le ore e le cose della vita: incontri, lutti, cresime, nascite. Lo poggiò sul fondo e afferrò la cartella. Era lucida come un tempo. Chiuse la cassapanca e uscì dalla soffitta lasciando la porta aperta, non era quella la prima e ultima visita; in quella stanza di enormi pilastri distribuiti a triangolo e finestroni alti presto la mano di un buon geometra avrebbe disegnato l'abitazione che lei avrebbe vissuto per gli anni a venire. Scese la piccola rampa di scale di legno ed entrò nell'appartamento della buonanima del notaio, attraversando stanze e corridoi in penombra per ritrovarsi in poco tempo nella camera da letto, seduta sulla poltrona di fianco alla finestra che dava sul corso.

Su quella poltrona suo nonno pontificava, sciorinando rime e aforismi estratti dai libri che leggeva e osservando il paese attraverso il telescopio che si era fatto recapitare da una ditta di Milano. Mate, come una puntura di spillo, ricordò il giorno di quell'arrivo prezioso, la faccia di suo nonno mentre carezzava il telescopio come se fosse un pulcino.

"Oh, nonno, vuoi contare le stelle?" gli aveva chiesto davanti a tutta quella eccitazione da bimbo.

E lui: "No, non voglio guardare le cose lontane, ma quelle vicine. Voglio vedere come sono fatti veramente gli uomini quando sono nelle loro case. L'origine dell'amore è oscura e io la voglio studiare".

Allontanando quel ricordo lontano, spinse le chiusure di alluminio lucidato della cartella e l'aprì. Infilò una mano e cominciò a rovistare. La prima cosa che tirò fuori fu proprio il libro di suo nonno. Il romanzo di Nanà, sul cui frontespizio il notaio aveva disposto l'eredità.

In una sacca laterale c'era la chiave di un lucchetto e Mate capì che doveva essere quella con la quale don Rafè aveva incatenato la lambretta all'anello dei muli. Pescò ancora e, come da un cilindro magico, spuntò una collana di sua madre.

Don Rafè gliela aveva regalata per il loro decimo anniversario di matrimonio, recandosi personalmente in una gioielleria di Reggio Calabria. Erano perle bianche con una medaglietta della Madonna delle Stelle. Sua madre l'aveva restituita al mittente quando aveva scoperto don Rafè con Giuditta, la figlia del macellaio. Furiosa, gli aveva fatto trovare sul loro letto matrimoniale le perle sparse.

"È come il cuore mio: in pezzi. Ma se vuoi lo puoi ancora rimettere insieme: infila una perla alla volta e solo dopo che hai fatto un'opera buona" gli aveva detto perentoria.

Mate se la infilò al collo e si guardò nel vetro della finestra, tra i riflessi di un sole che spuntava iroso dietro nuvole leggere. Fu sul punto di chiudere la cartella quando un luccichio salì dal fondo e la incuriosì. Mise la cartella sottosopra e rovesciò anche quell'ultimo pezzo di suo padre. Era un cerchietto che rotolò sul pavimento sistemandosi vicino ai suoi piedi. Lo riconobbe subito. Era il suo, quello che aveva in testa la sera che si era data fuoco ai capelli. Si ricordò che nella confusione che seguì non era più riuscita a trovarlo. Lo prese in mano e il cuore fece un salto. Cosa significava? Perché don Rafè lo aveva conservato nella sua cartella? E perché adesso glielo faceva ritrovare?

Le piccole roselline colorate mandavano una luce riflessa come in un caleidoscopio e l'osso con il quale era fatto sapeva di profumo di bambina.

Una pioggia di nostalgia la prese alla gola, come una tagliola che stringe e stringe e non ti fa respirare. Si era vista piccola e con tanta voglia di piangere, piangere senza motivo per il solo gusto di farlo. Rimase ferma e immobile, quasi senza respiro.

Poi l'occhio le cadde sul telescopio. Era ancora posizionato come un cannone che esce dal boccaporto di una nave, pronto a sparare. Lo afferrò e lo fece girare via via a giro tondo nel cielo che si stava aprendo. C'era una luce che illumina e acceca e nuvole trasparenti come zucchero a velo. Nel mare lontano, che ora si poteva pure toccare, le barche dei pescatori sembravano enormi velieri passeggeri e un uomo magro e ossuto come uno scheletro tirava una rete che luccicava argentata; alcuni bambini giocavano a riva rincorrendosi tra le onde.

Con un giro di centottanta gradi puntò il telescopio oltre gli orti, verso la fiumara, in direzione della pozza, là dove il cuore di Mate l'anno prima era lievitato come un'immensa bolla di pane amaro. Il telescopio puntò la pozza e l'anima di Mate cominciò a galleggiare nell'acqua scura e stagnante come fango.

Il ricordò di Pietro le gelò il petto. Allora si spostò di qualche metro, verso il bordo di cemento da cui i ragazzi si tuffavano a volo d'angelo, e un'ombra, prima scura e indistinguibile poi nitida e chiara, entrò nel tubo: era quella di un uomo rannicchiato sulle gambe che accarezzava l'acqua, con movimenti lenti. Quando la figura fu a fuoco e la vide come se fosse a qualche metro, sentì un bruciore allo stomaco e un soffio leggero di ansia cominciare a frugarle il petto.

Don Rafè era lì, lo poteva vedere. Rannicchiato e curvo, distrutto dalle sfortune che lui stesso si era tirato dietro, perso tra le nebbie dei ricordi e i morsi della malinconia, inacidito dalla sua stessa saliva. L'argento degli ulivi si mosse, spazzolato da uno stormo di uccelli levati in volo per sfuggire al colpo di fucile di un cacciatore, e l'aria sembrò mostrare le crepe. Don Rafè non si mosse, girò la testa verso gli uccelli in fuga e seguì il volo fino a quando non si dispersero in mezzo al bianco del cielo, poi riprese a carezzare l'acqua.

Eccola l'amara rivincita.

E di colpo si sentì stanca, stanca di quella commedia da orfana senza mai esserlo stata veramente.

Si tirò su e chiuse gli scuri. Lasciò l'appartamento di suo nonno e scese nella sua camera, attraversando le stanze con l'attenzione eccessiva di chi torna dopo molto tempo.

Un paio di uomini sarebbero arrivati nei giorni successivi per liberarle, niente più plastica e diavolerie moderne, ma mobili in castagno, ciliegio e noce nazionale.

Al posto dei letti in formica sarebbero tornati quelli in ferro battuto con le testate antiche. La modernità si sarebbe dovuta vivere fuori, nei rapporti con le persone, in casa si doveva respirare l'aria antica del legno, quell'aria che ti riscalda d'inverno e ti rinfresca d'estate. Aprì l'armadio e tirò fuori la minigonna e la camicetta della sua prima lezione di guida. Il lungo camice di seta se lo arrotolò intorno alla vita, lasciandolo pendere fino ai piedi come un velo da sposa. Dal cassetto del comò afferrò il mangiadischi portatile e, tra i dischi sparsi, scelse il quarantacinque giri di Johnny Dorelli. Scese le scale con il volume al massimo:

Io son sicuro che per ogni goccia
per ogni goccia che cadrà
un nuovo fiore nascerà
e su quel fiore una farfalla volerà

Ninuzzo e don Ciccio, tornati dalla sezione, se ne stavano a fianco a fianco sul cofano della macchina come vecchi amici che passano il tempo. Non appena la videro se la mangiarono con lo sguardo.

Don Ciccio, che non riusciva a staccare gli occhi dalle gambe di Mate, allontanò dalle labbra un rametto secco che si girava a mo' di stuzzicadenti e disse la sua: "Mi sembri una della televisione. Come si chiama quella che balla il *tuca tuca*?" E fece con le mani una ripresa sui particolari.

"Raffaella Carrà" disse Mate spegnendo il mangiadischi. "Ma quella è un tappo".

"Ah sì, quella è un tappo e a te manco ti arriva all'attaccatura delle cosce" specificò Ninuzzo.

"Forza, andiamo a prendere mia madre e mia nonna e poi torniamocene al paese per organizzare i festeggiamenti. Ho voglia di stare in mezzo alla gente, voi non ve lo potete nemmeno immaginare come mi sono sentita sola nella grande città".

Don Ciccio si scollò dal cofano e aprì la portiera per farla entrare. Ma lei, decisa, fece cenno con il dito che non sarebbe salita sulla macchina.

"Io non vengo con voi. Andate avanti".

"E come vieni?" chiese Ninuzzo.

"Con la lambretta" rispose Mate indicandola con la mano.

"Ma da quando la sai guidare?"

"Non ti preoccupare che la so guidare, chi me lo doveva insegnare l'ha fatto a suo tempo".

Entrò nel portone, infilò la chiave nel grosso lucchetto per liberare la lambretta e con una pedalata decisa la mise in moto. Uscì dal portone spingendola a mano e partì lasciandosi la macchina di don Ciccio alle spalle.

Prima e seconda, seconda e terza. E niente era stato dimenticato di quella lezione di guida che ancora brillava nel suo cuore.

Le note di Dorelli si liberarono ancora nell'aria.

Io son sicuro che
in questa grande immensità
qualcuno pensa un poco a me
e non mi scorderà

Quando la punta della lambretta sbucò dalla curva della piazza, a un centinaio di metri dalla sezione, Mate la fermò di colpo con una tirata di freno che lasciò sull'asfalto caldo due dita di battistrada. La discesa era ripida e libera e ai lati alberi di eucalipto proiettavano un'ombra fresca e scura.

Vide in lontananza la vespa di Pericle, era parcheggiata davanti alla porta della sezione e luccicava sotto il sole battente. Lui si affacciò dopo qualche istante. Non era cambiato di una virgola. Bello da finirci tra le braccia con tutta la lambretta. Frizione e marcia e il mezzo partì a razzo.

La prima e la seconda entrarono con fluidità e la terza diede un sussulto alla lambretta che la fece sembrare un'amazzone sul suo cavallo di razza. Il ragionier Fiorentino fece capolino dall'oscurità del negozio del barbiere e la salutò con la mano a pugno. Di fianco a lui, attaccata a una gamba, c'era la figlioletta. Guardò verso Mate con un piccolo sorriso e imitando il padre alzò anche lei la mano a pugno. Con una punta di amarezza, Mate pensò che un giorno, forse, tutto questo sarebbe potuto finire e nessuno avrebbe più alzato il pugno al cielo. E quel giorno, disse tra sé, avremo perso qualcosa. Ricambiò il saluto e se li lasciò alle spalle. Il lungo camice svolazzò nell'aria come un paracadute e planò ai piedi di Pericle, lui lo raccolse come fazzoletto che porta promesse da tempo attese. Prese dalla tasca il foglio di carta con il cuore disegnato da Mate, se lo mise sopra il petto, cuore contro cuore, e sorrise.

Lei non si fermò, non rallentò, ma lo bucò da parte a parte con lo sguardo. Poi, scalò di marcia, e sfrecciò via. Nulla c'era da dire e nulla si dissero, perché tutto era stato detto tra le parole che non si erano mai detti.

Partì l'inciso di Dorelli, come una nenia solitaria tra i vicoli di un vecchio borgo che bolliva e si nascondeva tra le ombre del tempo.

Sì, io lo so
tutta la vita sempre sola non sarò
un giorno troverò
un po' d'amore anche per me
per me che sono nullità
nell'immensità

Alla fine del paese Mate fermò la lambretta e gettò uno sguardo alle curve. Promise a sé stessa che avrebbe affrontato ogni curva a corpo morbido, lasciandosi andare senza più alcuna paura, perché è proprio la paura di lasciarsi andare che fa fuggire i sogni, poi diede due giri al manicotto dell'acceleratore e una cortina spessa di fumo farinoso la circondò come l'anello di un pianeta lontano. Attese, e quando l'aria tornò ferma, alzò la testa per seguire una leggera brezza che si allontanava verso l'alto, tra il granito di un cielo bianco e senza nuvole. Nessuna minaccia di pioggia da quell'aria chiara e tirata, solo alito caldo che si muoveva verso la montagna.
Ingranò la marcia e partì, mentre piccole lacrime cominciarono a cadere dai suoi occhi.

Gocce d'acqua a ciel sereno.

Nota dell'autore

Questo romanzo mi ha accompagnato per quasi venticinque anni, e tanti ce ne sono voluti per arrivare alla stesura attuale. Anno dopo anno, mentre le versioni si moltiplicavano – soltanto negli ultimi sei anni credo di averlo riscritto una mezza dozzina di volte – ho compreso che vi possono essere storie che non sono mai finite. Alla versione più convincente ho dato il titolo provvisorio Laggiù, e l'ho inviata al Premio letterario nazionale di letteratura Neri Pozza del 2013, dove si è classificata tra le prime 12 opere su quasi 2000 inediti. Per una strana coincidenza mi trovavo proprio a Badolato quando mi è arrivata la notizia. Eppure, nonostante tale riconoscimento anche in quella versione c'era qualcosa che non mi convinceva fino in fondo, e quindi sono andato avanti, riprendendo il manoscritto in mano e ricominciando da capo, mentre le cose della vita procedevano con i loro alti e bassi e il tempo si consumava veloce.

In quello stesso anno pubblicavo però L'elefante nel salotto, il mio primo romanzo e l'anno seguente Ti lascio per ultimo, il secondo. Entrambi, dunque, scritti mentre cercavo di dare un ordine a Badolato amore amaro che fosse quello e quello solo. E quando mi chiedevo quanto tempo ancora avrei dovuto, e voluto, aspettare prima di stabilire che il romanzo era terminato, e che non c'era più nulla da rivedere, serafico mi rispondevo: "se ho aspettato tanto, posso aspettare ancora". Penso che tutto quell'accumulo di anni spesi per Badolato amore amaro probabilmente mi fornivano un piacere triste e ironico al pensiero che nella mia esistenza vi potesse essere qualcosa che non avevo fretta di concludere; credo anche di aver maturato, lavorando a questo romanzo, quel poco di consapevolezza che conduce chiunque a pensare che alla lunga molte cose dell'esistenza possono essere futili e vuote, e svaniscono in un nulla se non si ha la forza di trattenerle.
Poi, un bel giorno, però, quando ormai mi ero definitivamente persuaso che Badolato amore amaro avrebbe avuto chissà quante altre versioni ancora, l'ho riletto con un leggero distacco e ho deciso di dare una direzione diversa alle scelte operate fino a quel momento.

Così ho detto a me stesso che era arrivato il momento di farlo uscire. Aiutato da Gloria Macaluso, editor freelance, che oltre a un lavoro di editing accurato con pazienza certosina ha ricostruito tutte le mie ultime revisioni riportate su carta, il romanzo è arrivato alla stesura definitiva che avete sotto gli occhi.

Quando, poi, ho chiesto all'amico Roberto Giglio, artista badolatese, quale sarebbe stata la sua opera più adatta per rappresentare la storia di Mate, la protagonista del romanzo, mi ha mostrato una tela che anche lui si portava dietro da molti anni, rinnovandola a più riprese con la medesima strana idea di coltivare certe creazioni come piante che non smettono mai di crescere. È il ritratto di una giovane donna che ci guarda, ci scruta, racchiudendo in sé, nel suo sguardo trasparente e inquieto, una malinconia cocente, quella malinconia che contraddistingue ogni uomo e ogni donna che nasce in Calabria, una terra dove tutto accade lentamente o non accadde. Roberto Giglio ha voluto intitolare la sua opera Mate e, in effetti, si avvicina molto alla protagonista di Badolato amore amaro: lo stesso sguardo obliquo e silenzioso di chi nasconde, con finta indifferenza, un grande interesse per le cose della vita che non si fanno conoscere subito.

Se c'è un debito che tutti noi abbiamo verso l'arte è proprio questo: la consapevolezza che ogni atto creativo resiste all'azione brutale del tempo, lasciandoci cose perfette e inviolabili.

E se per ragioni editoriali nella copertina il volto di Mate non compare nella sua interezza, qui, di seguito, possiamo ritrovarlo. E lasciare che l'immagine di questo volto, di una profondità straordinaria, trascenda la restrizione del linguaggio e arrivi fino a noi, alla nostra parte più profonda.

11 giugno 2019
Andrea Fiorenza

45037099R00148

Printed in Poland
by Amazon Fulfillment
Poland Sp. z o.o., Wrocław